AF176195

Jan Zweyer

Georgs Geheimnis

Kriminalroman

Bibliografische Information der Deutschen Nationalbibliothek: Die
Deutsche Nationalbibliothek verzeichnet diese Publikation in der
Deutschen Nationalbibliografie; detaillierte bibliografische Daten sind
im Internet über http://dnb.dnb.de abrufbar.

Die Originalausgabe erschien 2000 im Grafit-Verlag, Dortmund

Herstellung und Verlag:
BoD – Books on Demand, Norderstedt

ISBN: 978-3-752-67331-9

Covergestaltung: Jan Zweyer

Der Autor

Jan Zweyer wurde 1953 in Frankfurt am Main geboren. Mitte der Siebzigerjahre zog er ins Ruhrgebiet, studierte erst Architektur, dann Sozialwissenschaften und schrieb als ständiger freier Mitarbeiter für die Westdeutsche Allgemeine Zeitung. Er war viele Jahre für verschiedene Industrieunternehmen tätig. Heute arbeitet Zweyer als freier Schriftsteller in Herne.

Nach zahlreichen zeitgenössischen Kriminalromanen hat er sich mit der Goldstein-Trilogie Franzosenliebchen, Goldfasan und Persilschein das erste Mal historischen Themen zugewandt. Es folgte die von Linden-Saga, eine Familiengeschichte aus dem Ruhrgebiet (bisher fünf Bände, zuletzt: Schwarzes Gold und Alte Missgunst, Ein Königreich von kurzer Dauer, beide Grafit-Verlag).

In der **Reihe Wiederaufgelegter Bücher** werden verlagsseitig vergriffen Texte von Jan Zweyer als Buch und eBook neu veröffentlicht. Der Originaltext unterliegt jetzt den neue Rechtschreibregeln. Inhaltliche Veränderungen wurden nur in Ausnahmefällen vorgenommen.

Menschen erscheinen nicht immer als das,
was sie wirklich sind; sie dienen oft nur als
Spiegelung, gleichsam als Bild, das sich
andere von ihnen machen. Und wenn die
Wahrheit zu spät herauskommt, ist sie nutzlos.

Roman Frister,
›Die Mütze oder der Preis des Lebens‹

1

»Nichts geht mehr!«

Der Spieler warf im letzten Augenblick seinen Je-
ton auf die Zwölf, trat einen Schritt vom Tisch zurück und wischte sich mit seinem Taschentuch einen Schweißtropfen von der Stirn. Dabei ließ er die
kleine weiße Kugel, die gleichmäßig ihre Runden im
Kessel drehte, nicht aus den Augen. Die Zwölf, dachte er, dieses Mal muss es doch die Zwölf sein.

Die Kugel wurde langsamer, taumelte nach unten,
stieß mit einem klackenden Geräusch an einen der
Stege zwischen den Abschnitten, wurde wieder
hochgeschleudert und rollte weiter.

Fünfzehn Augenpaare verfolgten mit atemloser
Spannung den Weg der Kugel. Erneut stieß sie an,
machte einen Satz, dann noch einen, tanzte schließlich für einen Lidschlag zwischen zwei Zahlen und
senkte sich endlich in eines der Fächer.

»Sechsundzwanzig. Schwarz«, gab der Croupier
mit unbeteiligter Stimme bekannt.

Der größte Teil der Jetons wurde von ihm mit dem
Rateau vom grünen Tableau geschaufelt, ein kleine-
rer Teil um den erzielten Gewinn aufgestockt und
dann von ihren Besitzern wieder in Empfang genommen. Der Saladier sortierte die Chips der Verlierer
am anderen Tischende.

Gierig sah der Spieler auf den immer größer wer-
denden Haufen vor dem Spielbankangestellten.

Die Gewinnzahl erschien als letzte einer langen
Zahlenreihe auf der Permanenz, der elektronischen
Anzeigetafel über dem Tisch, und wurde von einigen
Gästen des Kasinos sorgfältig notiert. Manche be-
nutzten dafür kleine Zettel oder Notizbücher, andere
tippten die Zahlen in elektronische Geräte ein.

Der Spieler ging zur Bar des Spielkasinos im
obersten Stock des *Forum-Hotels* am Berliner Alex-

anderplatz und bestellte ein Glas Champagner. Gedankenverloren sah er aus dem Fenster in Richtung Westen, nahm aber die fantastische Aussicht kaum wahr. Schon wieder hatte er verloren. Er dachte an die beiden letzten ihm verbliebenen Eintausend-Mark-Jetons in seiner Jackentasche. Gleich würde er gewinnen, musste er gewinnen, um den Verlust des Abends wieder auszugleichen. Dreiundzwanzigtausend!

Der Spieler nippte am Champagner. Er spielte jetzt seit fünfzehn Jahren. Erst nur sporadisch, später regelmäßig. Seit drei Jahren fuhr er nun zweimal im Monat nach Berlin. Nur zweimal monatlich. Nicht öfter. So weit hatte er seinen Spieltrieb noch im Griff. Berlin war eine brodelnde Metropole, die Chance kleiner, hier beim Spielen erkannt zu werden. Das hätte seinem Ruf als untadeligem Geschäftsmann geschadet. Deshalb besuchte er auch nicht das Dortmunder Kasino auf der Hohensyburg, obwohl es doch von Recklinghausen viel einfacher zu erreichen war. Jeden zweiten Samstag nahm er die Nachmittagsmaschine von Düsseldorf nach Tegel und bezog Quartier im *SAS-Radison.* Das Hotel war nicht weit vom Kasino entfernt. Das *Forum* genügte seinen Ansprüchen nicht.

Der Mann bestellte noch ein Glas des edlen Getränks. Unbewusst glitt seine Rechte in die Jackentasche, ertastete die Chips. Er musste gewinnen. Vielleicht sollte er nicht wieder auf die Zwölf, sondern die Nebennummern setzen? Oder ein Zero-Spiel wagen?

Mit dem Glas in der Hand stand er auf und ging an einen Tisch, dessen Minimum mit zwanzig Mark ausgewiesen war. Hier waren die professionellen Zocker unter sich. Für den Gelegenheitsspieler war der Einsatz zu hoch. Die Touristen bevorzugten Tische mit einem Mindesteinsatz von fünf Mark. Der Spieler blickte auf die Permanenz – die bisher gefallenen Zahlen waren nicht seine, das erhöhte hoffentlich seine Chancen. Aufmerksam beobachtete er den Croupier. Der war jung, höchstens Mitte zwanzig. Zu jung, fand er. Der Mann entschloss sich, sein letztes Geld auf diesem Tableau zu riskieren, aber erst, nachdem der Croupier ausgewechselt worden war.

Zwei Spiele später war es so weit.

»Die Hand wechselt«, verkündete der Tischchef. Ein älterer Angestellter trat an den Kessel. »Bitte das Spiel zu machen.«

Der Spieler atmete tief ein. Er stelle sein Glas ab, trat nach vorne, warf die zwei Tausenderstücke auf das Tableau und machte seine Annonce. Der Croupier hatte ihn nicht verstanden und fragte nach.

»Die Zwölf. Alles auf die Zwölf.« Jetzt war es geschehen. Er hat doch wieder auf diese Zahl gesetzt.

Leise kratzend schob das Rateau die Chips auf die Zwölf. Der Spieler spürte, wie seine Hände feucht wurden. Die magische Zwölf. Diesmal aber ... ganz sicher ... Zwölf. Er fixierte starr die Jetons auf dem Tableau.

Der Croupier drehte den Kessel, warf die Kugel. »Nichts geht mehr.«

Wieder der schreckliche, zermürbende, herrliche Tanz, der seinen Adrenalinspiegel nach oben trieb. Komm, komm schon. Gedanklich beschwor er die Kugel, trieb sie weiter: Zwölf. Komm schon, zwölf. Nur ein Mal. Zwölf. Das letzte Taumeln, ein erneutes Aufbäumen und dann ... Er konnte nicht mehr hinsehen, schloss die Augen.

»Zwölf. Rot«, verkündete der Croupier.

Das Herz des Spielers machte einen Sprung. Seine Zahl! Sie war gefallen! Zwölf, rot!

Der Croupier schob mit dem Rateau zweiundsiebzig Jetons herüber. Der Spieler hatte den Verlust mehr als nur ausgeglichen. Er hatte gewonnen. Er hatte ...

»Paroli!«, hörte er sich mit heiserer Stimme sagen.

Der Croupier unterbrach seine Bewegung und blickte fragend zum Tischchef, der erst den Spieler musterte und dann fast unmerklich nickte. Die zweiundsiebzigtausend Mark wanderten wieder zurück auf das Tableau, wurden auf der Zwölf platziert. Durch die Umstehenden ging ein Raunen, das weitere Spieler anlockte. Einige warfen hastig ihre Annoncen auf den Tisch, versuchten an der vermeintlichen Glückssträhne des Spielers zu partizipieren. Andere warfen ihm bewundernde, fast ehrfürchtige Blicke zu.

Er hörte die Ansagen des Croupiers nicht mehr. Er ignorierte die anderen Gäste, die ihn aufmerksam musterten. Sein Blick galt der Kugel, die wie in Zeitlupe in den Kessel geworfen wurde. Ihr Lauf hypnotisierte ihn. Die Zwölf! Sein Herz schlug bis zum Hals. Wenn die Zwölf jetzt noch einmal käme, dann wäre er seine Probleme los, dann könnte er ...

Die Kugel fand ihr Fach. Die Stimme des Croupiers drang nur langsam zu ihm durch. Seine Knie wurden weich.

»Siebenundzwanzig. Rot.«

Nichts ging mehr.

2

Hätte Rainer Esch geahnt, was sich in den nächsten Wochen ereignen würde – er wäre an diesem Montagmorgen im Bett geblieben.

So aber saß er in seiner Anwaltskanzlei in der Castroper Straße in Herne, starrte die Wand an und wartete auf Mandanten. Zwar lief sein Laden etwas besser als vor einem Jahr, Reichtümer warf er jedoch nach wie vor nicht ab. Auch zu einer Sekretärin hatte es immer noch nicht gereicht, so dass sich Rainer notgedrungen selbst mit dem Textverarbeitungsprogramm seines Computers abplagen musste.

Der 40-Jährige steckte sich eine Reval an, blätterte im *Spiegel* und überflog einen Artikel über den jüngsten Streit in der Regierungskoalition, da schellte es an seiner Praxistür. Rainer drückte hastig seine Kippe aus, verteilte, mit der Zeitschrift wedelnd, den Rauch im Zimmer und spurtete zum Eingang. Der Anwalt setzte sein Was-bin-ich-heute-wieder-beschäftigt-Gesicht auf und öffnete. Vor der Tür stand ein etwa 60-jähriger Mann in einem verbeulten Trench und mit einer Prinz-Heinrich-Mütze auf dem Kopf. Darunter waren graue Haare zu erkennen.

»Guten Tag«, begrüßte Rainer seinen Besucher.

»Ich möchte zu Rechtsanwalt Esch. Ich habe da ein kleines Problem ...«, antwortete dieser.

Der Anwalt ließ den Mann eintreten. »Wenn ich vorgehen darf ...?« Der potenzielle Mandant folgte ihm. Rainer bot ihm einen Stuhl vor seinem Schreibtisch an. »Möchten Sie einen Kaffee?«

»Nein, vielen Dank.«

»Eine Zigarette?« Esch hielt ihm die Schachtel hin.

»Nein, ich rauche nicht. Das hab ich mir vor Jahren abgewöhnt. Aber wenn Sie ...«

»Danke.« Der Anwalt griff zur Schachtel und zündete sich eine neue Zigarette an. »Was kann ich für Sie tun, Herr ...?«

»Pawlitsch. Georg Pawlitsch.«

Esch notierte den Namen. »Herr Pawlitsch. Also, wie kann ich Ihnen helfen?«

»Ich weiß nicht, wie ich anfangen soll ... Sagen Sie, was kostet eine Auskunft bei Ihnen?«

Solche Menschen liebte Rainer. Er hatte schon öfter erlebt, dass Mandanten mit ihm über die Höhe seines Honorars feilschen wollten, noch bevor er überhaupt wusste, worum es ging. Seiner Meinung nach verwechselten diese Leute eine Anwaltskanzlei mit einem orientalischen Basar, obwohl vermutlich auf Letzterem weniger als in seinem Büro gelogen wurde.

»Das hängt vom Sachverhalt ab, Herr Pawlitsch. Das Anwaltshonorar richtet sich nach dem Streitwert und ist in den meisten Fällen gesetzlich vorgeschrieben. Wenn Sie mir sagen, um was es geht, kann ich Ihnen zumindest grob sagen, welche Gebühren entstehen können.«

»Ich brauche eine Auskunft über das Presserecht.«

»Über das Presserecht?« Esch rekapitulierte seine Kenntnisse auf diesem Gebiet und musste selbstkritisch eingestehen, dass er nicht die geringste Ahnung hatte. An so eine Unwissenheit hatte er sich jedoch gewöhnt. Das war früher, während seiner Studentenzeit, der normale Zustand vor jeder Klausur gewesen. »Also das Presserecht. Selbstverständlich. Um was geht es?« Klappern gehört zum Handwerk. Rainer fand, dass er einen ungemein professionellen Eindruck machte.

Leider ließ der nächste Satz seines neuen Mandanten eine gewisse Skepsis erkennen. »Verstehen Sie mich bitte nicht falsch. Aber, kennen Sie sich wirklich auf diesem Gebiet aus?«

Esch zog leicht verstört an seiner Zigarette. »Ich bitte Sie. Darin bin ich sozusagen zu Hause. Was wollen Sie denn wissen?«

»Und Ihr Honorar? Wie hoch ist Ihr Honorar?«

»Wenn ich Ihre Frage sofort und ohne intensiver, äh ..., in die Materie einzusteigen beantworten kann, betrachte ich unser Gespräch als Beratung. Mein Honorar würde dann, äh, sagen wir mal, einhundertfünfzig betragen.« Rainer beobachtete sein Gegenüber aufmerksam, bereit, beim geringsten Ausdruck des Erschreckens oder Unwillens seine Forderung unverzüglich zu reduzieren.

»Einhundertfünfzig. In Ordnung.«

Esch atmete auf. Geld schien keine wesentliche Rolle zu spielen.

»Gut. Also, um was geht es denn nun?«

Pawlitsch zögerte. Esch schien es, als suche er nach den richtigen Worten. Dann begann Georg Pawlitsch bedächtig und langsam zu sprechen; so, als ob er jedes Wort sorgfältig abwägen müsste: »Wenn eine Zeitschrift oder ein Verlag irgendetwas veröffentlicht, dann muss es sich doch um die Wahrheit handeln, oder?«

»Das muss es.« Rainer dachte an die tatsächliche Praxis vieler Medien und hoffte, dass ihm nicht die Schamesröte im Gesicht stand.

»Und was ist, wenn es sich um lebende oder auch tote Personen handelt?«

»Da gilt das natürlich auch. Sie dürfen keine unwahren oder ehrverletzenden Aussagen über andere Menschen machen. Beispielsweise ist es nicht gestattet, Bilder anderer Leute ohne deren ausdrückliches Einverständnis zu veröffentlichen. Das nennt man: Recht am eigenen Bild. Das gilt allerdings nicht, wenn es sich bei dem Fotografierten um eine Persönlichkeit des öffentlichen Lebens, zum Beispiel einen Politiker oder Schauspieler, handelt. Die müssen es sich in der Regel gefallen lassen, fotografiert zu werden. Zumindest dann, wenn sie sich in der Öffentlichkeit zeigen. Trotzdem versuchen immer wieder Sensationsfotografen ...«

»Nein«, unterbrach ihn Pawlitsch. »Darum geht es mir nicht. Es dreht sich nicht um Bilder. Ich meine Geschichten über andere Menschen ... wahre Geschichten.«

Esch hatte nicht die geringste Ahnung, worauf Pawlitsch hinauswollte. »Ich verstehe. Wenn eine Zeitung beispielsweise über mich schreibt, ich sei der beste Anwalt Hernes, ist das leider eine nicht überprüfbare Behauptung. Die Zeitschrift darf eine solche Aussage im Grunde nicht machen. Das gilt selbstverständlich in viel stärkerem Maß für das Gegenteil. Das stimmt natürlich erst recht nicht und darf deshalb auch nicht veröffentlicht werden.« Rainer grinste sein Gegenüber an, der reagierte jedoch überhaupt nicht auf seine Scherze. »Hm, gut. Also: Sie dürfen nur wahre Tatsachenbehauptungen aufstellen.«

»Was bedeutet das?«

»Wenn Sie behaupten, dass ein Politiker irgendwann einen Meineid geschworen hat, muss das stimmen. Sie sollten belegen können, dass dieser Politiker von einem Gericht deshalb rechtskräftig verurteilt worden ist. Mit dem Hinweis auf das urteilende Gericht oder des Aktenzeichens. Können Sie das nicht, müssen Sie damit rechnen, Ihrerseits verklagt zu werden.«

Rainer musterte seinen Mandanten genauer. Der Mann war schlank und salopp und gepflegt gekleidet. Allerdings schien er sich nicht ganz wohl in seiner Haut zu fühlen: Unaufhörlich knetete er seine Finger und rutschte, trotz seiner ruhigen Redeweise auf dem altersschwachen Freischwinger hin und her. Der Anwalt fürchtete angesichts der Zappelei um die Haltbarkeit seines Möbels.

Pawlitsch zögerte. »Wenn mir nun ein Dritter gesagt hat, dass dieser Politiker einen Meineid geschworen hat? Was mache ich dann?«

»Dann wird die Angelegenheit komplizierter. Sie sind dann gezwungen, diese Aussage zu überprüfen. Sie dürfen nicht allein auf die Glaubwürdigkeit Ihres Informanten setzen.«

»Und wenn ich das nicht überprüfen kann? Wenn der Politiker dem Dritten unter vier Augen den Meineid gestanden hat?«

»Dann, wie gesagt, müssen Sie damit rechnen, verklagt zu werden. Aber sagen Sie, Herr Pawlitsch, warum wollen Sie das wissen? Möchten Sie eine Zeitung herausgeben?«

»Nein, nein.« Georg Pawlitsch massierte seine Hände. »Mich interessiert das einfach.«

Esch glaubte ihm kein Wort.

»Wenn mich dieser Politiker verklagt, kommt es zu einem Prozess, richtig?«

»Richtig.«

»Und da habe ich dann Gelegenheit, die mir bekannten Beweise vorzulegen?«

»So ist es.«

Unvermittelt stand Pawlitsch auf. »Danke, Herr Esch. Das reicht mir. Sie haben mir sehr geholfen.«

Rainer wusste zwar nicht, wobei, nickte aber freundlich. Anscheinend war er doch besser, als er dachte. »Keine Ursache.«

»Ach, Herr Esch.« Georg Pawlitsch sah Rainer fragend an. »Wenn ich juristischen Beistand benötige, würden Sie mir dann helfen?«

Rainer war verblüfft. »Selbstverständlich. Was meinen Sie denn konkret?«

»Konkret? Nichts. Das war eine eher allgemeine Frage.«

»Wenn es sich um einen Prozess handelt, wie Sie eben angedeutet haben ...«

»Das könnte sein.« Pawlitsch dachte nach und sagte dann langsam: »Ja, das wäre möglich. So ginge es vielleicht.«

»Was ginge wie vielleicht?«

Pawlitsch ignorierte Rainers Bemerkung. »Benötigen Sie für einen Prozess eine Vollmacht?«

»Schon, aber Sie müssten mir schon mitteilen ...«

»Mehr kann ich Ihnen nicht sagen. Noch nicht. Kann ich nicht ...« Pawlitsch machte eine Pause. »Ich dachte, nur für alle Fälle ...«

»Sie meinen eine Blankovollmacht?«

»Geht das?«

»Das ist zwar ungewöhnlich, aber wenn Sie es wünschen ...« Esch kramte in seiner Schreibtischschublade und legte Pawlitsch eine Vollmacht vor, die dieser ohne zu zögern unterschrieb.

»Und wenn mir etwas passieren sollte, dann ... Ach was, Blödsinn.« Der Mann machte eine Handbewegung, als ob er eine lästige Fliege verscheuchen wollte.

»Was sollte Ihnen denn passieren?«, wunderte sich der Anwalt.

»Nichts. Gar nichts. Ich habe nur laut nachgedacht. Kommt nicht immer was Vernünftiges dabei raus, beim Nachdenken.« Pawlitsch lächelte verlegen. Dann zückte er seine Brieftasche und blätterte dem Anwalt das geforderte Honorar auf den Schreibtisch.

Esch kassierte die Scheine. »Benötigen Sie eine Quittung?«

Georg Pawlitsch schüttelte den Kopf. Rainer begleitete ihn zur Tür und sie verabschiedeten sich.

Zurück in seinem Arbeitszimmer wunderte er sich über diesen merkwürdigen Kunden.

3

Johannes Tülle befand sich im zeitweiligen Exil auf dem Balkon seiner Wohnung im Börster Weg in Recklinghausen. Er drückte sich an die Wand, um dem heftigen Schneetreiben zu entgehen, und versuchte sich trotz des starken Windes eine Zigarette anzuzünden. Er zog hastig an seiner Kippe. Seit der Hausarzt bei seiner Frau eine chronische Bronchitis diagnostiziert hatte, verzichtete er in ihrer Gegenwart auf die Qualmerei. Tülle blickte durch das Fenster in den Wohnraum. Ingrid schaltete gerade zu den Tagesthemen um. Durch den Spalt der nur angelehnten Balkontür nahm er die Stimme des Nachrichtensprechers wahr, nur sehen konnte er nicht viel. Sein Blickwinkel war zu ungünstig. Der Wind drehte und Schneeflocken hüllten ihn ein. Er nahm einen tiefen Zug, als auf der Straße ein Motor aufheulte. Neugierig beugte sich Tülle über die Brüstung und versuchte einen Blick um die Hausecke zu werfen. Er sah nichts. Dann hörte er einen kurzen Aufschrei, unmittelbar darauf einen dumpfen Schlag und schließlich das Geräusch eines anhaltenden Fahrzeuges.

Tülle stürmte mit der Zigarette in der Hand ins Wohnzimmer, ignorierte die Proteste seiner Frau, zog hastig

18

die Rollos hoch und schaute aus dem Vorderfenster des zweiten Stocks. Schemenhaft konnte er im Schneetreiben ein dunkles Fahrzeug erkennen.

»Ich glaube, da ist ein Unfall passiert«, stieß er hervor.

»Ein Unfall? Wo?«

»Unten auf der Straße. Ich sehe nach.«

»Aber zieh was Warmes an.«

Tülle griff hastig nach seinen Winterschuhen. Als er auf den Gehweg trat, fuhr der Wagen, der eben noch gestanden hatte, gerade an und bog kurz darauf um die Ecke auf die Haltener Straße ein. Tülle sah dem Auto kopfschüttelnd nach.

Pötzlich nahm er auf der Straßenmitte einen leblosen Körper wahr. Nach einer Schrecksekunde rief er: »Kann ich Ihnen helfen? Ist Ihnen etwas passiert?« Tülle hastete über die Straße.

»O Gott!« Er drehte sich um und rief seiner Frau, die oben am Fenster stand, zu: »Hol einen Krankenwagen! Und die Polizei! Schnell!«

Notarzt und Polizei trafen fast gleichzeitig am Unfallort ein.

Der Mediziner eilte zu dem Mann auf der Straße, schüttelte aber schnell bedauernd den Kopf. »Nichts mehr zu machen«, sagte er zu den bereitstehenden Rettungssanitätern. »Der Mann ist tot.«

Der Arzt untersuchte die Leiche gründlicher. Nach einigen Minuten sagte er zu den Helfern: »Deckt den Toten ab. Er muss aber noch liegen bleiben.«

Der Doktor ging zu einem der Polizisten, der neben einem Streifenwagen wartete. »Sie sollten Ihre Kollegen von der Kriminalpolizei verständigen.«

»Schon passiert«, antwortete der Uniformierte. »Was denken Sie denn?«

»Ich meine nicht die Abteilung für Verkehrsdelikte«, antwortete der Arzt. »Ich meine die Mordkommission.«

4

Hauptkommissar Rüdiger Brischinsky, in der Ersten Kriminalhauptstelle des Polizeipräsidiums Recklinghausen zuständig für Mord und andere Kapitalverbrechen, räkelte sich auf seinem Sofa und schaute sich die Videoaufzeichnung eines alten Schimanski-Krimis an, als sein Telefon klingelte. Einen Moment lang erwog Brischinsky, nicht zu Hause zu sein, dann siegte aber doch sein Pflichtgefühl.

»Baumann! Weißt du eigentlich, wie spät es ist? – Wieso Verkehrsunfall? Dafür sind doch unsere Kollegen von der ... – Das ist natürlich was anderes. Selbstverständlich, ich komme. Wo, sagst du? – Börster Weg? – In Ordnung. Bin gleich da.« Seufzend stieg der Kriminalbeamte in seine neuen Lederschuhe, zog sein Sakko an und schaltete die Geräte aus. Dann schnappte er sich seinen Mantel und verließ die Wohnung.

Der Schneeregen war in Schneefall übergegangen. Es war kälter geworden. Brischinsky schlug den Mantelkragen höher und fluchte leise. Sein Dienstpassat stand auf dem unbefestigten Garagenhof hinter dem Haus. Hier, wo sich der Wind ungehindert austoben konnte, war der Schnee an einigen Stellen sogar liegen geblieben. Brischinsky hoffte, dass dieser Zustand nicht von Dauer war. Er hasste Schnee. Das heißt, vor allen Dingen hasste er Schneematsch. Und das, was er im funzeligen Licht der Hofbeleuchtung vor sich sah, war Schneematsch.

Der Hauptkommissar eilte über den Platz, wobei er sich bemühte die nassen Felder möglichst zu meiden. Er hatte seine Schuhe, ein exklusives Modell aus italienischer Fertigung, erst vor ein paar Tagen erstanden. Zum Spottpreis für 400 Mark – unter Freunden. Schuhe waren sein heimliches Laster. Was andere Männer in Kneipen ließen, gab Brischinsky für seine Fußbekleidung aus. Seine Leidenschaft hinderte ihn jedoch nicht daran, Schuhe als Gebrauchsgegenstände zu betrachten. So trug er seine Designerlatschen auch bei diesem Wetter.

Er hatte sein Fahrzeug fast erreicht, als er plötzlich ein knackendes Geräusch hörte. Unmittelbar darauf verspürte der Hauptkommissar etwas Kaltes an seinem rechten Fuß.

»Scheiße«, fluchte er. Und dann deutlich lauter: »Verdammte Scheiße! Warum immer ich?«

Er zog seinen Fuß aus der mit dünnem Eis und einer Schneeschicht überzogenen Pfütze und betrachtete frustriert seinen rechten Treter, aus dem schlammiges Schmutzwasser tropfte. Den Schuh konnte er vergessen.

Fünfzehn Minuten später erreichte der Hauptkommissar den Unfallort. Sein Assistent, Kommissar Heiner Baumann, kam ihm entgegen. Zehn Meter weiter waren Gestalten in weißen Overalls damit beschäftigt, Spuren zu sichern.

»'n Abend, Chef.«

»Ist schon fast Morgen«, knurrte Brischinsky ungehalten. »Also, was ist los?«

»Um kurz vor elf wurde hier ein älterer Mann überfahren. Er ist tot. Dem Notarzt ist einiges seltsam vorgekommen. Deshalb hat er uns verständigen lassen. So wie es aussieht, hat der Arzt Recht.«

»Das heißt was?«

»Der Tote hat schwere Verletzungen am Hinterkopf, die aller Wahrscheinlichkeit nach nicht Folgen des Unfalls sind ...«

»Sondern ...?«

Die beiden Polizisten hatten die Unfallstelle erreicht.

»... dem Unfallopfer nachträglich zugefügt wurden.« Der Mediziner beendete den Satz und gab Brischinsky die Hand. »Sehen Sie, hier.« Der Arzt zog das schneebedeckte Tuch vom Kopf des Toten. Eine Blutlache rund um den Schädel der Leiche wurde sichtbar.

»Ich habe an drei nur wenige Zentimeter voneinander entfernten Stellen blutverklebte Haare auf dem Asphalt gefunden. Vermutlich von dem Toten. So wie es aussieht, ist der Mann mehrmals mit dem Kopf auf dem Straßenbelag aufgeschlagen. Das kann aber nicht Folge des Unfalles sein. Dafür befinden sich die Aufschlagstellen zu nahe beieinander. Wenn ein Fahrzeug einen Menschen trifft, wird dieser durch die kinetische Energie des Aufpralls weggeschleudert. Je nach Aufprallgeschwindigkeit kann das Unfallopfer durchaus mehrmals aufschlagen, die Aufschlagorte liegen dann aber weiter auseinander, als es hier der Fall ist. Dieser Mann wurde zwar auch durch die Luft geschleudert, aber nicht sehr weit. Nein, die Verletzungen am Hinterkopf des Toten sind keine Unfallfolgen. Der Mann wurde aller Wahrscheinlichkeit nach ermordet.«

»Und wie?« Brischinsky sah den Arzt aufmerksam an.

»Wie schlagen Sie Ihr Frühstücksei auf?«

»Mit dem Messer«, platzte Baumann heraus.

Der Arzt verzog keine Miene. »Und wenn Sie kein Messer zur Hand haben?«

Baumann antwortete nicht.

»Sind Sie sicher?«, erkundigte sich Brischinsky.

»Ziemlich. Allerdings, das …«

»… genaue Ergebnis kann erst die Obduktion bringen«, sagten Brischinsky und Baumann im Chor.

Der Mediziner sah beide erstaunt an. »Ja, natürlich. Brauchen Sie mich noch?«

»Nein. Vielen Dank, Herr Doktor, dass Sie mitten in der Nacht …«

»Keine Ursache. Ich hatte Bereitschaft.«

»Ich nicht«, erwiderte Brischinsky und wandte sich dann an seinen Mitarbeiter. »Was habt ihr noch?«

»Keine Bremsspuren. Entweder hatte der Unfallwagen ABS oder der Fahrer hat nicht reagiert. Und Splitter. Vermutlich vom Blinker. Schon auf dem Weg ins Labor. Und eine Zeugenaussage.«

»Jemand hat den Unfall beobachtet? Großartig!«

»Leider nicht den Unfall. Ein Anwohner hat gegen Viertel vor elf ein lautes Geräusch gehört, vermutlich den Aufprall. Er ist auf die Straße gelaufen, hat aber nur noch kurz einen Wagen gesehen, der mit hoher Geschwindigkeit und ohne Beleuchtung in die Halterner Straße eingebogen ist. Der Zeuge meint ein Recklinghäuser Kennzeichen erkannt zu haben, ist sich aber nicht sicher«, berichtete Baumann.

»Scheiße. Weiß er was über den Fahrzeugtyp?«

»Nein. Er sagt, es war ein großer dunkler Wagen. Ein BMW, Mercedes oder Audi. Könnte aber auch ein anderes Fabrikat gewesen sein.«

»Toll. Fahndung?«

»Klar. Schon eingeleitet. Wir suchen nach einem dunklen Fahrzeug, das vorne beschädigt und wahrscheinlich in Recklinghausen zugelassen ist. Ich hab allerdings meine Zweifel, ob wir ...« Baumann zuckte mit den Schultern.

»Ich auch. Wer ist der Tote?«, fragte der Hauptkommissar.

»Georg Pawlitsch. Wohnt in Herne. Kohlenstraße 13. Pawlitsch war 64 Jahre alt.«

»Was macht ein Herner um diese nachtschlafende Zeit in Recklinghausen?«

»Woher soll ich das wissen?«

»Das war keine Frage an dich, sondern an mich selbst. Na gut. Du bleibst hier und veranlasst alles Weitere. Und mach den Kollegen im Labor Dampf. Deren Bericht liegt bis morgen Mittag auf meinem Schreibtisch, klar? Ich fahre nach Herne, wenn der Tote Angehörige hat, muss die ja jemand verständigen.«

Baumann nickte und musterte verstohlen Brischinskys rechten Schuh. Dann grinste er breit. »Neu?«

Der Hauptkommissar hatte den Blick seines Assistenten bemerkt und blaffte: »Du sagst jetzt besser nichts mehr, Herr Kollege!«

Baumanns Grinsen verstärkte sich. »Verstanden! Jawohl, Herr Hauptkommissar«, feixte Baumann und machte sich hastig auf den Weg zu einem der Streifenwagen.

5

Am nächsten Morgen schlurfte gegen neun Uhr ein völlig übermüdeter Hauptkommissar in das Büro im ersten Stock des Präsidiums, ließ sich ermattet auf seinen Stuhl sacken und fragte: »Gibt es schon Kaffee?«

Baumann sprang auf. »Leider ist unsere Kaffeemaschine immer noch kaputt. Die letzte habe übrigens ich bezahlt. Ich hoffe, du erinnerst dich noch.« Der Vorwurf in seiner Stimme war auch für den schläfrigen Brischinsky nicht zu überhören. »Aber ich hol dir welchen. Wie immer?«

Brischinsky nickte.

Baumann ging zum Schrank und fischte ein Döschen wasserlöslichen Kaffee aus einer Schachtel. Das Gesöff, das der Automat auf dem Flur für fünfzig Pfennig ausspuckte, war fast untrinkbar. Mit Kaffeepulver aufgepeppt, schmeckte das Getränk zwar nur unwesentlich besser, sein Koffeingehalt war jedoch deutlich höher. Das verstärkte seine aufputschende Wirkung. Und genau darauf kam es an.

Als Baumann das Büro verlassen hatte, sichtete Brischinsky lustlos die eingegangene Post. Er gähnte herzhaft, lehnte sich zurück und schloss die Augen.

»Rüdiger, dein Kaffee.« Baumann berührte leicht seine Schulter.

Brischinsky schreckte hoch. »Scheiße, ich bin eingeschlafen.«

»Wann bist du ins Bett gekommen?«, erkundigte sich sein Mitarbeiter.

Der Hauptkommissar nahm einen Schluck von dem schwarzen Gebräu. Wie erwartet schmeckte der Kaffee nicht, war aber heiß und stark.

»Gegen sechs. Ich war zwar schon um drei wieder zu Hause, konnte aber nicht schlafen. Manchmal hasse ich unseren Job. Ich kann mich einfach nicht daran gewöhnen, Menschen die Nachricht zu überbringen, dass einer ihrer Angehörigen tot ist.« Brischinsky schüttelte den Kopf. »Und dann noch mitten in der Nacht! Gegen eins war ich in Herne. Ich habe bestimmt zehn Minuten vor der Haustür gestanden und geklingelt. Dann hat Frau Pawlitsch geöffnet. Die Ehefrau des Toten. Sie ist zweiundsechzig. Erst zweiundsechzig! Verdammte Scheiße!« Brischinsky steckte sich eine Zigarette an und inhalierte tief. »Erst hatte ich den Eindruck, die Frau versteht nicht, was ich ihr sage. Deshalb habe ich sie gefragt. Doch, hat sie gesagt, ich habe Sie sehr wohl verstanden. Ich habe Sie genau verstanden. Dann ist sie zusammengebrochen. Einfach so. Sie hat nicht geweint, nicht geschrien. Ist einfach so umgefallen. Ich konnte sie gerade noch auffangen. Der Notarzt, den ich gerufen habe, hat ihr ein starkes Beruhigungsmittel gegeben. Dabei hat der Kerl mich angesehen, als ob ich Georg Pawlitsch auf dem Gewissen hätte.«

»Das ist doch Quatsch.«

»Natürlich. Ist mir aber so vorgekommen. Der Arzt hat dann von Frau Pawlitsch den Namen ihrer Tochter in Erfahrung bringen können. Ihre Rufnummer stand in einem Notizbuch, das neben dem Telefon lag. Die Tochter wohnt in Bochum. Sie heißt Ruth. Ich habe auf Ruth Pawlitsch gewartet und alles noch einmal erzählen müssen. Natürlich konnte weder sie noch ihre Mutter mir irgendwelche Fragen beantworten. Deshalb müssen wir heute noch einmal bei den Pawlitschs vorbei. Das ist wirklich ein beschissener Job.« Brischinsky lehnte sich zurück und rauchte schweigend.

Baumann hielt es für ratsam, nichts zu sagen.

Es klopfte und ein Bote brachte eine Akte. Baumann griff nach den Unterlagen und sagte, als er den fragenden Blick Brischinskys registrierte: »Der Laborbericht.«

»Lass hören.«

»Einen Moment.«

Der Kommissar überflog den kurzen Bericht. Brischinsky wartete ungeduldig.

»Unser Zeuge hatte Recht. Das Unfallfahrzeug ist ein Mercedes-Benz 230, Baujahr 1993 oder 1994. Farbe: metallic schwarz. Ob Limousine oder Kombi ist nicht feststellbar. Die Splitter stammen vom Scheinwerfer und Blinker vorne rechts. Dieses Bauteil ist bei Limousine und Kombi identisch. Und die Lacksplitter, die wir auf der Straße gefunden haben, sind identisch mit denen an der Kleidung des Opfers. Pawlitsch ist zweifellos von einem schwarzen Mercedes angefahren worden. Und wenn sich der Zeuge auch beim Kennzeichen nicht geirrt hat, kommt der Wagen aus Recklinghausen.«

»Immerhin schon etwas. Heiner, lass dir vom Straßenverkehrsamt eine Liste der Halter aller in Recklinghausen zugelassenen PKW geben, auf die unsere Merkmale zutreffen. Und jage die Daten durch den Rechner. Vielleicht haben wir ja Glück und Kollege Computer hilft uns weiter.« Brischinsky schloss die Augen. »Ich muss jetzt etwas nachdenken.«

»Schon klar, Chef. Und wie lange willst du ... äh ... nachdenken?«

»Etwa eine Stunde.«

»Bis dahin habe ich die Unterlagen. Möchtest du noch einen ...«, er sah zu seinem Vorgesetzten, »... Kaffee?«

Baumann bekam keine Antwort mehr. Brischinsky war auf seinem Stuhl erneut fest eingenickt.

Der Hauptkommissar wähnte sich in einem Himmelbett aus weichen Daunen, als ihn Heiner Baumann aus seinen Träumen riss. »Es ist fast elf Uhr. Ich dachte, du wolltest noch arbeiten?«, feixte der.

Brischinsky reckte seine schmerzenden Glieder. »Und da heißt es, Büroschlaf sei der gesündeste ... Wahrscheinlich haben andere Beamte ergonomische Stühle und nicht solch ein Folterwerkzeug wie ich. Was habe ich verpennt?«

»Meine Anfrage beim Straßenverkehrsamt. Hier ist die Liste.« Baumann warf Brischinsky einen Computerausdruck auf den Schreibtisch. »Über hundert Halter fahren einen metallic schwarzen 230er. Ich habe bei den Mercedes-Vertragswerkstätten in Recklinghausen und Umgebung nachgefragt. Dort wurde heute kein Fahrzeug zur Reparatur abgegeben, das die bekannten Schäden aufweist.«

»Würde mich auch wundern. Sollte das Fahrzeug wirklich hier bei uns zugelassen sein, müsste der Täter doch geradezu mit dem Klammerbeutel gepudert sein, wenn er die Karre auch noch in einer Werkstatt im Raum Recklinghausen in Stand setzen lässt. Nein, da müssen wir die Nachbarstädte in die Ermittlungen einbeziehen, mindestens die. Hat die Fahndung etwas ergeben?«

»Nein, leider Fehlanzeige.«

»Schade. War aber wohl zu erwarten. Was meint unser elektronischer Helfer?«

»Der meint nichts. Zumindest heute nicht mehr. Die Standleitung zum Zentralrechner des LKA ist unterbrochen, irgendein Knotenrechner hat seinen Geist aufgegeben, meinen die Kollegen von der Datenverarbeitung«, erwiderte Baumann. »Deshalb funktioniert auch unser Netzwerk nicht.«

»Was für ein Rechner?«, fragte Brischinsky entgeistert.

»Ein Knotenrechner.«

»Aha.«

Ehe Baumann erklären konnte, um was es sich dabei handelte, hob Brischinsky abwehrend die Hände. »Lass mich bitte mit dem Mist in Ruhe. Ich habe schon drei

EDV-Fortbildungsveranstaltungen ergebnislos abgebrochen. Ich bin dafür zu alt.«

»Wieso? Du bist doch erst Anfang fünfzig.«

»Eben! Also lassen wir die bösen Jungs heute laufen?«

»Sieht so aus.«

»Auch gut. Dann fahren wir jetzt nach Herne, die Pawlitschs befragen. Oder nein, ich fahre allein nach Herne. Und du«, der Hauptkommissar nahm den Computerausdruck des Straßenverkehrsamtes und warf ihn Baumann wieder zu, »wirst dir die metallic schwarzen Mercedes-Benz der Baujahre 1993 und 1994 zeigen lassen.«

»O nein! Warum immer ich?«

»Weil sonst kein anderer da ist, deshalb. Klar, Herr Kommissar?«

Baumann knurrte.

»Ach, und Baumann ...«

»Hast du noch so einen tollen Auftrag für mich?«

»Ruf in der Gerichtsmedizin an. Ich will definitiv wissen, woran Pawlitsch gestorben ist. Bis nachher.«

Dreißig Minuten später erreichte der Hauptkommissar die Kohlenstraße am Rande der Teutoburgia-Siedlung in Herne. Ruth Pawlitsch öffnete ihm. Die junge Frau hatte ein verweintes, übernächtigtes Gesicht. Sie trug noch die Kleidung des vergangenen Abends.

»Frau Pawlitsch, es ist mir wirklich sehr unangenehm, aber ich muss Sie und Ihre Mutter noch einmal belästigen.«

Ruth Pawlitsch nickte stumm und ließ den Hauptkommissar eintreten. Sie führte ihn ins Wohnzimmer. Dort saß die Witwe mit dem Rücken zur Tür in einem Sessel und stierte auf den dunklen Fernsehschirm.

»Mama«, sagte Ruth Pawlitsch leise und strich ihrer Mutter zärtlich über das Haar. »Mama. Da ist der Polizist, der gestern schon hier war. Er möchte mit uns reden.«

Paula Pawlitsch schien zunächst nicht zu reagieren, erhob sich dann aber langsam, drehte sich um und kam schweren Schrittes auf Brischinsky zu. »Ja, sicher. Sie sind das. Natürlich. Bitte.« Sie zeigte auf den anderen Sessel und nahm selbst auf der Couch gegenüber Platz.

»Möchten Sie etwas trinken?«, fragte Ruth Pawlitsch.

»Nein, danke.«

Die Tochter setzte sich neben ihre Mutter und hielt deren Hand.

Brischinsky räusperte sich. »Frau Pawlitsch, es tut mir sehr Leid, aber ich muss Ihnen noch einige Fragen stellen.«

»Bitte.« Paula Pawlitsch war kaum zu verstehen.

»Es ist möglich, dass Ihr Mann nicht nur Opfer eines Verkehrsunfalls wurde, sondern ... Also, wir halten es für denkbar ... Frau Pawlitsch, Ihr Mann könnte ermordet worden sein.«

Die Tochter sah den Beamten an wie ein Gespenst. Paula Pawlitsch riss den Mund auf, als ob sie schreien wollte. Dann sog sie tief die Luft ein und stieß sie mit einem rasselnden, gequälten Stöhnen wieder aus. »Warum ...?«

Tränen liefen über ihr Gesicht. Ruth reichte ihr ein Taschentuch, mit dem sich die Witwe vergeblich bemühte, den Tränenfluss zu kontrollieren.

»Warum ...?«, schluchzte sie erneut.

Auch die junge Frau Pawlitsch konnte ihre Tränen nicht mehr zurückhalten. Ein vorwurfsvoller Blick traf den Polizisten.

Brischinsky schwieg betreten. In diesen Momenten hasste er seinen Beruf immer wieder. Noch mehr aber hasste er die Täter, die solche Verzweiflung auslösten. Hilflos stammelte der Hauptkommissar: »Ich ... ich kann auch später ... oder morgen ...«

»Nein, bleiben Sie«, flüsterte Paula Pawlitsch. »Es geht schon.« Die Witwe straffte sich. »Fragen Sie.«

»Können Sie mir sagen, was Ihr Mann gestern Abend in Recklinghausen gewollt hat?«

»Ja, natürlich. Er war mit seinem alten Freund Kattlowsky verabredet.«

Brischinsky zückte sein Notizbuch. »Kattlowsky. Kennen Sie auch den Vornamen?«

»Selbstverständlich. Siegfried heißt er. Siegfried Kattlowsky.«

»Wissen Sie, wo Herr Kattlowsky wohnt?«

»Nicht genau. In einem Altersheim im Norden der Stadt. Wissen Sie, Siegfried und mein Georg kannten sich schon seit Jahrzehnten. Sie waren gemeinsam auf *Erin*.«

»*Erin?* Ist das nicht die Zeche in ...«

»Castrop. Ja, so ist es. Siegfried ist einer von Georgs besten Freunden. Wenn die beiden zusammen waren, schwelgten sie in gemeinsamen Erinnerungen. Ich habe da nur gestört.« Sie lächelte schmerzhaft. »Deshalb bin ich nie mit nach Recklinghausen gefahren. Und es war mir auch etwas zu beschwerlich. Ich habe Schwierigkeiten beim Laufen.«

»Wann war Ihr Mann denn mit seinem Freund verabredet?«

»Ich glaube, gegen fünf. Er ist mit dem Bus um kurz nach halb vier zum Bahnhof gefahren und von da weiter nach Recklinghausen. Das hat er immer so gemacht.« Sie schluchzte leise auf. »Und jetzt ist er tot.« Ein Weinkrampf schüttelte sie.

Ruth Pawlitsch nahm ihre Mutter in den Arm und blickte Brischinsky bittend an. Der nickte.

»Ich gehe dann besser. Bitte, bleiben Sie sitzen.« Der Hauptkommissar drückte den beiden Frauen fest die Hand und verließ leise die Wohnung.

In seinem Wagen funkte Brischinsky die Zentrale an und forderte eine Auskunft vom Einwohnermeldeamt.

Zehn Minuten später hatte er die genaue Anschrift von Siegfried Kattlowsky. Der Freund des toten Georg Pawlitsch lebte im Seniorenheim im Nordviertel Recklinghausens in der Straße Am Romberg. Das Heim lag nur wenige hundert Meter vom Unfallort entfernt. Brischinsky machte sich auf den Weg.

Der Hauptkommissar traf Siegfried Kattlowsky auf seinem Zimmer. Der Rentner war groß gewachsen, schlank und hatte langes, fast weißes Haar, das im Nacken von einem Gummiband zusammengehalten wurde.

»Kriminalpolizei?«, wunderte sich Kattlowsky, nachdem Brischinsky sich ausgewiesen hatte. »Was wollen Sie von mir?«

»Sie hatten doch gestern Besuch von Georg Pawlitsch?«

»Georg? Ja, der war gestern Abend bei mir. Warum wollen Sie das wissen?«

»Herr Pawlitsch ist tot«, antwortete der Hauptkommissar. »Er ist gestern nicht weit von hier von einem Wagen angefahren worden.«

»Tot? Georg? Oh, mein Gott.« Kattlowsky wurde bleich.

Brischinsky deutete die Reaktion falsch und wollte ihm hilfreich unter die Arme greifen, als dieser eine abwehrende Handbewegung machte: »Lassen Sie. So leicht wirft mich nichts um. Georg ist nicht der erste meiner Freunde, der sterben musste. Leider nicht der erste. Aber was hat die Kripo ... Ich meine, warum ...?«

»Der Fahrer des Unfallwagens hat Fahrerflucht began-gen.« Brischinsky hielt es für klüger, es fürs Erste bei dieser Erklärung bewenden zu lassen. »Wir fahnden nach ihm.«

»Unfallflucht ... tragisch.« Kattlowsky sah Brischinsky direkt an. »Weiß Paula, ich meine, seine Frau ...?«

»Ja, ich habe sie informiert.«

»Und? Wie hat sie es aufgenommen?«

»Sie ist verständlicherweise erschüttert. Ihre Tochter ist bei ihr.«

»Ruth? Gut, das ist gut. Ach, Georg.« Kattlowsky schüttelte betrübt den Kopf.

»Herr Kattlowsky, Frau Pawlitsch hat mir gesagt, dass ihr Mann mit Ihnen um fünf verabredet war.«

»Um fünf? Ja, ja, Georg war hier ... Sagten Sie fünf Uhr?«

»Ja.«

»Nein, das stimmt nicht. Da muss sich Paula irren. Georg und ich waren für halb acht verabredet. Halb acht. Nach meinem Abendessen.« Der Rentner lächelte verschmitzt. »Sonst vertrage ich den Bergmannsschnaps nicht, wenn ich keine Grundlage habe, verstehen Sie?«

»Sind Sie sich da ganz sicher?«

»Mit dem Schnaps oder der Uhrzeit?«

»Der Uhrzeit.«

»Hören Sie, ich bin noch nicht senil! Ich weiß, wann ich mich gestern mit Georg getroffen habe. Außerdem habe ich direkt nach dem Abendessen, so gegen sieben, noch einige Flaschen alkoholfreies Bier an der Bude besorgt. Für meinen Freund. Georg trank keinen Alkohol mehr seit seinem Herzinfarkt. Dabei hat mich mein Nachbar Heinz begleitet. Heinz von Rabenstein. Auf dem Rückweg haben wir Georg getroffen und er ist mit uns ins Heim gegangen. Ich kann Heinz holen, wenn Sie ...«

»Nein, das ist nicht nötig. Herr Kattlowsky, ist Ihnen an Georg Pawlitsch irgendetwas aufgefallen? War er vielleicht beunruhigt oder erregt?«

»Nein. Er war etwas stiller als sonst, das vielleicht. Etwas stiller. Aber nervös? Nein, sicher nicht. Stiller, ja. Obwohl ...« Der Rentner zögerte.

»Ja?«

»Ach, ihm war sein Notizbuch aus der Jackentasche gerutscht. Ich habe es aufgehoben und ihm gegeben. Dabei habe ich in dem Buch geblättert und er hat sich darüber aufgeregt. Das gehe mich nichts an, hat er gesagt. Ich solle meine Finger davonlassen. Richtig rumgemotzt hat er. Da war Georg ganz der Alte. Er hat ein fürchterliches Getue um das Buch gemacht. Wir haben ihn deswegen immer aufgezogen. Und jetzt ist er tot.« Kattlowsky schüttelte erneut den Kopf.

Brischinsky wartete noch einen Moment, ob dem Rentner noch etwas Wesentliches einfallen würde. Dann sagte der Polizist: »Danke, Herr Kattlowsky, das war es schon.«

»Herr Kommissar?«

»Ja?«

»Frau Pawlitsch, ich meine ... was denken Sie, kann ich sie besuchen?« Kattlowsky schien ehrlich betrübt und besorgt.

»Ich glaube, sie würde sich darüber freuen.«

Zurück im Präsidium führte Hauptkommissar Brischinsky ein kurzes Gespräch mit der Pressestelle, um die Veröffentlichungen der Lokalmedien in deren morgigen Erzeugnissen in seinem Sinne zu beeinflussen. Dann machte er sich auf den Weg nach Hause, um den ausgefallenen Schlaf der letzten Nacht nachzuholen.

6

Eschs erster Griff nach dem Aufstehen galt der Reval-Packung. Er steckte sich eine Kippe in den Mund und zündete sie an. Ohne seine Lungentorpedos war er geliefert. Rainer konnte auf das Frühstück verzichten, nicht aber auf seine morgendlichen Nikotinrationen. Im Grunde waren die Zigaretten sein Frühstück. Der Anwalt hustete sich fast die Seele aus dem Leib und schlurfte in die Küche, um Kaffee aufzusetzen. Dann begab er sich mit dem Sportteil der *WAZ* unterm Arm und der Reval im Mundwinkel auf die Toilette, um die Artikel in Ruhe zu studieren.

Später am Frühstückstisch las Rainer den Rest der Zeitung. Schwerpunkt der deutschlandpolitischen Berichterstattung waren die Auseinandersetzungen in der Regierungskoalition. Der Wirtschaftsteil berichtete ausführlich über die Reaktionen an den Weltbörsenplätzen auf die neuesten Beschlüsse der russischen Führung. Esch blätterte weiter zum Recklinghäuser Lokalteil. Die einzelne Mittelseite fiel auf den Boden. Der Anwalt legte den Rest der *WAZ* aus der Hand und hob die Seite auf.

Sein Blick fiel auf eine zweispaltige Überschrift: *LoBauTech in Schwierigkeiten?*

Darunter war über den Bergbauzulieferer zu lesen:

Der Hochlarmarker Betrieb LoBauTech mit rund einhundertsechzig Beschäftigten scheint in wirtschaftliche Schwierigkeiten geraten zu sein. Wie der Betriebsratsvorsitzende des Unternehmens, Peter Steinke (42), im Anschluss an eine Belegschaftsversammlung mitteilte, hat sich die Auftragslage der Firma in den letzten Monaten drastisch verschlechtert. Die Deutsche Steinkohle AG habe ihre Bestellungen bei LoBauTech im Vergleich zum Vorjahr um ein Drittel reduziert, gab Steinke bekannt. Damit seien etwa die Hälfte der Arbeitsplätze akut gefährdet. Dies sei eine Folge der Kapazitätsanpassungen im deutschen Bergbau, die nun voll auf die Arbeitsplätze in den Zulieferindustrien durchschlage. Steinke verbittert: »Wenn jetzt keiner hilft, stehen unsere Kollegen auf der Straße. Aber wir werden das nicht so einfach hinnehmen.« Steinke wirft dem Firmeninhaber, Dr. Friedhelm Lorsow, vor, den Ernst der Situation nicht rechtzeitig erkannt zu haben. Friedhelm Lorsow (Bild) gegenüber unserer Zeitung zu den Vorwürfen der Betriebsräte: »Das ist völliger Unsinn. Aber ich kann die Ängste verstehen. Die Situation ist wirklich nicht einfach. Aber Panikmache bringt nur Unruhe in die Belegschaft. Das können wir gerade jetzt nicht gebrauchen. Wir stehen in Erfolg versprechenden Verhandlungen mit einem anderen großen Abnehmer, der unsere kleine Absatzdelle mehr als ausgleichen wird. Außerdem arbeiten wir intensiv an neuen, innovativen Produkten. Ich habe das auch der Belegschaft versichert: LoBauTech wird weiter auf Wachstumskurs bleiben.«

Rainer zog sich noch eine Reval rein und schüttete Kaffee nach. Dann drehte er das Einzelblatt um und überflog die anderen Artikel.

Schließlich widmete sich Rainer den ersten Seiten des Lokalteils. Die fett gedruckte Überschrift sprang ihm geradezu ins Auge: *Kein Unfall, sondern Mord?* Und darunter:

Ein tragisches Ereignis hat am Dienstagabend am Börster Weg das Leben eines 64-jährigen Herners gekostet. Anwohner hörten gegen 22.30 Uhr einen lauten Knall und fanden auf der Straße, in einer Blutlache liegend, den Rentner Georg P. aus Herne. P. war von einem dunklen Wagen angefahren worden, dessen Fahrer sich vom Unfallort entfernte. Der sofort gerufene Notarzt konnte nur noch den Tod des 64-Jährigen feststellen. P. erlitt schwere Kopfverletzungen, die seinen Tod herbeigeführt haben. Die Polizei hat Anhaltspunkte dafür, dass ein Teil der Verletzungen nicht eine direkte Unfallfolge sind, sondern P. nachträglich zugefügt wurden. Die Polizei sucht nun nach dem Unfallwagen. Es handelt sich um einen schwarzen Mercedes-Benz 230, Baujahr 1993 oder '94, der vorne rechts am Scheinwerfer und der Blinkleuchte beschädigt sein muss. Wer hat am Dienstagabend oder später einen solchen Wagen gesehen? Wo ist ein Fahrzeug, auf das die Beschreibung passt, repariert

worden? Sachdienliche Hinweise an die Kriminalpo-
lizei Recklinghausen, Telefon ...

Rainer las hastig den Rest. Dann sah er sich die Bilder
an. Sie gaben nicht viel her: Ein Foto vom Unfallort, auf
dem die Kreidemarkierungen der Spurensicherung zu
sehen war mit der Bildzeile: *Hier starb der 64-jährige
Herner,* sowie das kleinere Bild eines dunklen Mercedes:
*Wer hat einen Wagen dieses Typs gesehen, der vorne
rechts beschädigt ist?*

Der Anwalt zog nachdenklich an seiner Zigarette. Er
griff zu seinem Handy, wählte die Nummer der Recklinghäuser Kripo und ließ sich mit Hauptkommissar
Brischinsky verbinden.

»Sagten Sie, Sie heißen Esch?«, fragte der Angerufene.

»Ja. Haben Sie mich schon vergessen?«

»Vergessen? Sollte mir das je gelingen, lade ich das gesamte Präsidium zum Essen ein. Was kann ich für Sie
tun?« Nicht schon wieder Esch, dachte der Hauptkommissar. Erst die Schuhe und jetzt noch dieser Mensch
... Ihm blieb auch nichts erspart.

»Ich habe in der Zeitung von dem ... äh ... Tod eines
Georg P. aus Herne gelesen.«

»Und?«

»Handelt es sich bei dem Unfallopfer um einen Georg
Pawlitsch?«, fragte der Anwalt.

»Wie kommen Sie darauf?«, fragte Brischinsky zurück.

»Ein Georg Pawlitsch war am Montag in meiner Anwaltspraxis.«

Der Hauptkommissar antwortete nicht.

»Herr Brischinsky, sind Sie noch ...?«

»Ja, natürlich. Ich war nur etwas überrascht.«

»Also handelt es sich bei dem Toten um Georg Pawlitsch?«

»Sie haben Recht, der Tote heißt so. Ob es sich aber
bei dem Getöteten und Ihrem Besucher um dieselbe
Person handelt ...?«

»Na ja, so viele Georg Pawlitschs dürfte es in Herne ja nun nicht geben.«

»Auch wahr. Wenn der Tote Ihr Pawlitsch ist, haben Sie wirklich ein Talent, über Leichen zu stolpern ... Aber lassen wir das. Was wollte Pawlitsch von Ihnen?«

»Das war schon etwas seltsam. Auskünfte über das Presserecht.«

»Über das Presserecht? Was, zum Teufel, interessiert einen 64-Jährigen das Presserecht?«

»Das habe ich mich auch gefragt. Ihn übrigens auch.«

»Was hat er geantwortet?«, wollte der Hauptkommissar wissen.

»Nichts.«

»Aha. Das war ja dann ein wirklich interessantes Gespräch. Und über was haben Sie sonst noch gesprochen?«, spottete der Polizist.

»Wieder Fehlanzeige. Ich habe ihm nur eine kurze Einführung in das Presserecht gegeben.«

»Das war alles?« Der Beamte schien enttäuscht.

Rainer erwog, Brischinsky von der ominösen Vollmacht und dem seltsamen Benehmen seines Mandanten zu erzählen, entschied sich dann aber dagegen.

»Ja. Allerdings – ich hatte das Gefühl, dass Pawlitsch irgendetwas bedrückte.«

»Wie meinen Sie das?«

»Na ja, er war so fahrig, ziemlich unruhig, fast schon nervös. Er hat unsere Unterhaltung auch sehr unvermittelt beendet.«

»Nervös, sagen Sie? Nicht sehr ergiebig, was Sie mir da erzählen, Herr Esch.«

»Ich weiß. Wie gesagt, es war nur so ein Gefühl. Ich dachte, Sie sollten das wissen.«

»Hm. Gut. Danke für Ihren Anruf.«

»Keine Ursache. Pawlitsch war schließlich mein Mandant.«

»Sehr richtig, Herr Esch. Er *war* Ihr Mandant. Jetzt ist er es nicht mehr. Denken Sie daran.«

»Ich werde mir Mühe geben, Herr Hauptkommissar.«
»Bitte tun Sie das. Wiederhören, Herr Esch.« Brischinsky legte auf, ohne Rainers Gruß abzuwarten.

Der Anwalt überlegte einen Moment, dachte an Brischinskys Ratschlag und griff zum Telefon, um die Auskunft anzurufen.

»Guten Tag. Geben Sie mir bitte die Telefonnummer von Georg Pawlitsch in Herne – Ja. Paula, Anton, äh ... Wirsing, Ludwig, Ida, Theodor, Siegfried, Cäsar, Heinrich. – Nein, die Adresse kenne ich nicht. – Zwei unter G. Pawlitsch? – Ja, bitte beide.«

Rainer notierte sich die Nummern und beendete das Gespräch. Er nahm noch einen Schluck Kaffee und steckte sich eine weitere Filterlose ins Gesicht. Das war schon seine dritte Kippe in einer halben Stunde. Wenn er nicht endlich seiner Lunge das Atmen gestattete, würde ihn mit tödlicher Sicherheit irgendwann ein Lungenkarzinom hinwegraffen.

Dann wählte er wieder.

»Guten Morgen, bitte entschuldigen Sie die Störung. Mein Name ist Esch, Rainer Esch. Ich bin Rechtsanwalt in Herne. Ich weiß, es ist eine ziemlich ungewöhnliche Frage, aber sind Sie verwandt mit Herrn Georg Pawlitsch, der am Dienstagabend in Recklinghausen einen ... äh ... Unfall hatte?«

Sein Gesprächspartner am anderen Ende der Leitung unterbrach die Verbindung.

Bei seinem zweiten Anruf war Rainer erfolgreicher. Eine junge Frau meldete sich, die seine Frage mit leiser Stimme bejahte.

Esch setzte nach: »Wenn es Ihnen möglich ist, würde ich gerne mit Ihnen über den ... äh ... Unfall reden. Vielleicht morgen? Oder auch heute. Wann Sie wollen.«

»Nein, ich meine, was geht Sie das ...? Nein, nein«, kam fast unhörbar die Antwort.

»Das möchte ich Ihnen nicht am Telefon sagen, aber ... Hallo? Hören Sie?«

Das monotone Tuten des Telefons verriet Esch, dass Ruth Pawlitsch aufgelegt hatte.

7

Brischinsky blätterte erneut im Obduktionsbericht: Bruch der dritten und vierte Rippe rechts, Riss im rechten Lungenflügel, schwere Leber- und Nierenquetschung, innere Blutungen, mehrmalige Fraktur der Schädeldecke hinten und ein schweres Hirntrauma. Die Unfallfolgen allein, so behauptete die Gerichtsmedizin, wären bei rechtzeitiger medizinischer Versorgung nicht tödlich gewesen. Die Schädelverletzungen seien zweifellos nicht durch den Unfall, sondern durch das heftige, mehrmalige Aufschlagen des Kopfes auf das Straßenpflaster hervorgerufen worden und hätten den Tod des 64-Jährigen herbeigeführt.

Der Hauptkommissar legte den Bericht zur Seite, faltete seine Beine auf dem Schreibtisch vor ihm zusammen und rekapitulierte: »Pawlitsch wurde ermordet, das steht fest. Er hat vor dem Unfall seinen Freund Siegfried Kattlowsky besucht und wurde, kurz nachdem er das Altersheim verlassen hat, von einem schwarzen Mercedes angefahren, dessen Fahrer ihn vermutlich umgebracht hat ...«

»Es könnte aber doch auch noch ein Dritter am Tatort gewesen sein?«, warf Baumann ein.

»Ein Dritter? Unwahrscheinlich. Der Anwohner hat den Aufprall gehört und danach einen aufheulenden Motor. Dann ist er vor die Tür gelaufen und hat das Fahrzeug mit hoher Geschwindigkeit wegfahren sehen. Der Zeuge hat sonst keine Menschenseele auf der Straße bemerkt.«

»Das heißt aber nicht, dass keiner da war«, beharrte Baumann auf seiner Hypothese.

»Nee, das nicht. Aber gehen wir einmal davon aus, dass deine Theorie stimmt und ein Dritter Pawlitsch ermordet hat. Wo ist das Motiv?«

»Haben wir bei dem Fahrer auch nicht.«

»Doch! Der Fahrer hat ein Motiv. Möglicherweise war er betrunken und wollte verhindern, dass Pawlitsch den Unfallwagen identifizieren kann.« Der Hauptkommissar machte eine kurze Pause und setzte dann fort: »Vielleicht war es ja auch kein Mord, sondern der Unfallverursacher ist zurück zu Pawlitsch gelaufen, um zu helfen, hat ihn in Panik geschüttelt und dabei ist Pawlitschs Kopf auf den Boden geschlagen. Dann hat der Fahrer erkannt, was er angerichtet hat, und ist geflüchtet.«

Baumann schüttelte den Kopf. »Letzteres erscheint mir doch sehr fraglich. Der Kopf wurde mehrmals mit großer Kraft auf den Asphalt geschlagen. Mehrmals!«

»Du hast Recht«, räumte Brischinsky ein. »Aber Angst vor Entdeckung wäre ein Motiv. Und wie soll das mit deinem Dritten gelaufen sein?«

»Er könnte Pawlitsch gefolgt sein ...«

»... und hat gewartet, bis der zufällig von einem Fahrzeug angefahren wird?«

»Natürlich nicht. Aber er könnte die Situation des Unfalles mit der Fahrerflucht für sich genutzt haben. Der Verdacht richtet sich schließlich gegen den Fahrer, nicht gegen ihn.«

»Hm. Das kann nicht sein. Baumann, denk nach! Pawlitsch wird überfahren. Der Zeuge hört den Knall und Motorengeräusche, flitzt nach draußen vor die Tür. Nach seinen Aussagen hat das etwa drei Minuten gedauert. Er sieht den Mercedes noch um die Ecke biegen. Die Unfallstelle ist etwa 100 Meter von der Straßenkreuzung entfernt. Der Wagen braucht also maximal zehn, fünfzehn Sekunden für diese Strecke. Das Fahrzeug hat sich demnach knapp drei Minuten an der Unfallstelle aufgehalten. In der Zeit konnte ein Dritter Pawlitsch nicht ermorden. Er hätte dann ja riskiert, dass ihn der Unfallfahrer beobachtet. Also musste er warten, bis der Wagen wieder anfuhr. Dein Mörder hatte so genau die Zeit zur Verfügung, die der Mercedes benötigte, um die nächste Ecke zu erreichen. Fünfzehn Sekunden. Höchstens. Denn sonst hätte ihn der Zeuge sehen müssen. Der Mörder hätte in diesen paar Sekunden von seiner Deckung zum verletzten Pawlitsch laufen, das Opfer mehrmals mit dem Kopf auf das Pflaster schlagen und sich dann wieder verstecken müssen. Kaum vorstellbar.«

Baumann nickte. »Also kein Dritter.«

»Sehr wahrscheinlich nicht. Unser Täter saß im Auto, da bin ich mir sicher.«

»Und der Hinweis von Esch?«

»Was für ein Hinweis? Da geht jemand zum Anwalt und lässt sich beraten. Was ist daran bemerkenswert?«, wunderte sich der Hauptkommissar. »Außerdem: Handelte es sich bei diesem Pawlitsch wirklich um unseren Toten?«

»Na ja.« Baumann zog die Schulter hoch. »Stimmt schon. Aber Presserecht? Nicht so alltäglich, oder?«

»Selbst wenn die Person identisch wäre, ich kann beim besten Willen keine Verbindung zur Tat erkennen«, wies Brischinsky seinen Mitarbeiter zurecht.

»Warum hat Pawlitsch seiner Frau verschwiegen, dass er erst um halb acht mit seinem Freund verabredet war, und ihr stattdessen erzählt, sie würden sich um fünf treffen?«

»Baumann, du warst noch nie verheiratet, nicht wahr?«

»Nein.«

»Schlaues Kerlchen. Ich habe diesen Fehler einmal gemacht. Und bitter bereut. Glaube mir, Ehepartner erzählen sich nicht immer alles. Ich weiß das aus eigener leidvoller Erfahrung.« Brischinsky setzte sich auf und seufzte. »Schluss der Debatte. Ich sage dir: Wenn wir den Unfallwagen haben, haben wir den Täter. Womit wir beim Thema wären: Was ist mit den schwarzen Fahrzeugen und ihren Fahrern?«

»Bis jetzt Fehlanzeige. Bis gestern Abend um sieben habe ich von den Haltern knapp die Hälfte angetroffen und mir die Wagen zeigen lassen. Einige Dutzend habe ich noch auf der Liste. Da wollte ich später ...«

»Mach das. Was ist mit unserer EDV ... wie hieß das Ding?«

»Knotenrechner.«

»Läuft der wieder?«

»Heute Morgen noch nicht. Ich überprüfe das sofort.«

Baumann stand auf und ging in das Nebenzimmer. Kurz darauf pfiff er leise durch die Zähne, als er das Ergebnis seiner Recherche auf dem Computerbildschirm sah. Dann startete er die Druckroutine und der Laserdrucker begann zu summen. Wenige Sekunden später hatte Baumann den Ausdruck in den Händen und kehrte zu Brischinsky zurück.

»Das dürfte dich interessieren, Rüdiger. Ein Mercedes des Typs, den wir suchen, wurde am 24., also Dienstag, gegen Mittag in Bochum als gestohlen gemeldet. Der Wagen ist in Recklinghausen zugelassen.«

»Und warum wissen wir nichts davon? Die halbe Kripo Recklinghausens sucht einen schwarzen Mercedes und in Bochum ...«

»Der Knotenrechner. Vermutlich haben die Kollegen in Bochum den Diebstahl für eine Routineangelegenheit gehalten und ...«

»Wie hat die Polizei eigentlich gearbeitet, als es noch keine Computer gab, hä? Nach dem Zufallsprinzip?« Der Hauptkommissar erwartete keine Antwort. »Wem gehört die Karre?«

»Es handelt sich um einen Dienstwagen mit dem amtlichen Kennzeichen RE-LD 69. Er ist zugelassen auf die
Firma *LoBauTech* in Hochlarmark.«

»Kenne ich nicht. Wann, sagst du, ist der Benz in Bochum geklaut worden?«

»Die Diebstahlmeldung wurde um kurz nach 11 Uhr
aufgenommen.«

»Und das Auto ist noch nicht wieder aufgetaucht?«

»Nein.«

»Aha. Ist der Benz in der Fahndung?«

»Ja.«

»Okay. Heiner, ich müsste mich schwer täuschen,
wenn das nicht der gesuchte Unfallwagen ist. Da hätten
wir dann das Motiv: Mit einem geklauten Wagen einen
Unfall verursachen ...«

»Aber«, wagte Baumann zu bemerken, »warum ist der
Fahrer denn nicht einfach abgehauen? Er musste Pawlitsch doch nicht gleich umbringen. Vor einer Entdeckung brauchte er meines Erachtens keine Angst zu haben. Der Wagen war schließlich ohnehin gestohlen.«

»Was weiß ich«, wehrte Brischinsky den im Grunde
vernünftigen Einwand ab. »Das werden wir sehen. Jetzt
statten wir erst einmal *LoBauTech* einen Besuch ab.« Er
warf Baumann den Schlüssel zu. »Du fährst. Aber vernünftig.«

8

Rainer Esch stand frierend in der offenen Tür seiner Anwaltspraxis und führte ein ernstes Gespräch mit dem
Briefträger über die Aussichten von Schalke in der Fuß-
ballbundesliga, als ein etwa 50-jähriger Mann in einem
schwarzen Mantel und mit einem schwarzen Hut auf
dem Kopf ihre Fachsimpelei unterbrach.

»Entschuldigen Sie bitte die Störung, dürfte ich ...?«
Der Besucher machte Anstalten, sich an den beiden

Diskutanten vorbei in Rainers Wartezimmer zu drängen. Esch trat zur Seite.

»Bitte«, sagte er, nickte dem Postboten freundlich zu und folgte dem Mann, der sich so gerade hielt, als ob er einen Spazierstock verschluckt hätte, in die Praxis.

Der Anwalt musterte den Hutträger neugierig. »Ich bin Rechtsanwalt Esch«, begann er die Unterhaltung. »Kann ich etwas für Sie tun?«

»Ich hoffe schon.« Der Besucher schälte sich aus seinem teuer aussehenden Mantel, hängte einen grauen Schal sorgfältig und äußerst akkurat über Rainers schon etwas altersschwachen Garderobenständer und legte seinen Hut und die mitgebrachte Aktentasche auf den Stuhl daneben. Der Mann trug einen anthrazitfarbenen Zweireiher, dazu ein mittelblaues Hemd mit einer blauen, weiß gepunkteten Krawatte. In der Brusttasche seiner Anzugjacke steckte ein Schmucktuch in denselben Farben. So stellte sich Lieschen Müller einen echten Gentleman vor.

»Wenn ich vorgehen darf ...?« Esch betrat sein Arbeitszimmer, den Dressman im Schlepptau. Rainer zeigte auf einen seiner Freischwinger. »Um was geht es?«

»Mein Name ist von Rabenstein. Aleksander Graf von Rabenstein.« Er betonte und dehnte das ›von‹. Und den ›Grafen‹.

Rainer notierte den Namen.

»Aleksander bitte mit k, s, nicht mit x. Meine Großmutter war eine Cousine fünften Grades der Romanows, der letzten amtierenden Zarenfamilie Russlands.«

»Mit k, s. Aha.« Esch beeindruckte das nicht im Geringsten. Seiner durch und durch republikanischen Gesinnung war es völlig schnuppe, ob er vor Herzogen und Grafen oder Kaisern und Königen saß. Außerdem hielt er Blaublütige – zumindest deren Vorfahren – ohnehin alle mehr oder weniger für Halsabschneider. Rainer war der festen, unverbrüchlichen Überzeugung, dass irgendwann irgendein Urahn des heutigen Grafen von Rabenstein seinen damaligen Mitbürgern mit Keulen und Schwertern klargemacht hatte, dass sie ab sofort ihm nicht nur zu dienen, sondern ihn auch mit *Euer Hochwohlgeboren* anzureden hätten. Das angeblich göttliche und ewige Geburtsrecht des Adels hatte nun mal seinen historischen Ursprung in Raub und Mord. Aber schließlich war Rainer der Chef und einzige Mitarbeiter einer am Rande des Existenzminimums dahinkrebsenden Anwaltskanzlei. Geldnot ließ selbst politisch gefestigte Naturen zu Opportunisten werden. »Wie soll ich Sie anreden? Mit ... äh ... Graf?«

»Nein. Herr von Rabenstein reicht.«

Das beruhigte Rainer. Ein aufgeklärter Adeliger. Wahrscheinlich hatte seine Familie in der Französischen Revolution ganz besonders gelitten. Und deshalb wollte Aleksander mit k, s vermutlich heute kein Risiko mehr eingehen.

»Gut, Herr von Rabenstein. Um was geht es denn nun?«

»Verstehen Sie mich bitte nicht falsch. Normalerweise benötigen die Rabensteins keine Anwälte, vor allem ich nicht. Wir, das heißt, ich bin es gewohnt, Probleme selbst zu regeln. Schließlich wissen wir am besten, was wir unserer Familie zutrauen können, nicht wahr? Es gibt im Grundsatz nichts, womit ein Rabenstein nicht fertig wird.«

Rainer nickte. Der Graf sagte das in einem Ton, als hätte er seinem Gegenüber gerade den Fehdehandschuh ins Gesicht geknallt und ihm die Wahl der Waffen überlassen. Esch war beeindruckt. Man konnte ja vom verarmten Landadel halten, was man wollte, aber Selbstbewusstsein hatten die Kerle. Und das, obwohl die Novemberrevolution 1918 mit der Abdankung des letzten deutschen Kaisers schon einige Tage zurücklag. Aber wer schließlich mit den Romanows verwandt war ...

»Kann ich mir vorstellen. Und warum kommen Sie dann zu mir? Könnten nicht die Anwälte Ihrer Familie ...?« Das interessierte Rainer wirklich.

»Wir greifen schon seit längerem nicht mehr auf unsere Hausanwälte zurück. Die Kosten, verstehen Sie?«

Also sehr verarmt. Rainer beschloss, unverzüglich nach einer Rechtsschutzversicherung zu fragen, als der Graf schon fortfuhr: »Ich habe ein kleines Problem mit der Bundesversicherungsanstalt für Angestellte. Die verweigert mir aus völlig unverständlichen Gründen, wie Sie gleich selbst sehen können, eine Erwerbsunfähigkeitsrente. Ich habe mich ja schon selbst mit diesen subalternen Beamten in Verbindung gesetzt, mehrmals in Verbindung gesetzt, muss ich betonen. Leider aber erfolglos. Außer Unverschämtheiten haben mir diese Herren nichts Relevantes mitzuteilen gehabt. Nichts. Dabei bin ich wirklich sehr krank.«

Äußerlich sah der Graf völlig gesund aus, fand Rainer. Keine sichtbaren Gebrechen. Aber vielleicht ... Selbst Krebs war ja nicht so ohne weiteres erkennbar. »Woran leiden Sie?«, fragte der Anwalt mitleidig.

»An einer Computerphobie.«

»An einer Computerphobie. Das ja ist wirklich ...« Rainer schluckte. »An was ...?« Er sah von Rabenstein ungläubig an.

Der zupfte nervös an seiner Krawatte. »Computerphobie. Ich kann nicht mehr an Computern arbeiten.« Der Adlige nickte selbstvergessen mit dem Kopf. »Immer wenn ich zum Beispiel die Enter-Taste drücken muss, um eine Eingabe abzuschließen, überfällt mich eine quälende Lähmung. Ich kann mich einfach nicht dazu entschließen. Ich frage mich dann, ob ich alle Eingaben korrekt ausgeführt oder irgendetwas vergessen habe. Dann kommen die Unruhezustände. Mein Herz rast, ich beginne zu zittern. Und die Schweißausbrüche! Völlig unkontrolliert. Natürlich passiert mir so etwas nur vor dem Computer. Wir Rabensteins hatten in unserer ganzen Familie noch nie eine solche Phobie. Selbstverständlich ist unser Geschlecht auch älter, viel älter als diese Technik. Es stellt sich außerdem die Frage ... Entschuldigen Sie, wo ist die Toilette? Ich glaube, ich muss kurz nach dem Sitz meiner Kleidung sehen.«

»Die Tür dort.«

Von Rabenstein zog sich zurück. Rainer versuchte, das eben Gehörte mental zu verarbeiten. Einige der geschilderten Symptome kannte er selbst von seiner Arbeit mit den elektronischen Helfern. Wenn das für die Gewährung einer EU-Rente reichen würde ...

Der Fall begann ihn zu interessieren. Allerdings hatte er den Verdacht, dass seine eigenen Probleme mit Computern mehr mit seiner Weigerung zusammenhingen, einen Blick in die einschlägigen Handbücher zu werfen.

»Und dann habe ich noch ein weiteres, kleines Problem.« Der Graf war zurückgekehrt, nestelte am Verschluss seiner Tasche und förderte einen prall gefüllten Aktenordner zu Tage. Er öffnete das Teil und suchte ein Schreiben heraus. »Lesen Sie selbst. Ist das nicht eine Unverschämtheit?«

Esch hielt ein Schreiben eines Prof. Dr. Dr. Schwarzmüller in Händen, Neurologe und Psychiater an einer der Bochumer Universitätskliniken. Dieser Doppeldoktor hatte von Rabenstein im Auftrag der BfA untersucht und ein dreizehnseitiges Gutachten verfasst, welches Rainer nun in den Händen hielt.

Er überflog das medizinische Traktat, von dem er ohnehin nur einen Bruchteil verstand, und blieb dann beim Schlusssatz kleben: ... *leidet der Patient ohne Zweifel an einer narzisstisch-neurotischen Persönlichkeitsstörung*. Unwillkürlich musste Rainer grinsen.

Von Rabenstein missdeutete Eschs Gesichtsausdruck. »Sehen Sie, Sie amüsieren sich auch. Es wäre ja zum Lachen, wenn ... Ist das nicht eine Unverfrorenheit? Persönlichkeitsstörung! Was weiß denn dieser ...

dieser ... Seelenklempner darüber? Das frage ich Sie, Herr Esch?«

»Äh ...«

»Genau. Nichts. Ich kenne mich doch schließlich besser aus als dieser unfähige Professor. Aber ...« Der Adelige rückte seine Krawatte gerade und zog die Anzugjacke glatt. »Das können die vielleicht mit Krethi und Plethi machen, nicht aber mit Aleksander von Rabenstein.« Triumphierend sah er sich um, als ob er Applaus erwartete.

Rainer war fast gewillt, ihm den Gefallen zu tun. »Und ich soll ...?«

»Diesen Beamten von der Bundesanstalt gehörig auf die Füße treten, jawohl. Nach meinen Anweisungen, selbstverständlich.« Rabenstein beugte sich vertrauensvoll zu Rainer hinüber. »Wissen Sie, im Grunde könnte ich diese Schriftsätze ja selbst ... Die Ausübung der Jurisprudenz hat in meiner Familie eine lange Tradition. Selbstverständlich waren wir keine Anwälte, natürlich nicht. Wir haben diese Menschen nur immer beschäftigt, verstehen Sie?«

»Klar.« Esch nickte heftig. Das konnte ja heiter werden. »Ach, Herr von Rabenstein. Als was waren Sie tätig? Ich meine, bevor Sie an Ihrer Phobie zu leiden begannen?«

»Ich war Leiter der zentralen EDV-Abteilung eines großen Unternehmens. Führungsaufgabe. Mit Personalverantwortung. Ohne mich lief nichts, wie Sie sich vorstellen können.« Rabenstein lächelte verklärt. »Absolut nichts. Ich war die Stütze der Firma. Seit ich krank bin ...« Er machte eine abwertende Handbewegung. »Die Firma liegt am Boden. Völlig. Aber das ist auch kein Wunder bei der Lücke, die ich hinterlassen habe.«

»Wirklich bedauerlich. Aber konnte nicht einer Ihrer Mitarbeiter ...?«

»Welche Mitarbeiter? Diese vertrauensvolle Aufgabe konnte doch keiner außer mir ausüben ... Nein, das wäre nicht gegangen.« Er lächelte Rainer überheblich an. »Das konnte nur ich.«

»Dann waren Sie also allein in der EDV-Fachabteilung ...?«

»Selbstverständlich.« Von Rabenstein straffte sich. »Nur ich!«

Jetzt war Esch alles klar. Der Gutachter hatte so etwas von Recht. »Und bei welcher Firma waren Sie?«

»*LoBauTech* in Recklinghausen. Bis wir uns auf eine Abfindung geeinigt hatten.«

»Herr von Rabenstein, wenn Sie mir Ihre Unterlagen hier lassen würden, werde ich mich in aller Ruhe damit beschäftigen. Und dann machen wir einen neuen Termin, einverstanden?« Rainer reichte dem Aristokraten eine Vollmacht und eine Schweigepflichtentbindungserklärung über den Schreibtisch, die dieser ohne zu zögern unterschrieb. Esch atmete auf.

Rabenstein hob schulmeisterlich den rechten Zeigefinger. »Sie unternehmen aber nichts, ohne mich vorher zu konsultieren und meine ausdrückliche Zustimmung einzuholen.«

»Nein, wo denken Sie hin«, beeilte sich der Anwalt zu versichern und schob Aleksander Graf von Rabenstein samt seiner Computerphobie und der neurotisch-narzisstischen Persönlichkeitsstörung vorsichtig aus seinem Arbeitszimmer.

Nachdem sich sein neuer Mandant verabschiedet hatte, sank Rainer wie vom Schlag getroffen auf seinen Stuhl und steckte sich eine Zigarette an. Was für Typen in diesem Land so frei herumliefen. Er grinste breit. Das musste er unbedingt seinem Freund Cengiz Kaya erzählen. Eine adelige Computerphobie! Einfach irre!

Plötzlich fiel ihm ein, dass er den Blaublüter nicht nach der Rechtsschutzversicherung gefragt hatte.

9

LoBauTech hatte ihr Domizil auf einer ehemaligen Zechenbrache an der Karlstraße in Recklinghausen-Hochlarmark, in der Nähe einer früheren Bergehalde, die jetzt ein Naherholungsgebiet war. *Lorsow – Baustoff – Technologien* stand auf dem Firmenschild rechts neben der Einfahrt. Da die Schranke offen stand, fuhr Baumann durch das Tor, ohne sich um den wild gestikulierenden Pförtner zu kümmern. Der Polizist stoppte den weißen Dienstpassat zwanzig Meter weiter vor einem zweigeschossigen Gebäude, welches er als Sitz der Verwaltung identifizierte.

Als die beiden Beamten ihr Fahrzeug verließen, wurden sie energisch angerufen: »Halt, Sie da. Halt!«

Die Besucher drehten sich um und sahen einen wütenden Pförtner mit Schirmmütze, der, ein Bein nachziehend, schimpfend auf sie zustürmte.

»Was fällt Ihnen ein? Haben Sie nicht meine Zeichen gesehen? Sie können doch nicht so einfach hier hereinfahren!«, maulte die private Ordnungsmacht. »Wer sind Sie? Zu wem wollen Sie? Sie müssen sich bei mir«, er tippte sich mehrmals mit dem Zeigefinger auf die vor Verantwortungsbewusstsein geschwellte und bald platzende Brust, »anmelden. Bei mir. Und einen Passierschein ausfüllen. Den lassen Sie sich dann von unserem Mitarbeiter, den Sie besuchen wollen, abzeichnen und geben ihn beim Verlassen des Geländes wieder bei mir ab, haben Sie verstanden? Außerdem dürfen Sie hier nicht parken. Das ist nur für Mitarbeiter. Der Besucherparkplatz ist dahinten.« Der Pförtner zeigte auf einige weiter entfernte Parkplätze und dokumentierte durch sein Gehabe die Richtigkeit der Behauptung der Genforscher, dass die Gene von Menschen und Primaten zu rund 95 Prozent übereinstimmen.

»Aber hier parkt doch keiner«, wunderte sich Baumann. »Warum sollen wir dahinten ...?«

»Weil das Vorschrift ist. Schließlich muss alles seine Ordnung haben.« Zutiefst befriedigt über seinen souveränen Auftritt setzte der Mützenmann fort: »Und jetzt kommen Sie unverzüglich mit und füllen einen Passierschein aus. Dann fahren Sie Ihren Wagen auf den Besucherparkplatz. Und dann ...«

Brischinsky, der dem Auftritt des Pförtners mit zunehmendem Unmut gefolgt war, zückte seinen Dienstausweis. »Kriminalpolizei. Unser Fahrzeug bleibt hier stehen. Sagen Sie uns bitte, wo wir die Geschäftsleitung finden.«

Der Mann sah irritiert erst auf Brischinskys Dienstausweis, dann auf Brischinsky selbst und dann auf Baumann. »Die Geschäftsführung? Aber Sie müssen doch erst den Passierschein ...« Seine fest gefügte Ordnung geriet merklich ins Wanken.

»Jetzt hören Sie mir bitte zu. Wir führen eine Ermittlung durch. Und werden keinen Schein ausfüllen. Und nun«, Brischinsky wechselte in seinen Befehlston über, den Baumann nur zu gut kannte, »sagen Sie mir sofort, wo ich die Geschäftsleitung finde.«

Der Mann erstarrte. Für einen Moment glaubte Baumann, er würde sich der Anweisung des Hauptkommissars widersetzen. Dann siegten aber doch die urdeutschen Tugenden und der Pförtner unterwarf sich der Obrigkeit. »Erster Stock. Rechts durch die Glastür und dann geradeaus. Sie können es nicht verfehlen.«

Der Hauptkommissar nickte ihm dankend zu. Baumann traute seinen Augen kaum: Der Pförtner grüßte tatsächlich militärisch korrekt mit der Hand an der Schirmmütze zurück und verbeugte sich tief. Der Kommissar wusste nicht, ob er lachen oder weinen sollte.

Als sich die beiden Beamten der Eingangstür näherten, hörten sie den Pförtner aufgeregt in sein Funktelefon sprechen.

Dr. Friedhelm Lorsow – Geschäftsführer stand auf dem Kunststoffschild rechts neben der Tür. Und darunter: *R. Müller – Sekretariat.*

Brischinsky klopfte und trat ein, ohne eine Antwort abzuwarten. Baumann folgte ihm. Das Vorzimmer war mit edlen Buchenmöbeln ausstaffiert. In der Mitte des Raumes stand eine überdimensionierte Winkelkombination, an den Wänden Schränke. Auf dem Schreibtisch befand sich eine hochmoderne Telefonanlage, wie Baumann mit Kennerblick registrierte. Und auch der Computer der Sekretärin schien nicht das älteste Modell zu sein.

»Sie wünschen, bitte?«

Eine gut aussehende Sekretärin unbestimmbaren Alters sah die beiden Beamten mit dem professionell taxierenden Blick einer erfahrenen Chefsekretärin an. Vom Ergebnis dieser Musterung hing es im Allgemeinen ab, ob der Besucher ins Allerheiligste vorgelassen wurde, einen Termin bekam oder sein Anliegen wenigstens der Herrscherin über Telefon und Terminkalender des Chefs vortragen durfte.

»Kriminalpolizei.« Brischinsky zeigte wieder seinen Dienstausweis. Er war sich vollkommen sicher, dass Frau R. Müller schon von ihrem Kommen wusste. »Brischinsky. Das ist mein Kollege Baumann.«

»Roswitha Müller, angenehm.«

»Wir möchten bitte jemanden von der Geschäftsführung sprechen.«

»Tut mir Leid. Herr Dr. Lorsow hat eine Besprechung. Er hat leider keine Zeit«, sagte die Frau kühl. »Wenn Sie einen Termin möchten?« Sie sah im Tischkalender nach. »Anfang Dezember, wäre Ihnen das recht?«, fragte sie nach einer Weile mit einem leicht spöttischen Unterton.

»Ihnen wurde eines Ihrer Fahrzeuge gestohlen.« Brischinsky blätterte in seinem Notizbuch. »Ein Mercedes mit dem Kennzeichen RE-LD 69. Wer fährt das Fahrzeug üblicherweise?«

»Dazu kann ich Ihnen keine Auskunft geben. Ich bin nicht befugt ...«

Dem Hauptkommissar platzte der Kragen. Er stützte beide Hände auf die Schreibtischkante, beugte sich weit zu der Chefsekretärin hinüber und sagte betont leise: »Jetzt hören Sie mir mal zu, Frau Müller. Es ist mir völlig egal, zu was Sie befugt sind oder zu was nicht. Wir möchten augenblicklich den Geschäftsführer sprechen.«

Roswitha Müller machte auf Baumann nicht den Eindruck einer Frau, die sonderlich von Brischinskys Auftritt beeindruckt war.

Sie zog die rechte Augenbraue leicht indigniert hoch, musterte demonstrativ langsam erst Brischinskys Gesicht, dann seine Hände, griff schließlich zum Telefon und sagte: »Herr Dr. Lorsow, hier sind zwei Herren von der Kriminalpolizei. – Ja, ich habe Ihnen gesagt, dass Sie in einer Besprechung sind, aber sie lassen sich nicht abweisen. Sie sagen ...«, die Sekretärin suchte kurz nach Worten, »... es sei wichtig. Es geht um den gestohlenen Wagen. – Ja, selbstverständlich.« Roswitha Müller legte auf, blickte hoch und ging zu einer Tür rechts von ihr. »Herr Dr. Lorsow lässt bitten.« Dann öffnete sie die Verbindungstür zum Büro ihres Chefs und fragte strahlend: »Trinken Sie Ihren Kaffee mit Milch oder schwarz?«

Die beiden Beamten betraten das Büro. Am hinteren Ende des Raumes befand sich ein schwerer Schreibtisch aus Mahagoni, darüber ein modernes Gemälde in Blau, dessen Motiv entfernt an eine Getreideähre erinnerte. Rechts von der Tür standen vier zweisitzige Sofas aus weinrotem Leder, angeordnet im Quadrat, in der Mitte der Sitzgruppe ein rauchblauer Glastisch. Zwei Männer, einer höchstens vierzig und der andere deutlich über sechzig, und eine junge Frau sahen interessiert in Richtung Bürotür. Der jüngere, ein schlanker, braun gebrannter Mann sprang beim Eintreten der Polizisten auf und kam ihnen mit federndem Gang und ausgestreckter Rechten entgegen.

»Lorsow«, begrüßte er sie herzlich. »Sie sind ...?«

»Hauptkommissar Brischinsky. Das ist Kommissar Baumann.«

»Meine Herren, bitte nehmen Sie doch Platz. Darf ich vorstellen? Frau Schlüter, Rechtsanwältin, und Herr Derwill, mein Prokurist. Kaffee?«

»Nein, danke«, brummte Brischinsky und auch Baumann verneinte. Beide ließen sich in den Traum aus rotem Leder fallen.

Lorsow nickte seiner Sekretärin fast unmerklich zu. Daraufhin verließ diese das Zimmer und schloss lautlos die Tür.

»Darf ich fragen, was Sie zu uns führt? Meine Sekretärin sagte, es handelt sich um den gestohlenen Wagen? Ist es nicht etwas ungewöhnlich, dass sich deswegen zwei Kommissare zu dem Geschädigten bemühen?«

Baumann fixierte Lorsow neugierig. Dieser erwiderte seinen Blick und blinzelte dem Beamten vertraulich mit dem rechten Auge zu. Baumann erstarrte. Dann drehte Lorsow seinen Kopf wieder in die Richtung des Hauptkommissars, der zu einer Erklärung ansetzte.

»Das wäre es in der Tat. Aber wir beschäftigen uns nicht mit Eigentumsdelikten, wir sind von der Mordkommission.«

Lorsow und die junge Rechtsanwältin warfen sich einen schnellen Blick zu.

»Mordkommission?«, staunte die Frau. »Was hat denn die Mordkommission ...?«

»Es ist möglich, dass das gestohlene Fahrzeug in einen Unfall verwickelt war, bei dem ein Mensch ermordet wurde«, antwortete Brischinsky.

»Ach, Sie meinen die Fahrerflucht in der Innenstadt, von der heute in der Zeitung berichtet wurde?« Der Geschäftsführer sah die Beamten verunsichert an. Und blinzelte wieder.

»Wollen wir hier ...?« Brischinsky blickte in die Runde.

»Selbstverständlich. Ich habe vor Frau Schlüter und auch vor meinem Prokuristen keine Geheimnisse. Wie hat denn mein Wagen ...?«

»Ich sagte bereits, dass lediglich die Möglichkeit besteht. Deswegen hätte ich einige Fragen an Sie.«

Baumann klappte sein Notizheft auf und zückte den Schreiber.

»Bitte.« Lorsow blieb angespannt. Wie ein Raubtier auf dem Sprung, dachte Baumann. Das rechte Augenlid des Unternehmers zuckte erneut. Anscheinend keine Vertraulichkeit, sondern eine nervöse Störung.

»Wer hat das gestohlene Fahrzeug üblicherweise gefahren?«

»Ausschließlich ich.«

»Auch am letzten Montag?«

»Selbstverständlich. Ich bin gegen neun zu einer Besprechung mit meiner Bank nach Bochum gefahren ...«

»Wohin genau? Und welche Bank?«

»Die *Bayerische Hypothekenbank* hat ihren Sitz in der Huestraße. Ich parke nur sehr ungern in Parkhäusern, mir ist dort einmal eines meiner Fahrzeuge mutwillig zerkratzt worden. Das waren bestimmt die Punks, die dort in der Innenstadt rumlungern. Die veranstalten da ja regelrechte Straßenfeste. Darum sollte sich die Polizei mal kümmern ... Na ja. Ich habe mir deshalb einen Parkplatz in der Umgebung gesucht und nach zehn Minuten auch einen in der Neustraße gefunden.«

»Wann war das?«

»Warten Sie, ich hatte den Termin um zehn ... Das muss so Viertel vor gewesen sein.«

»Und wann kamen Sie zurück?«

»Gegen elf. Da war mein Mercedes nicht mehr da. Ich habe dann sofort mit meinem Handy die Polizei angerufen.«

»Herr Lorsow, haben Sie noch den Schlüssel für Ihren Wagen?«

»Selbstverständlich.«

»Dürfte ich ihn einmal sehen?«

Lorsow machte Anstalten aufzustehen, als sich Rechtsanwältin Schlüter einschaltete. »Meine Herren, ich glaube, das geht etwas zu weit. Herrn Lorsow ist ein Fahrzeug gestohlen worden und er hat diesen Sachverhalt zur Anzeige gebracht. Er hat mit dem Unfall nichts zu tun. Und Ihre Frage kann ich nur so interpretieren, dass Sie unterstellen, Herr Lorsow hätte den Diebstahl vorgetäuscht. Das muss ich mit aller Entschiedenheit ...«

»Lassen Sie nur, Frau Schlüter.« Lorsow stand auf und ging zu seinem Schreibtisch, öffnete eine Schublade und holte ein Schlüsselbund heraus, das er Brischinsky zeigte. »Hier. Das sind die Schlüssel.«

»Existieren weitere Schlüssel für den Wagen?«

»Nein. Nur die hier.«

»Waren immer beide Schlüssel am Bund?«, fragte der Hauptkommissar weiter.

»Natürlich nicht. Einen hat Frau Müller aufbewahrt. Es ist vorgekommen, dass ich meinen Schlüssel verlegt habe. Dann hat sie mir mit dem Ersatzschlüssel ausgeholfen. Sie hat das Exemplar, das bei mir im Schreibtisch lag, erst gestern an diesem Schlüsselbund befestigt. Der Wagen ist ja gestohlen worden.«

Brischinsky stand auf und Baumann folgte seinem Beispiel. »Tja, Herr Lorsow. Ich glaube, ich hätte keine weiteren Fragen. Oder eine noch: Kannten Sie Herrn Pawlitsch?«

»Wen?«

»Georg Pawlitsch. Das Unfallopfer.«

»Herr Hauptkommissar, was soll das?« Rechtsanwältin Schlüter erhob sich ebenfalls. »Wie kommen Sie auf den Gedanken, dass Herr Doktor Lorsow Herrn Pawlitsch gekannt hat?« Sie zitterte leicht.

Lorsow und Derwill standen nun auch auf. Lorsow legte seine Hand beruhigend auf den Arm der Anwältin. Er blinzelte wieder. Baumann musste sich zwingen, seinen Blick von diesem ständigen Zucken abzuwenden, das eine eigentümliche Faszination auf ihn ausübte.

»Nein, Herr Hauptkommissar. Ich habe Herrn Pawlitsch nie in meinem Leben gesehen. Reicht Ihnen das als Antwort?«

Brischinsky nickte stumm.

Die Beamten verabschiedeten sich, stiegen in ihr Auto und fuhren am devot grüßenden Pförtner vorbei.

Nach fünf Minuten brach Brischinsky das Schweigen. »Hat der diese nervösen Zuckungen wohl immer? Oder war das eine Reaktion auf unseren Besuch?«

10

Am Samstag entdeckte Esch die Todesanzeige der Familie Pawlitsch in der Zeitung. *Plötzlich und unerwartet* stand da. *Durch ein tragisches Unglück aus dem Leben gerissen.* Die Beerdigung Georg Pawlitschs sollte am Montag auf dem Friedhof in Herne-Holthausen an der Friedhofstraße stattfinden.

Der Anwalt geriet ins Grübeln. Nach dem missglückten Telefonat mit der Angehörigen des Toten war sich Rainer unschlüssig gewesen, ob er noch einen Versuch wagen sollte, mit der Familie Kontakt aufzunehmen. Die Möglichkeit eines Kondolenzbesuchs hatte ihn einige Stunden beschäftigt, bis er diesen Gedanken wieder verwarf. Worüber sollte er mit der Familie reden? Über Pawlitschs beiläufig geäußerten Gedanken, dass ihm etwas passieren könnte? Ältere Menschen sprechen häufiger über Krankheiten, Unfälle und Tod, auch ohne dass es für ihre Befürchtungen konkrete Anlässe gibt. Oder über Pawlitschs Interesse an presserechtlichen Problemen? Die Angehörigen dürften andere Sorgen haben. Und auch die unterschriebene Blankovollmacht war möglicherweise nicht mehr als ein spontaner Einfall. Nein, ein Besuch kam nicht in Frage.

Trotzdem blieb seine Unruhe, die durch die Lektüre der Todesanzeige neue Nahrung fand. Wenn er nun einfach zur Beisetzung ...?

Wenn sich dort eine Gelegenheit ergeben würde, mit den Angehörigen zu sprechen – gut. Wenn nicht, konnte er jederzeit ohne größeres Aufsehen gehen und Brischinskys Rat folgen, die ganze Angelegenheit auf sich beruhen zu lassen.

So stand Rainer Esch am Montag gegen elf Uhr fröstelnd im Nieselregen vor der Kapelle und wartete, bis der Trauergottesdienst beendet war. In letzter Minute war ihm noch eingefallen, einen Blumenstrauß zu besorgen. Die zehn Minuten, die er im Blumenladen verbracht hatte, kam Rainer dann zu spät. Die Trauerfeier hatte bereits begonnen und die Türen der Kapelle waren geschlossen. Da ihm der Mut fehlte, die Andacht zu stören, wartete er lieber draußen.

Den dunklen Anzug, den er trug, hatte sich Rainer aus Anlass seines zweiten Staatsexamens, das mittlerweile schon fast zwei Jahre zurücklag, zugelegt. Der Hosenbund spannte ein wenig und er musste beim Zuknöpfen den Bauch einziehen; ein untrügliches Indiz dafür, dass zumindest diese Stelle seines Körpers der damaligen Konfektionsgröße etwas entwachsen war. Esch führte das auf seine Vorlieben für griechisches Essen bei *Neokyma*, Pfälzer Riesling und spanischen Brandy zurück. Den schwarzen Trench hatte er nach längerem Suchen in einem alten Koffer entdeckt, verknittert und verstaubt. Die Knitterfalten hatte das Bügeleisen beseitigt, den Staub die Kleiderbürste, nur der ziemlich unmoderne Schnitt der späten 70er-Jahre ließ sich nicht verbergen. Rainer tröstete sich damit, dass er zum einen nicht auf einer Modenschau war, zum anderen sogar dicksohlige Schuhe und Schlaghosen wie in den 60ern wieder modern waren. So betrachtet, war er möglicherweise ein einsamer Trendsetter.

Die nasse Kälte kroch unter den viel zu kurzen Mantel. Esch stampfte von einem Fuß auf den anderen, um die Durchblutung seiner Zehen zu beschleunigen. Schließlich drückte er sich an die Außenmauer der Kapelle und steckte sich mit kalten Händen eine Reval an. Um seine steifen Hände in den Manteltaschen zu wärmen, schob er die Kippe zwischen die Lippen, klemmte den Blumenstrauß unter seinen rechten Arm und lehnte sich an die Wand. Außer ihm standen noch einige andere Wartende verloren im Nieselregen. Esch vermutete, dass auch sie sich verspätet und ähnliche Skrupel wie er selbst hatten.

Eine gute Viertelstunde später läutete die Glocke der kleinen Kapelle. Dann öffnete sich die schwere, zweiflügelige Tür und der mit Blumen geschmückte Sarg wurde von vier in Bergmannskitteln gekleideten Männern auf einem Transportgestell herausgefahren. Dahinter ging gemessenen Schrittes der Pastor, gefolgt von den grambeugten Familienmitgliedern. Mit einem kleinen Abstand schloss sich die Trauergemeinde an.

Rainer ließ die Trauernden an sich vorbeiziehen und reihte sich am Ende des Zuges ein. Schweigend ging es bis zum Grab. Dort sprach der Pastor einige letzte Worte und die Träger ließen den Sarg hinab. Danach traten die Anwesenden nacheinander an die Grube, warfen etwas Erde oder Blumen in die Tiefe und kondolierten den Familienmitgliedern. Eschs Blumenstrauß war durch die unsachgemäße Aufbewahrung zwischen Achselhöhle und Kapellenwand leicht ramponiert. Der Anwalt ließ ihn deshalb schnell, kaum dass er an das Grab getreten war, nach unten auf den Sarg fallen.

Dann wandte er sich an die beiden Frauen, die neben dem Grab standen. Die jüngere stützte die ältere. Vermutlich Tochter und Mutter. Rainer reichte den

Schwarzgekleideten die Hand und murmelte: »Mein herzliches Beileid.«

Die ältere Frau deutete mit einem wortlosen Kopfnicken ihren Dank an.

Als Rainer der jungen Frau sein Bedauern aussprach, musterte diese ihn prüfend und antwortete: »Danke sehr. Woher kannten Sie meinen Vater? Ich glaube nicht, dass wir uns ...«

»Nein, wir sind uns noch nicht begegnet. Mein Name ist Rainer Esch, ich bin Anwalt. Ihr Vater hat mich vor einigen Tagen aufgesucht und ...«

»Ihre Stimme kommt mir bekannt vor. Haben Sie bei uns angerufen?«

»Ja, am Donnerstag. Ich ...«

Ruth Pawlitsch unterbrach Esch erneut: »Wenn Sie Zeit haben, würden wir uns freuen, wenn Sie mit zum Kaffeetrinken kommen könnten. Wir treffen uns in der Gaststätte *Schrebergarten Teutoburgia*. Wissen Sie, wo das ist?«

Rainer bejahte.

»Gut. Dann bis später.« Ruth Pawlitsch drehte sich zur Seite und gab damit zu verstehen, dass sie das kurze Gespräch für beendet hielt. Sie wandte sich dem nächsten Trauergast zu.

Rainer parkte seinen roten Mazda MX 5 im Parkverbot des Anlieferungsbereiches eines Heizwerkes der *Ruhrkohle Wärme GmbH*. Er hoffte, dass die Anlieferung von Kohle nicht ausgerechnet in der nächsten Stunde erfolgen würde. In dieser Gegend Hernes waren Politessen ausgesprochen selten. Ihr natürliches Jagdrevier war die Innenstadt, wie Rainer schon häufiger leidvoll hatte feststellen müssen, und nicht die Vororte.

Die Kneipe lag am anderen Ende der Schrebergartenkolonie *Teutoburgia*.

Am Fenster der Eingangstür war mit Klebestreifen ein Schild befestigt: *Trauerhaus Pawlitsch. Geschlossene Gesellschaft.*

Esch betrat die Gaststätte. Unschlüssig blieb er in der Nähe der Tür stehen. In der Mitte des Raumes war aus vielen einzelnen Tischen eine lange Tafel zusammengestellt worden, die gut dreißig Personen Platz bot, wie Rainer grob schätzte. An einer Seite, mit dem Gesicht zur Eingangstür, saßen bereits sechs oder sieben Gäste, die Esch neugierig musterten. Pawlitschs waren augenscheinlich noch nicht eingetroffen.

Der Anwalt trat an den Tisch, nickte den anderen grüßend zu und setzte sich auf einen Stuhl an die gegenüberliegende Seite, gerade so weit von den schon Sitzenden entfernt, dass bei denen nicht der Eindruck entstehen konnte, er wollte mit ihnen nichts zu tun haben; aber trotzdem auch nicht nahe genug, dass zwangsläufig ein Gespräch entstehen musste.

Rainer bestellte einen Kaffee, zündete sich eine Kippe an und wartete. Einige Minuten später, der Tisch war bereits bis auf wenige Plätze am Kopfende und zwei Stühle rechts von Rainer gefüllt, traf auch die Familie Pawlitsch, flankiert von einigen älteren Männern, ein. Sie verteilten sich auf die freien Plätze. Für einen Moment erstarben die mit gedämpfter Stimme geführten Gespräche. Dann setzte das gleichförmige Gemurmel wieder ein.

Die Frau, die links von Rainer saß, rutschte auf ihrem Stuhl etwas weiter nach rechts und sprach ihn an: »Gehören Sie zur Familie?«

»Nein«, antwortete Esch.

»Hier aus der Gegend sind Sie aber auch nicht. Das müsste ich wissen. Ich wohne nämlich direkt neben Pawlitschs.« Sie machte eine Pause und sah Rainer fragend an. Als der nicht antwortete, sagte die Frau unvermittelt: »Ach ja. Jetzt ist Georg auch tot.« Sie seufzte tief und schüttelte verständnislos den Kopf. »Und dann so plötzlich. Aber ich sag immer, kann man nichts dran machen. Man steckt ja nicht drin, oder?«

»Vermutlich nicht.« Eine intelligentere Antwort fiel Rainer nicht ein.

Glücklicherweise verlor die Frau das Interesse an einer Unterhaltung mit ihm und beugte sich wieder nach links. Esch kam sich ziemlich überflüssig vor. Er fragte sich, welcher Teufel ihn geritten hatte, auf diese Beerdigung zu gehen.

Rainer hatte sich gerade entschlossen, das Lokal so unauffällig wie möglich zu verlassen, als sich Ruth Pawlitsch auf den freien Stuhl rechts neben ihn setzte.

»Sie sind also Anwalt?«, fragte die junge Frau.

»Ja. Ich habe meine Praxis in der Castroper Straße.«

»Und mein Vater war kürzlich bei Ihnen?«

»Letzte Woche Montag.«

»Was wollte er?«

»Auskünfte über das Presserecht.«

»Presserecht? Warum das?«

»Keine Ahnung. Er wollte sich beraten lassen. Und er hat mich gefragt, ob ich ihn gegebenenfalls vor Gericht vertreten würde. Er hat sogar eine Vollmacht unterschrieben. Er ist – entschuldigen Sie – war gewissermaßen mein Mandant.«

»In welcher Sache sollten Sie ihn denn vertreten?«

»Das hat er mir nicht gesagt.«

»Und warum sind Sie hier? Sie bekommen doch hoffentlich nicht noch Geld von ihm?«, fragte Ruth Pawlitsch verunsichert. »Ich meine, er hat doch ...«

»Natürlich«, beschwichtigte Rainer. »Er hat sofort gezahlt. Nein, das ist es nicht ... Also, ich weiß nicht genau, wie ich es sagen soll. Ihr Vater hat ... hm ... Andeutungen gemacht. Nein, Andeutungen ist falsch, es war eher eine Befürchtung, so eine Art Vorahnung.«

»Welche Befürchtung?«

»Er sagte: Und wenn mir etwas passieren sollte ... Das hat er gesagt. Mehr nicht.«

»Das war alles? Seltsam.«

»Finde ich auch. Und als ich dann in der Zeitung gelesen habe, dass Ihr Vater möglicherweise ... Also, ich meine ...«

»Sagen Sie's schon. Die Polizei geht davon aus, dass mein Vater ermordet worden ist, das hat sie uns bereits mitgeteilt. Aber was haben Sie damit zu tun?«

»Wenn der Täter gefasst wird und es zu einem Prozess kommt, können Ihre Mutter und Sie als Nebenkläger auftreten. Da wäre es hilfreich, wenn Sie anwaltlich ...«

»Ach, daher weht der Wind. Sie sind auf Kundenfang.« Ruth Pawlitschs Stimme klang verärgert. »Meinen Sie wirklich, dass eine Beerdigung der richtige Zeitpunkt ist, Mandanten zu ködern?« Sie machten Anstalten aufzustehen.

Esch fühlte sich missverstanden, konnte allerdings den Ärger Ruth Pawlitschs nachvollziehen. »Bitte warten Sie. Ich habe mich unklar ausgedrückt. Es geht mir nicht um Mandate.« Sie sah ihn skeptisch an, blieb aber sitzen. Rainer entschloss sich, ehrlich zu sein. Er holte tief Luft. »Jedenfalls nicht in erster Linie. Mich interessiert der Fall. Da Ihr Vater bei mir war ... Er hat schließlich eine Vollmacht unterschrieben und mir dadurch sein Vertrauen bewiesen. Daher fühle ich mich moralisch gebunden. Und um die Wahrheit zu sagen: So viele Mandanten habe ich leider auch nicht. Die mit einem solchen Mandat verbundene Publizität wäre sicher nicht schädlich für die weitere Entwicklung meiner Kanzlei. Deshalb bin ich hier.«

Ruth Pawlitsch sah Rainer prüfend an. »Was haben wir davon?«

»Als Nebenkläger können Sie Anträge stellen, also den Prozessverlauf beeinflussen und so dazu beitragen, dass der Täter verurteilt wird. Dann haben Sie später in einem zivilrechtlichen Verfahren die Möglichkeit, Schadenersatz geltend zu machen.«

»Schadenersatz? Für den Tod meines Vaters?« Die junge Frau sah ihn entgeistert an.

»Entschuldigung.« Rainer schluckte. »Ich weiß, dass sich das alles schrecklich anhören muss. Aber denken Sie daran, dass Ihre Eltern möglicherweise finanzielle Verpflichtungen haben, und da das Einkommen Ihres Vaters nun wegfällt ...« Rainer sprach nicht weiter.

»Verstehe. Und was würde Ihr Engagement kosten?«

»Na ja. Eigentlich ... Also ... Das heißt ...«

»Was heißt was?«, fiel ihm Ruth Pawlitsch heftig ins Wort.

»Sie haben möglicherweise Anspruch auf Prozesskostenhilfe. Die übernimmt der Staat. Wenn das der Fall ist, würde ich darüber abrechnen. Sollte das nicht der Fall sein, bleibt noch der Täter. Die Anwaltskosten gehören zum ... na ja, Schaden. Und wenn beim Täter nichts zu holen ist ... Tja, dann ...«

»Was dann?«

Rainer schluckte. »Dann ist mein Honorar durch Ihren Vater bereits gezahlt worden.« Jetzt war es raus. Wenn er so weitermachte, konnte er finanziell einpacken. Den Mazda würde er fahren müssen, bis der TÜV anderer Auffassung war. Und die neue Praxis nebst Sekretärin auf der Bahnhofstraße in Herne oder in der Bochumer City hatte sich erledigt. Er konnte froh sein, wenn er die Miete für sein Büro würde bezahlen können. Aber immerhin, er hatte Prinzipien: Edel sei der Mensch, hilfreich und gut.

»Ich rede mit meiner Mutter.« Ruth Pawlitsch stand auf und verließ Rainer. Er beobachtete, wie sie leise mit Paula Pawlitsch und einem älteren Mann mit langem, silberweißem Haar sprach. Die drei sahen mehrmals zu ihm herüber. Dann stand der schlanke Mann auf und näherte sich langsam Rainers Platz.

»Ich denke, wir beide sollten uns etwas unterhalten, Herr Esch. Ihr Name ist doch Esch, oder?«

»Ja, das stimmt. Und wer sind Sie?«

»Na, dann kommen Sie«, antwortete der Weißhaarige. Er griff sich einen grünen Lodenmantel von der Garderobe und verließ, ohne auf Rainer zu warten, die Gaststätte. Esch schnappte sich seinen Trench, warf ihn sich über den Arm und folgte dem Mann nach draußen. Der Schneeregen und die kalten Temperaturen ließen Rainer erschauern. Er zwängte sich in seinen Mantel. Der ältere Mann drehte sich um und zeigte auf einen Musikpavillon am Ende des kleinen Platzes vor der Gaststätte. Rainer erinnerte das Ding entfernt an einen aufgeschnittenen Tennisball. »Im Sommer finden dort manchmal Konzerte statt. Wenn der Schrebergartenverein sein Jahresfest macht. Waren Sie schon einmal hier?«, fragte er.

»Nein, noch nie. Ich kenne nur das Hinweisschild an der Schadeburgstraße.«

»So? Lassen Sie uns ein paar Meter gehen, die frische Luft tut mir gut.«

Erneut ließ er Esch einfach stehen. Rainer beeilte sich, mit dem Mann Schritt zu halten.

»Und wer sind Sie?«, fragte der Anwalt, als er mit seinem Begleiter endlich aufschloss.

»Ich heiße Siegfried Kattlowsky. Ein alter, leider schon zu alter Freund der Familie Pawlitsch.«

»Was wollen Sie von mir?«

»Mit Ihnen reden. Sie möchten Paula und Ruth Pawlitsch also anwaltlich zur Seite stehen?«

»Ja.«

»Und warum so uneigennützig?«

»Ich habe Jura studiert, weil ich der Auffassung war, so etwas gegen die Ungerechtigkeiten in der Welt tun zu können. Deshalb ...« Bevor er den Satz beendet hatte, wurde ihm schlagartig klar, wie schwachsinnig sich das anhören musste. Dummes Gelaber!

Der Alte schien es aber nicht zu registrieren. »Der Auffassung war? Dieser Meinung sind Sie heute nicht mehr?«

»Doch, sicher. Aber die anwaltliche Praxis sieht anders aus: Verkehrsunfälle, Schadenersatzforderungen oder Mahnschreiben wegen unbezahlter Rechnungen. Dafür habe ich eigentlich nicht studiert. Ich wollte ...«

»... die Welt verändern?«, ergänzte Kattlowsky den Satz.

»Vielleicht. Aber die Verhältnisse, sie sind nicht so.«

»Brecht«, bemerkte der Freund der Familie Pawlitsch lakonisch. »Ungefähr Brecht. Das menschliche Verhalten ist aber veränderbar. Auch heute noch. Oder glauben Sie auch daran nicht mehr?«

Esch hatte den Eindruck, dass Kattlowsky nicht unbedingt eine Antwort erwartete. Also schwieg er.

Unvermittelt wechselte der Alte das Thema. »Riechen Sie das?« Siegfried Kattlowsky hob schnüffelnd den Kopf. »Briketts. Aus Steinkohle. Früher roch es im Revier im Winter überall so. Heute haben wir Fernwärme, Gas oder Öl.« Eschs Begleiter schüttelte wehmütig den Kopf. »Riecht man heute kaum noch. Selbst nicht mehr in der Teutoburgia-Siedlung da vorne. Obwohl dort fast nur Bergleute wohnen. Alles Fernwärme. Nur hier verfeuern die Schrebergärtner neben Holz noch Kohle. Schade. Eigentlich vermisse ich den Geruch. Reminiszenzen eines alten Bergmanns. Wo waren wir stehen geblieben? Ach ja, Sie wollten die Welt verbessern. Was hat nicht geklappt?« Die Ironie war nicht zu überhören.

Rainer ging das Verhör langsam auf die Nerven. »Was soll das hier überhaupt? Wollen Sie mich auf den Arm nehmen?«

»Keinesfalls. Sehen Sie, ich war ein Freund Georg Pawlitschs, vielleicht sogar der beste Freund. Ich möchte nicht, dass irgendein windiger Anwalt seiner Familie das Fell über die Ohren zieht, verstehen Sie? Niemand! Und deshalb interessieren mich Ihre Motive.«

»Das kann ich nachvollziehen.«

»Gut. Dann nennen Sie sie.«

»Ich habe schon der Tochter ...«

»Ich weiß, was Sie Ruth gesagt haben. Erzählen Sie es mir noch einmal.«

Rainer seufzte. »Wenn Sie möchten. Erstens: Ich will, dass der Schuldige hinter Gitter kommt. Zweitens: Ich habe ein schlechtes Gewissen. Als Georg Pawlitsch ...«

»Das haben Sie Ruth nicht gesagt.«

»Nicht so. Als Georg Pawlitsch zu mir kam, hätte ich ihn nicht so einfach gehen lassen dürfen. Ich hätte nachfragen müssen, zu welchem Zweck er mir eine Vollmacht unterschrieben hat, welcher Art seine Befürchtungen waren. Aber ich habe mir in erster Linie Gedanken über die Höhe meines Honorars gemacht. Vielleicht hätte er mir ja mehr gesagt, wenn ich intensiver ... Aber das nützt nun auch nichts mehr.«

»Stimmt.«

»Und drittens: Natürlich erhoffe ich mir durch eventuelle Zeitungsberichte Zulauf in meiner Anwaltspraxis. Ich könnte das wirklich gut gebrauchen.«

»Und für Paula Pawlitsch entstehen keine Kosten?«

»Nein. Keine.«

Kattlowsky blieb unvermittelt stehen. »Dann wären Sie auch bereit, eine entsprechende Vereinbarung zu unterschreiben?«

Rainer war verblüfft. Damit hatte er nicht gerechnet. »Dass ich kein Honorar erwarte?«

»Ja.«

»Das darf ich nicht. Ich bin gesetzlich verpflichtet, mich an die Gebührenordnung zu halten.«

»Umso besser. Ich versichere Ihnen, Pawlitschs werden von diesem Vertrag keinen Gebrauch machen, wenn auch Sie sich an die Verabredung halten. Also?«

Der Anwalt dachte einen Moment nach und antwortete dann: »Einverstanden.«

»Schön. Ich dachte schon, ich hätte mich in Ihnen getäuscht.« Kattlowsky legte Rainer den Arm um die Schulter. »Gehen wir zurück zur Gaststätte. Paula möchte Ihnen einige Freunde von Georg vorstellen. Die sollten Sie als Anwalt der Familie kennen.«

»Das heißt ...?«

»Sie haben das Mandat.«

»Müssen Sie nicht erst noch mit Frau Pawlitsch sprechen?«

»Nein. Sie hat zugestimmt, nachdem Ruth mit Ihnen gesprochen hatte. Unser kleiner Ausflug war meine Idee.«

»Sie hat schon zugestimmt? Aber ...«

Kattlowsky schüttelte den Kopf und legte seinen Zeigefinger senkrecht auf den Mund. »Vergessen Sie's.«

»Und wann schließen wir die Vereinbarung, mit der ich mich verpflichte, auf mein Honorar zu verzichten?«

Kattlowsky grinste. »Welche Vereinbarung? Mir genügt Ihr Wort.«

11

Mit quietschenden Reifen, Blaulicht und Martinshorn passierte der rote VW der Freiwilligen Feuerwehr Herne die enge Straßenkurve in der Nähe des Yachthafens. Vier schwere Löschzüge, mehrere Kasten-LKW, zwei Krankenwagen und ein Fahrzeug der Polizei folgten durch den Schneeregen.

Als die Kolonne das nördliche Kanalufer erreichte, sprangen der Einsatzleiter und sein Fahrer aus ihrem Passat. Der Wind peitschte dichte, nach Öl riechende schwarze Rauchwolken von einem an der Kanalwand vertäuten Frachtkahn herüber. Durch die dunklen Schwaden konnte der Einsatzleiter lodernde Flammen erkennen, die den Zugang zum Schiff von der Uferseite versperrten. Aus Richtung der Schleuse, die nur wenige hundert Meter westlich lag, näherte sich mit hoher Geschwindigkeit und Sirenengeheul ein Boot der Wasserschutzpolizei.

Die Feuerwehrleute rollten Schläuche aus. Einige Männer schleppten eilig einen Motor zu den Spundwänden des Kanals. Dort schraubten sie einen Druckschlauch an einen Bajonettverschluss der Maschine und warfen dessen anderes Ende, vor dem eine Art Korb hing, in das braune Wasser. Dann befestigten sie einen weiteren Schlauch an dem Gerät und starteten den Motor, der eine leistungsstarke Pumpe antrieb.

Das Funkgerät des Einsatzleiters piepte. »Einsatzleitung. Hauptbrandmeister Müller, ich höre.«

»Hier Neptun Eins«, krächzte es vom Boot der Wasserschutzpolizei. »Wir können sehen, dass einige Besatzungsmitglieder des havarierten Schiffes backbord in den Kanal springen. Sind in wenigen Minuten am Unfallort.«

»Verstanden, Neptun Eins.«

Jetzt kam es auf Sekunden an. Im eisigen Kanalwasser würden die Schiffbrüchigen nur wenige Minuten überleben. Der Einsatzleiter drückte die Sprechtaste: »Taucher fertig machen. Bergung von Überlebenden.«

Müller sah auf seine Uhr. Drei Taucher in Neoprenanzügen stiegen in ein Schlauchboot, starteten den Außenborder und nahmen in einem sicheren Bogen Kurs auf die dem Ufer abgewandte Seite des Schiffes.

»Taucher einsatzbereit. Beginnen mit Bergung«, meldete das Funkgerät. Zwei Rettungsschwimmer ließen sich vom Rand des Schlauchbootes rückwärts in das dreckige und kalte Wasser fallen.

Müller blickte erneut zur Uhr und schüttelte den Kopf. »Das hat über fünf Minuten gedauert«, brüllte er. »Über fünf Minuten. Viel zu lange. Jetzt macht doch endlich das Feuer aus.«

Zwei Feuerwehrmänner sprangen mit Feuerlöschern auf das Deck des altersschwachen Minensuchers und richteten ihren Löschstrahl auf eine qualmende Tonne. Eine Minute später hatte sich der Qualm verzogen.

»An alle«, rief Einsatzleiter Müller in sein Funkgerät. »Übung beendet. Neptun Eins, bitte kommen. Vielen Dank für die Unterstützung.«

»Neptun Eins verstanden. War eine willkommene Abwechslung.« Das Boot drehte ab.

Müller schlug den Kragen seiner gefütterten Uniformjacke höher und wandte sich an die beiden Zugführer, die sich zu ihm gesellt hatten. »Das war Scheiße, meine Herren. Echte Scheiße. Das müssen wir noch einmal üben. Wenn es hier wirklich Leute gegeben hätte, die über Bord gegangen wären, hätten die Taucher sie nur noch als Eisklumpen bergen können.«

Die Zugführer machten betretene Gesichter.

»Einpacken und abrücken. Wir treffen uns später zur Übungsauswertung.«

Müller ging zu seinem Wagen, setzte sich auf den Beifahrersitz und goss heißen Tee aus einer Thermoskanne in einen Becher. Er hatte gerade einen Schluck genommen, als sich der Führer des Schlauchbootes über Funk meldete. »Herr Müller, einer der Taucher hat etwas entdeckt. Er glaubt, dass es sich um einen Wagen handelt.«

»Ein Auto?«, wunderte sich Müller.

»Ja. Der Taucher ist mit der stärkeren Lampe noch mal runter ... Warten Sie, ich glaube, er kommt gerade hoch.« Müller hörte Knacken und Gesprächsfetzen. Dann meldete sich die Stimme wieder. »Hören Sie? Ich bestätige. Auf dem Kanalgrund unter dem Kahn befindet sich ein PKW.«

Als Brischinsky und Baumann am Rhein-Herne-Kanal eintrafen, hatten sich trotz des miesen Wetters schon die ersten Schaulustigen eingefunden. Der Hauptkommissar gewann zunehmend den Eindruck, dass große

Teile der Bevölkerung auf der Suche nach dem ultimativen Kick den Polizeifunk abhörten, um so wenigstens einmal im Leben eine echte Leiche, die nicht Oma oder Opa hieß, zu Gesicht zu bekommen.

Die Freiwillige Feuerwehr war bereits wieder auf dem Weg in ihre Wache. Nur Hauptbrandmeister Müller unterhielt sich noch fröstelnd mit einigen Polizeibeamten, die in der Nähe des tropfenden Mercedes warteten.

Brischinsky hielt seinen Dienstausweis hoch. »Wer von Ihnen kann mir ...«

»Hauptbrandmeister Müller. Feuerwehr Herne. Ich bin der Einsatzleiter. Wir haben mit der Freiwilligen Feuerwehr hier heute eine Übung durchgeführt. Genau genommen mit der Taucherstaffel. Bergung von Verunglückten unter erschwerten Bedingungen. Dabei hat einer der Taucher den Wagen entdeckt, den wir dann hochgeholt haben. Wir haben den Kanalgrund nach möglichen Opfern abgesucht, aber nichts gefunden. Die Tür des Mercedes war übrigens schon offen.«

»Danke. Wir brauchen Sie hier nicht mehr.« Brischinsky wandte sich an die Uniformierten. »Tun Sie mir einen Gefallen und schicken Sie die Gaffer nach Hause. Dann sperren Sie den Platz hier ab. Die Spurensicherung wird jeden Moment hier eintreffen. Alles klar?«

Endlich folgte Brischinsky Baumann, der den Mercedes bereits in Augenschein genommen hatte.

»Keine Frage. Das ist der Wagen von Lorsow«, stellte der Kommissar fest. »Kennzeichen, Typ und Farbe stimmen. Und, komm mal mit.« Baumann ging um den Wagen herum und blieb am vorderen rechten Kotflügel stehen. »Ein kaputter Blinker und Scheinwerfer.«

»Könnte das durch den Aufprall auf das Wasser passiert sein?«

»Unwahrscheinlich. Die Wasseroberfläche liegt doch nur knapp zwei Meter tiefer. Wenn der Aufprall den Scheinwerfer tatsächlich zerstört hätte, wäre sicher auch der linke in Mitleidenschaft gezogen worden, oder? Was meinst du?«

»Du könntest ausnahmsweise Recht haben.«

»Ich habe Recht, wirst es sehen. Übrigens, Chef, haben die Jungs von der Feuerwehr die Fahrertür geöffnet?«

»Sie sagen, nein.«

»Dann ist ja klar, wie der Wagen versenkt wurde.« Baumann zeigte in das Innere des Fahrzeugs. »Zündschlüssel steckt. Und der Schalthebel für das Automatikgetriebe steht auf D wie Drive. Das heißt ...«

»Warte.« Brischinsky griff in seine Manteltasche und zog sich Kunststoffhandschuhe über. Dann beugte er sich in das Wageninnere, drehte den Zündschlüssel nach links und zog ihn ab. Nachdenklich betrachtete er den Schlüssel. »Der Lorsow hat uns doch gesagt, es gebe keine weiteren Schlüssel für den Wagen. Wo kommt dann dieser her?«

»Ein Nachschlüssel?«, vermutete Baumann.

»Soweit ich weiß, hat bei Mercedes jeder Wagen ein anderes Schloss. Und die sind durchnummeriert. Nur der Kunde, der die Schlossnummer vorlegen kann, erhält einen Ersatzschlüssel. Und das kann eigentlich nur der Eigentümer des Wagens.«

»Wenn nun jemand bei Mercedes ... oder bei *LoBauTech*?«

»Du meinst, Diebstahl auf Bestellung?«

Baumann grinste. »Man liest so viel.«

»Fragen wir Mercedes. Und Herrn Doktor Lorsow. Aber ich habe dich unterbrochen. Also, wie hat der Fahrer deiner Meinung nach den Wagen den Fluten übergeben?«

»Unter dem Vordersitz liegt ein Ziegelstein, der sich vermutlich vorher auf dem Gaspedal befunden hat. Der Fahrer hat den Wagen im rechten Winkel einige Meter von der Kanalwand entfernt angehalten, Platz ist ja hier schließlich genug. Dann stellt er den Schalthebel auf

Parken, steigt aus, legt den Stein auf das Gaspedal, der Motor heult auf, der Fahrer greift in den Wagen, stellt den Hebel auf D und muss schließlich nur noch darauf achten, vom anfahrenden Wagen nicht mitgeschleift zu werden. Die Karre fährt los, gewinnt einiges an Geschwindigkeit und ... platsch.«

»Nicht schlecht, Herr Kommissar, nicht schlecht.« Brischinsky warf den Zündschlüssel unschlüssig einige Zentimeter in die Luft und fing ihn wieder auf. »Scheißwetter. Komm, mir reicht es jetzt.« Der Hauptkommissar zeigte auf die Beamten der Spurensicherung, die sich dem Mercedes näherten. »Lassen wir für unsere Kollegen auch noch etwas Arbeit übrig.«

Der Leiter der Spurensicherung begrüßte die beiden. »Wie lange hat die Karre im Wasser gelegen?«, wollte er dann von Brischinsky wissen.

»Vermutlich seit Dienstag.«

»Dienstag letzter Woche?«

»Ja.«

»Dann könnt ihr brauchbare Faserspuren oder Fingerabdrücke mit fast hundertprozentiger Sicherheit vergessen. Wenn wir nach einer Woche im Wasser noch was finden sollten, ist das wie ein Sechser im Lotto.«

»Spielst du Lotto?«, fragte ihn Brischinsky.

»Ja, klar.«

»Siehste.«

»Hab aber bisher noch nie was gewonnen.«

Mit dieser Antwort hatte Brischinsky fast gerechnet.

12

»Und Sie waren alle früher gemeinsam auf *Erin*?« Rainer Esch saß im Wohnzimmer der Familie Pawlitsch in einem weichen, gemütlichen Fernsehsessel und sah in die Runde.

Ihm gegenüber, auf dem breiten, etwas altmodischen Sofa unter dem Bildnis eines fröhlichen Weintrinkers mit dickem Bauch und roter Nase saßen Ruth und Paula Pawlitsch sowie Siegfried Kattlowsky. Links von Rainer beugte sich gerade Paul Steinke nach vorn, um zu seiner Kaffeetasse zu greifen. Steinke war untersetzt und, von wenigen, kaum sichtbaren Haaren über den Ohren abgesehen, kahlköpfig. Zu Eschs Rechten verpestete Theodor Brähmig mit einer Zigarre, an der er genussvoll nuckelte, die Luft in dem kleinen Wohnzimmer. Und schließlich war da noch Hans Rundolli, der klein und übergewichtig auf einem Küchenstuhl etwas versetzt hinter Brähmig hockte und unaufhörlich mit seinem linken Fuß wippte.

Paula Pawlitsch hatte Rainer und die anderen zu einem Gespräch in ihre Wohnung gebeten. So erhielt Esch Gelegenheit, die engsten Freunde der Familie kennen zu lernen.

»Nee, nee.« Siegfried Kattlowsky schüttelte heftig den Kopf. »Auf *Erin* waren nur Theodor und ich. Hans ist auf *Teutoburgia* angefahren und Paul war bis zu seiner Rente bei einem Bergbauzulieferer angelegt. Er ist dem Bergbau schon kurz nach der großen Krise Anfang der Sechziger untreu geworden.«

»*Teutoburgia* war auch *Erin*«, maulte Hans Rundolli.

»Red nicht. Du bist kein Eriner. Du kommst vom einem anderen Pütt«, entgegnete Kattlowsky bestimmend. Und fügte dann erklärend hinzu: »*Teutoburgia* war lediglich bis 1925 selbstständige Schachtanlage. Sie wurde stillgelegt, kam später als Wetterschacht zu *Erin* und wurde dann im Krieg wieder eröffnet, als Außenschacht von *Erin*. 1983 war für uns alle Schluss. Da haben sie *Erin* dichtgemacht.«

»Aber Sie kennen sich alle vom Pütt?«

»Ja, dat kannze so sagen.« Hans Rundolli rutschte mit seinem Küchenstuhl näher zu Rainer hin. »Wir ham alle nach 'm Krieg auf *Erin* angefangen, als Jungknappen.

Georg 'nen bisschen später, der war ja auch etwas jünger als wir anderen. Dat war, watte ma, neunzehnhundert ...«

»Dreiundfünfzig«, ergänzte Paula Pawlitsch.

»Genau. Dreiundfünfzig, da war dat. 'ne harte Zeit damals. Abba schön.« Rundolli nahm einen tiefen Schluck aus seiner Bierflasche. »Der Siggi und der Theo sind nich aus 'm Revier. Theo kommt aus Bayern ...«

»Würzburg. Das ist Franken«, knurrte Brähmig und blies einen wabernden Rauchschwaden durch das Zimmer.

»Sach ich doch. Aus Bayern. Un der Kattlowsky kommt, obwohl der so 'nen richtig schönen polnischen Namen trägt, aus Hannover. Dat musse dir ma vorstellen, einer mit so 'nem Namen kommt aus Hannover. Da soll ja dat beste Hochdeutsch gesprochen werden. Die waren damals beide im Wohnheim. Gibbet heute nich mehr. Is vor 'n paar Jahren abgerissen worden. Georg, Paul un ich warn nich im Heim. Georg sein Vatter war ja auch Püttologe, ne, Paula?«

Die Angesprochene nickte wortlos.

»Der hat schon früher hier inne Siedlung gewohnt. Pauls alter Herr is in Russland geblieben. Vor Stalingrad. Un meiner war bei Krupp. In Bochum. Hätte ich auch anfangen können, abba auf 'm Pütt gab's mehr Kohle.«

»Und Fresspakete«, ergänzte Theo Brähmig.

»Un Fresspakete.« Rundolli lehnte sich befriedigt zurück. »Dat war 'ne schöne Zeit, war dat.«

Rainer Esch steckte sich eine Zigarette an. »Kann sich jemand von Ihnen vorstellen, warum Georg Pawlitsch ermordet worden ist?«

Die Witwe schluchzte leise auf. Ruth Pawlitsch schossen Tränen in die Augen. Sie warf dem Anwalt einen vorwurfsvollen Blick zu. Rainer sah verlegen in die Runde. Theodor Brähmig kaute auf seiner Zigarre. Siegfried Kattlowsky hatte den Arm um Paula Pawlitsch gelegt und sprach leise mit ihr. Paul Steinke fixierte die Spitzen seiner Schuhe und Hans Rundolli beschäftigte sich intensiv mit seiner Bierflasche. Keiner erteilte Esch Absolution.

Nach einer Weile strich Theo Brähmig sorgfältig Zigarrenasche im Aschenbecher ab und sagte: »Nee, das eigentlich nicht. Aber ...« Dann war er wieder ruhig.

»Also, etwas komisch war er ja schon, der Georg, in letzter Zeit«, warf Paul Steinke in die Runde.

»Jau, dat stimmt. Seit etwa zwei Wochen.« Hans Rundolli stellte die Flasche wieder auf den Untersetzer. »Wisster noch, wie dat war, als der Theo in Georgs Aktentasche den Schlüssel für den Schrank gesucht hat? Mann, wat hat der da für 'nen Veitstanz aufgeführt. Bleib wech von meinen Klamotten, hatter den Theo angefaucht, da hasse nix zu suchen. Un dat vom Georg. War schon seltsam. Als ob er inne Tasche die Kronjuwelen mit durch die Gegend schleppen tut.«

»Er war auch nicht mehr so guter Laune wie vorher«, mischte sich Paul Steinke wieder in das Gespräch. »Irgendwie wirkte er bedrückt.«

»Das stimmt.« Paula Pawlitsch wischte sich die Tränen aus den Augenwinkeln. »Ich habe Georg zwei Tage vor seinem Tod auf seine veränderte Stimmung angesprochen. Er musste sich vor einiger Zeit auf Anraten unseres Hausarztes einem Gesundheitscheck unterziehen. Georg hatte etwas Probleme mit dem Kreislauf. Ich habe befürchtet, dass sein Tief was mit der Untersuchung zu tun gehabt haben könnte. Ihr wisst ja, sein Herz. Er hat mir aber versichert, dass er, abgesehen vom Herzen und den kleinen Zipperlein, die im Alter eben so kommen, kerngesund ist. Ich habe ihm natürlich geglaubt. Deshalb war ich auch so froh, dass er mal wieder zu Siggi gefahren ist. Er hat sich richtig auf das Treffen mit dir gefreut. Und dann ist er nicht mehr zurückgekommen. Als ich ihn verabschiedet habe, hat er zu mir gesagt ...« Die Witwe hatte sich nicht mehr unter Kontrolle und begann, hemmungslos zu weinen.

Ihre Tochter stand auf, griff vorsichtig unter den linken Arm ihrer Mutter, zog sie zärtlich hoch und meinte: »Es ist besser, wenn du dich hinlegst.« Beide erhoben sich und verließen das Wohnzimmer.

Brähmig legte seinen Zigarrenstumpen auf dem Aschenbecher ab. »Ich glaube, jetzt ist Zeit für einen Bergmannsschnaps«, sagte er ruhig.

Kattlowsky nickte zustimmend. Brähmig stand auf, ging zum Wohnzimmerschrank und zauberte fünf Pinnchen und eine Flasche Klaren hervor. Er stellte die Gläser auf den Tisch und begann einzugießen.

»Für mich keinen Klaren«, wehrte Rainer ab. Korn, und dann noch warm, war ihm ein Gräuel.

»Red nich«, wischte Brähmig den Einwand beiseite. »Ein Schnaps hat noch keinem geschadet.« Der Rentner verteilte die Gläser und sagte: »Auf Georg. Wenn er uns jetzt sehen kann, nimmt er sich auch einen zur Brust.«

»Auf Georg.« Die Rentner kippten den Fusel auf ex, zeigten einander ihre leeren Gläser und stellten sie vor sich auf den Tisch. Esch folgte ihrem Beispiel. Brähmig, der der Einfachheit halber die Flasche noch in der Hand hielt, wiederholte das Ritual. »Auf einem Bein kann man nicht stehen.«

Dann kam die Flasche wieder in den Schrank.

»Hat Ihnen Herr Pawlitsch denn etwas Besonderes an dem Abend erzählt?«, wollte Rainer von Kattlowsky wissen.

»Ach was. Wir haben uns unterhalten, dann ein paar Partien Schach gespielt. Georg war ein lausiger, aber begeisterter Schachspieler. Er war etwas schweigsam an dem Abend, das war alles.«

»Sie sagten eben, Ihr Freund hätte sich so aufgeregt, als Sie in seiner Tasche den Schlüssel eines Schrankes suchten. Wie soll ich das verstehen?«

Theodor Brähmig blies einen Rauchring in die Luft. »Wir haben einen Schrank in einem der Räume im Evangelischen Gemeindezentrum. Da bewahren wir unsere Unterlagen auf. Den Schlüssel dazu hatte Georg.« Er paffte weiter an der Zigarre.

Als Esch klar wurde, dass Theo Brähmig anscheinend der Meinung war, alles Wissenswerte gesagt zu haben, fragte er nach: »Was für Unterlagen?«

»Georg, Paul, Hans und ich haben uns jeden zweiten Mittwoch im Gemeindezentrum getroffen. Wir haben eine Geschichtswerkstatt. Wir sammeln Material über *Erin*. Alles, was wir finden können. ›Geschichte von unten‹ heißt das Projekt. Vielleicht wird daraus einmal ein Buch«, fuhr Brähmig stolz fort. »Und im Schrank haben wir unsere Materialien aufbewahrt. Weiß eigentlich jemand von euch, wo der Schlüssel jetzt ist? Da müssen wir gleich Paula fragen. Sicher hat sie ...«

»Ein Buch?«, wunderte sich der Anwalt. »Könnte es sein, dass Herr Pawlitsch deshalb bei mir war?«

»Glaube ich nicht«, schaltete sich Paul Steinke ein. »Wir haben doch erst vor ein paar Monaten mit der Geschichtswerkstatt begonnen.«

»Quatsch. Dat machen wir getz seit über 'nem Jahr«, korrigierte Rundolli.

»Dicker, das sind ein paar Monate.«

»Sind es nich. Abba is getz auch egal. Außerdem hätte der Georg uns Bescheid gesacht, wenn er wegen dat Buch zum Anwalt gegangen wär.«

»Das glaube ich auch«, unterstützte ihn Theo Brähmig. »Obwohl ...«

»Obwohl was?« Rainer sah Brähmig aufmerksam an.

»Georg hat schon immer Alleingänge gemacht. Er vergrub sich im Stadtarchiv, und wenn wir ihn fragten, was er da eigentlich suchte, sagte er nur: Wartet es ab. Wartet es ab. Und dann schleppte er nach Tagen entweder ein Foto an, das wir schon lange gesucht hatten, oder irgendein wichtiges Schriftstück. Wie gesagt, Georg hat uns nicht immer erzählt, was er vorhatte.«

»Hm. Und was sammeln Sie so?«, erkundigte sich Esch.

Brähmig lehnte sich zurück. »Zeitungsartikel, alle möglichen Schriftstücke und Daten, Bilder vom Pütt und seiner Umgebung, Belegschaftslisten und vor allem Erinnerungen von Bergleuten. Überwiegend Geschichten vom Alltag auf'm Pütt, halt alles, was so kommt. Wir sind nicht die Einzigen. Es gibt viele solcher Gruppen im Revier. Die meisten arbeiten unter dem Dach der *REVAG*.«

»*REVAG*?«

»*Revierarbeitsgemeinschaft für kulturelle Bergmannsbetreuung.* So 'ne Art Volkshochschule für Bergleute.«

»Aha.« Rainers Begeisterung für Schulen aller Art hielt sich in Grenzen.

Als die Bergleute im Ruhestand dann anfingen, in ihren Erinnerungen zu schwelgen, zog es Rainer vor, die Wohnung der Pawlitschs zu verlassen.

13

Zu Brischinskys Überraschung lieferte die Spurensicherung nur einen Tag, nachdem der Mercedes aus dem Kanal gefischt worden war, ihren Bericht ab. Es gab keinen Zweifel: Georg Pawlitsch war mit Lorsows Wagen überfahren worden.

Eine Stunde später betraten der Hauptkommissar und sein Mitarbeiter erneut die Räume der Geschäftsführung der Firma *LoBauTech.*

»Guten Morgen, Frau Müller«, begrüßte Rüdiger Brischinsky die ihnen schon bekannte Sekretärin im Vorzimmer förmlich. »Wir möchten zu Ihrem Chef.«

Roswitha Müller hatte in ihrem bisherigen Berufsleben eine Art sechsten Sinn für die Stimmungen ihrer

Vorgesetzten und deren Besucher entwickelt. Und dieser Sinn signalisierte ihr, dass der Hauptkommissar ziemlich ungehalten reagieren würde, wenn sie ihn wie bei seinem letzten Besuch hinzuhalten versuchte.

»Selbstverständlich. Ich melde Sie bei Herrn Doktor Lorsow an.« Die Sekretärin verschwand im Nebenzimmer, kehrte kurze Zeit später zurück und gab den Weg frei. »Bitte sehr.«

Brischinsky und Baumann betraten das Büro des Geschäftsführers, der sich erhob und den beiden Beamten entgegenkam.

»Morgen, meine Herren. Was kann ich für Sie tun?« Lorsow machte eine einladende Handbewegung in Richtung Sitzgruppe. »Nehmen Sie doch Platz.«

Baumann musterte ungeniert Lorsows Gesicht und wartete auf das Blinzeln.

Hauptkommissar Brischinsky zückte sein Notizbuch und blätterte umständlich darin. Dann begann er das Verhör. »Herr Doktor Lorsow, wie Sie uns gesagt haben, wurde Ihnen Ihr Mercedes am Dienstag letzter Woche in Bochum gestohlen. Das ist doch richtig, oder?«

»Ja, natürlich«, bestätigte Lorsow.

Da, es zuckte. Baumann zählte in Gedanken mit. Einundzwanzig, zweiundzwanzig ...

»Kennen Sie den Kilometerstand Ihres Wagens?«

»Nicht genau. Das müssten so etwa 58.500 gewesen sein.«

... fünfundzwanzig ... Da war es wieder!

»Dann«, schaltete sich Baumann ein, »ist der Dieb mit dem Fahrzeug nicht weit gefahren. Ihr Benz hatte genau 58.611 Kilometer auf dem Tacho.«

»Woher wissen Sie ...?«

Der Hauptkommissar antwortete nicht. »Sie haben uns außerdem gesagt, dass es für Ihren Wagen lediglich die zwei Schlüssel gibt, die Sie uns gezeigt haben. Das stimmt auch, nicht wahr?«, wollte Brischinsky wissen.

»Ja, klar. Aber ich weiß nicht ...«

»Wir haben Ihren Wagen gefunden, Herr Doktor Lorsow«, sekundierte Baumann. »Im Rhein-Herne-Kanal.«

»Ach?«

»Unsere Ermittlungen haben ergeben, dass mit Ihrem Wagen Georg Pawlitsch überfahren wurde«, setzte Brischinsky fort. »Das steht zweifelsfrei fest.«

»Bedauerlich, wirklich sehr bedauerlich.«

»Stimmt.« Brischinsky sah Lorsow aufmerksam an. »Vor allem für das Opfer.«

»Ja, der arme Mann.« Lorsow wirkte betrübt.

»Wissen Sie, was seltsam ist, Herr Doktor Lorsow?« Der Hauptkommissar beugte sich etwas vor. »Ihr Wagen wurde nicht gewaltsam geöffnet.«

»Wurde nicht aufgebrochen?« Lorsow dachte einen Moment nach. »Aber ich hatte ihn doch abgeschlossen ... Ich bin mir da ganz sicher. Klar, jetzt verstehe ich. Die Zentralverriegelung. Mit Druckluft. Ich habe kürzlich einen Artikel in einer Zeitschrift gelesen, da hat ...«

»Nein, Herr Lorsow. Das war nicht nötig.«

»Nicht nötig? Aber wie hat der Dieb dann ...?«

»Mit einem Schlüssel, Herr Lorsow. Der Dieb hatte einen Schlüssel. Wir haben uns beim Kundendienst von Mercedes erkundigt. Ein Nachschlüssel wird nur dann ausgegeben, wenn die beim Verkauf des Wagens übergebene Schlüsselnummer vorliegt. Sie haben Ihren Wagen hier in Recklinghausen bei der Firma *Lueg* gekauft. Und sich vor etwa sieben Monaten einen Nachschlüssel machen lassen. Das behauptet zumindest der Computer der Firma. Warum haben Sie uns das nicht letzte Woche gesagt? Können Sie uns das erklären?« Brischinsky lehnte sich zurück.

Der Geschäftsführer lief im Gesicht leicht rot an. Feine Schweißperlen bildeten sich auf seiner Stirn. Das Zucken wurde heftiger. Alle vier Sekunden schloss sich das Lid. Mit der rechten Hand lockerte Lorsow etwas den Knoten seines Seidenbinders. Dann stotterte er: »Ein ... ein Nachschlüssel. Ja, sicher. Der Nachschlüssel. Das hatte ich glatt ... äh ... vergessen. Ja, also ... Das war so ...« Lorsow schluckte heftig. Sein Adamsapfel hüpfte aufgeregt nach oben und unten.

»Ja?« Brischinsky schaute sein Gegenüber fordernd an.

Lorsow atmete tief ein. Dann hatte er seine Souveränität wiedergefunden. »Wenn ich mich recht erinnere, hatte ich Ihnen gesagt, dass ich häufiger meinen Wagenschlüssel verlegt habe. Das war auch damals der Fall gewesen. Ich konnte das Ding beim besten Willen nicht mehr finden. Da ich aber mit nur einem Schlüssel nicht auskommen wollte – meine Vergesslichkeit, Sie verstehen –, habe ich einen neuen Schlüssel machen lassen. Ein oder zwei Wochen später ist dann der verloren geglaubte Schlüssel wieder aufgetaucht. In einer Manteltasche. Da hatte ich dann drei.«

»Und wo ist dieser Schlüssel jetzt?«, wollte Kommissar Baumann wissen.

»Ja, wo ist der jetzt?«, sinnierte Lorsow. »Da müsste ich Frau Müller fragen. Vielleicht weiß sie ...« Er griff zum Telefon, das neben ihm auf einem Beistelltisch stand. »Kommen Sie mal bitte ...«

Sekunden später betrat die Chefsekretärin das Zimmer.

»Frau Müller, vor etwa einem halben Jahr habe ich einen Nachschlüssel für den Mercedes machen lassen. Erinnern Sie sich?«

Roswitha Müller nickte.

»Später habe ich dann den zunächst vermissten Schlüssel wieder gefunden. Wissen Sie, wo ich den hingetan habe?«

Die Sekretärin dachte kurz nach und sagte dann: »Selbstverständlich.«

Dann ging sie, jeder Zoll eine Chefsekretärin, die sich ihrer Unersetzbarkeit bewusst war, zu dem Schrank, der die ganze linke Wand einnahm, öffnete eine der Türen und zog eine Schublade auf.

»Der Schlüssel ist ...« Sie begann, in der Schublade zu suchen. »Das verstehe ich nicht, ich habe den Schlüssel doch hier ...« Roswitha Müller öffnete eine weitere Schublade. Und dann noch eine. »Er muss aber doch hier sein ...« Ihre Stimme zitterte ein wenig. »Ist der nicht ... ist der nicht am Bund mit den anderen zwei?«

Ihr Chef schüttelte wortlos den Kopf.

Der Habitus einer durch nichts zu erschütternden Chefsekretärin schwand und wich einer zunehmenden Verunsicherung. Roswitha Müller durchwühlte noch einige Minuten unter ständigen Entschuldigungen den Schrank, bis sie sich schließlich mit hochrotem Kopf an ihren Vorgesetzten wandte. »Tut mir Leid, Herr Doktor Lorsow, ich kann mir das nicht erklären. Der Schlüssel müsste hier sein, ich kann ihn aber nicht finden. Ich werde später noch einmal alles durchsuchen.«

Lorsow nickte wortlos und seine Mitarbeiterin wollte gerade das Büro verlassen, als Baumann nach einem kurzen Blickwechsel mit Brischinsky aufstand, eine Fotografie aus der Seitentasche seines Jacketts zog und sie der überraschten Sekretärin hinhielt. »Kennen Sie diesen Mann?« Roswitha Müller warf einen flüchtigen Blick auf das Bild. »Nein, nie gesehen.«

»Sind Sie sicher? Sehen Sie sich das Foto ruhig etwas genauer an.«

Die Sekretärin griff nach dem Bild und schüttelte dann den Kopf. »Nein. Diesen Mann kenne ich nicht.«

Lorsow sah verwundert auf den Kommissar, dann auf seine Sekretärin, die ihn fast flehentlich ansah, was Brischinsky nicht verborgen blieb. Baumann steckte das Bild wieder ein. »Danke. Wir brauchen Sie nicht mehr.«

Verlegen ging Roswitha Müller aus dem Büro.

»Tja, Herr Lorsow«, begann Brischinsky wieder. »Es wäre schön, wenn Sie uns den Schlüssel doch noch präsentieren könnten. Das würde für Sie einiges vereinfachen. Sagen Sie, hat außer Ihnen und Ihrer Sekretärin noch jemand Zugang zu diesen Büros?«

»Sie meinen, wenn ich nicht anwesend bin?« Lorsow schüttelte heftig den Kopf. Es zuckte im Sekundenrhythmus. »Nein, natürlich nicht.«

»War Frau Müller vielleicht krank? Oder hatte sie Urlaub? Gibt es für diesen Fall eine Vertretung? Was ist mit einer Putzfrau?« Baumann wartete ungeduldig auf eine Antwort.

»Nein, Frau Müller war nicht krank. Nicht in diesem Jahr. Und ihr Urlaub ...? Warten Sie, der war schon im April oder Mai, wenn ich mich recht erinnere. Jedenfalls vor der Sache mit dem Schlüssel.«

»Sind Sie sicher?«

»Ja. Aber das lässt sich schnell nachprüfen. Ich muss nur Frau Müller ...«

»Nein, lassen Sie.« Brischinsky winkte ab. »Wir fragen sie später. Was ist mit einer Putzfrau?«

»Natürlich wird hier sauber gemacht. Aber wer das ist ... Da bin ich überfragt. Die Putzfrau kommt in den Abendstunden. Eines ist aber sicher: Die Schränke sind um diese Zeit verschlossen. Frau Müller verlässt im Allgemeinen nach mir das Büro, verschließt die Schränke und nimmt einen Zentralschlüssel mit nach Hause. Sie ist morgens immer vor mir im Dienst und schließt dann alles wieder auf.«

»Engagierte Frau, Ihre Sekretärin«, bemerkte Baumann.

»Das ist sie. Sie wird aber auch gut dafür bezahlt.«

Kommissar Baumann widerstand der Versuchung, die Höhe des Chefsekretärinnensalärs zu erfragen. Er hatte die Vermutung, dass er dann die monatlichen Überweisungen seines Dienstherren auf sein Konto nur noch mit Tränen in den Augen würde zur Kenntnis nehmen können. Und diese Tränen wären sicher keine Freudentränen.

Der Hauptkommissar stand auf. »Herr Doktor Lorsow, das wäre es dann schon. Zunächst«, setzte er viel sagend hinzu. »Sicher haben Sie Verständnis dafür, dass wir uns etwas genauer mit dem einen oder anderen Ihrer Mitarbeiter unterhalten müssen. Ach ja. Es wäre gut, wenn Sie morgen bei uns im Präsidium vorbeischauen könnten. Sagen wir gegen elf Uhr? Mich interessiert doch stark, ob Sie den Schlüssel noch finden.«

Als die beiden Beamten das Büro des Geschäftsführers und Inhabers der Firma *LoBauTech* verlassen hatten, holte Friedhelm Lorsow eine Cognacflasche aus dem Barfach und goss sich einen Schwenker halb voll. Er trank den Schnaps in zwei Zügen und griff zum Telefon.

»Frau Müller, verbinden Sie mich mit Notar Schlüter.« Friedhelm Lorsow schenkte sich noch einen Cognac ein. Als sein Apparat klingelte, sagte er aufgeregt in den Hörer: »Hans-Joachim, die Polizei war eben wieder bei mir. Sie haben den Mercedes gefunden – Sie suchen den dritten Schlüssel ... – Ja, das weiß ich jetzt auch. Aber was sollte ich denn machen? Die Geschichte erzählen? – Eben. Sie haben mich morgen ins Präsidium bestellt. – Elf Uhr. Kannst du nicht mit mir gemeinsam ... – Nein, nicht deine Tochter. Sie ist ja ein nettes Mädchen, aber ... – Jetzt hörst du mir zu, Hans-Joachim. Ich bezahle dich seit Jahren dafür, dass du meine Interessen vertrittst. Deine Tochter oder andere Angestellte können von mir aus meine Strafmandate wegen zu schnellen Fahrens bearbeiten, in dieser Sache verlange ich aber von dir persönlich ... – Das kann ich verstehen. – Meinetwegen, dann bringe sie in Gottes Namen mit. – Aber die Fäden behältst du in der Hand, klar? Bis morgen dann.«

Lorsow legte auf. Dann schüttete er den zweiten Cognac auf ex hinunter.

14

Aleksander Graf von Rabenstein war bei seinem zweiten Besuch in Eschs Kanzlei fast komplett in existenzialistisches Schwarz gehüllt, nur die Seidenkrawatte und das Brusttaschentuch waren gelb-schwarz. Esch hoffte, dass die Farbwahl des Aristokraten nicht mit einer Affinität zu dem Fußballklub einer bekannten Bierstadt im Osten des Reviers zusammenhing.

»Herr von Rabenstein«, leitete Rainer das Gespräch ein, als der kerzengerade vor Eschs Schreibtisch saß. »Ich habe in den Unterlagen, die Sie mir überlassen haben, einen ablehnenden Rentenbescheid der Bundesanstalt für Angestellte gefunden und musste zur Fristwahrung Widerspruch einlegen. Außerdem habe ich Akteneinsicht beantragt.«

Rabenstein brauste auf. »Ich habe Ihnen doch gesagt, dass Sie ohne meine Zustimmung – ich betone: ohne meine ausdrückliche Zustimmung – nichts unternehmen sollten. Wie können Sie ...?« Der Graf nestelte aufgeregt an seiner Krawatte.

»Bitte hören Sie mir doch zunächst zu. Fristablauf war am 30. November. Ich musste zur Fristwahrung Widerspruch einlegen. Der Bescheid wäre sonst rechtskräftig geworden und Ihre Rente perdu gewesen.« Rainer verschwieg wohlweislich, dass sie es nach seiner Auffassung ohnehin war. Erwerbsunfähig wegen Computerphobie! Das würde in die Rechtsgeschichte eingehen.

»Keine Rente? Aber Herr Esch, ich bitte Sie. Das kann doch einem von Rabenstein nicht passieren. Aber gut. Ihre Eigenmächtigkeit ist ja nun leider nicht mehr rückgängig zu machen. Was haben Sie als Nächstes vor?« Rabenstein lächelte wissend.

»Den Widerspruch begründen und weitere Gutachten einholen.«

»Sie meinen, ich muss mich erneut von so einem Doktor befragen lassen?« Der Gesichtsausdruck des Grafen sprach Bände. »Auf keinen Fall! Ich weiß besser als jeder Arzt, was mir fehlt.«

Der Narziss lässt grüßen, dachte Rainer. »Ich befürchte allerdings, dass wir ohne erneutes Gutachten ziemlich schlechte Karten haben. Eine Erwerbsunfähigkeitsrente dürfte nicht drin sein. Wir sollten deshalb hilfsweise Antrag auf Berufsunfähigkeitsrente stellen.« Esch war stolz auf sich. Auf diesen Schachzug musste man erst einmal kommen! Der gestrige Anruf bei einem befreundeten Juristen, der seine Brötchen als Sekretär für Rechtsschutzaufgaben – Fachgebiet: Sozialrecht – beim Deutschen Gewerkschaftsbund verdiente, trug erste Früchte.

»Berufsunfähigkeit? Was heißt das?«

»Sie können nicht mehr in Ihrem Beruf arbeiten, sind aber noch auf anderen Arbeitsplätzen einsetzbar, zum Beispiel als ... äh ... Telefonist.« Kaum hatte er den Satz ausgesprochen, wusste Esch um seinen Fehler. Rabensteins Gesicht verfärbte sich erst rot, dann wurde der Graf leichenblass, dann wieder rot, diesmal allerdings mit einem Stich ins Violette.

»Sagten Sie: Telefonist?« Der Graf sprach das Wort mit so viel Verachtung aus, dass Rainer befürchtete, Rabenstein würde nie wieder in seinem Leben einen Hörer in die Hand nehmen. »Sie sind wohl nicht bei Trost?«, brüllte der Verwandte soundsovielten Grades der Romanows los. Seine Stimme überschlug sich: »Telefonist, ich. Ein von Rabenstein! Erst die Kündigung bei *LoBau-Tech* und dann das hier. Ein Mitglied einer der ältesten deutschen Adelsfamilien.« Völlig übergangslos brach Rabenstein sein Gekeife ab, fiel auf seinem Sitz in sich zusammen und begann leise zu weinen. »Warum immer ich?«, schluchzte er. »Warum nur immer ich? Alle bekommen Rente, nur ich nicht. Warum konnte ich nicht bei *LoBauTech* bleiben?«

Zerknirscht versuchte Rainer zu retten, was zu retten war. »Ich glaube, Ihnen wurde wirklich übel mitgespielt.

Aber warum sind Sie denn auf den Abfindungsvorschlag Ihrer früheren Firma eingegangen? Sie hätten doch auch klagen können?«

»Rausgeschmissen hat mich dieser Pleb, einfach rausgeschmissen.« Der Graf ignorierte Rainers Frage. »Aber nicht mit mir! Der wird sich noch wundern. Das kann der mit einem von Rabenstein nicht machen!«

Er straffte sich und hatte sich wieder vollständig unter Kontrolle. »Herr Rechtsanwalt, ich glaube nicht, dass wir unsere Zusammenarbeit länger fortsetzen sollten.«

Der legitime Vertreter des europäischen Hochadels stand entschlossen auf und griff zu Hut, Mantel und seinem Aktenordner. »Übersenden Sie mir bitte Ihre Kostennote. Ich werde Sie aufmerksam prüfen und unverzüglich begleichen, wenn ich Ihre Forderung für angemessen halte.«

Aleksander Graf von Rabenstein sprachs und verschwand. Und ließ einen ziemlich perplexen Rainer Esch zurück.

15

»Hast du den Blick gesehen, mit dem die Müller ihren Chef angeguckt hat, als du ihr das Foto von Pawlitsch gezeigt hast?«, fragte der Hauptkommissar seinen Assistenten, als sie das Büro verlassen hatten. »Wie ein waidwundes Reh. Aber das hat möglicherweise nichts zu sagen. Wenn ich als perfekte Chefsekretärin so einen Reinfall wie eben erlebt hätte, würde ich wahrscheinlich auch so gucken.«

Brischinsky blieb unvermittelt stehen, stierte einen Moment an Baumann vorbei auf einen drittklassigen Druck von Salvatore Dalí, der die Wand zierte, und sagte dann: »Heiner, wir müssen wissen, ob Lorsow den Pawlitsch gekannt hat. Die Geschichte mit dem verlorenen Schlüssel stinkt doch zum Himmel. Wir besorgen uns morgen ein Foto von Lorsow. Das Bild zeigen wir dann den Verwandten und Freunden von Pawlitsch.«

»Wir? Das sind ja ganz neue Töne. Sonst bin doch immer ich ...«

»Danke für den Hinweis. Du machst das. Du gehst mit dem Foto hausieren. Ich werde mich in Ruhe mit unserem Doktor beschäftigen. Außerdem sollten wir versuchen, den letzten Tag von Pawlitsch so genau wie möglich zu rekonstruieren. Wo war er, mit wem hat er sich getroffen, mit wem geredet und dann ...«

Die Eingangstür des Verwaltungsgebäudes der *LoBau-Tech*, die inzwischen in Sichtnähe der Beamten war, wurde heftig aufgerissen und etwa drei Dutzend Männer in Arbeitskleidung drängten herein. Einige von ihnen trugen rote Fahnen mit dem Logo der Industriegewerkschaft Metall, andere Dachlatten mit aufgenagelten Pappschildern, auf denen Parolen zu lesen waren: *Wir wollen arbeiten* – LoBauTech *muss bleiben! – Keine Entlassungen!*

An der Spitze der Demonstranten diskutierte ein etwa 40-Jähriger hitzig mit dem Pförtner, der sich wild gestikulierend mit in Richtung Treppe bewegte. »Aber so geht das doch nicht. Sie müssen sich doch erst anmelden. Sie können doch nicht so einfach ...«

»Und ob ich kann. Das sehen Sie ja.« Der Wortführer trug wie der Pförtner keinen Blaumann. Allerdings hatte er einen weißen Arbeitsschutzhelm auf dem Kopf, auf dem gut sichtbar ebenfalls das Emblem der IG Metall prangte.

»Herr Doktor Lorsow ist möglicherweise nicht in seinem Büro.«

»Doch, ist er.«

Die Gruppe erreichte die Treppe, während sich die Polizeibeamten an die Wand drückten, um die empörten Arbeiter vorbeizulassen.

»Dann wollen wir mal« rief der Anführer, griff in seine Tasche und steckte sich eine Trillerpfeife in den Mund.

Die Blaumänner folgten seinem Beispiel. Ein infernalischer Lärm ertönte.

»Aber das geht doch nicht, das geht doch nicht«, jammerte der Pförtner, dessen weinerliches Gestammel im lauten Gepfeife unterging.

Auf den oberen Etagen wurden Türen aufgerissen. Brischinsky erkannte kurz das aufgeregte Gesicht von Roswitha Müller, die sich über das Treppengeländer beugte und hinunterschaute. Dann verschwand die Sekretärin wieder, vermutlich, um ihren Chef über die Ursache des Lärms zu informieren.

Die Arbeiter hatten den ersten Treppenabsatz erreicht, als Lorsow oben auftauchte. Der Firmenchef lehnte sich über das Geländer und rief: »Was soll das? Was machen Sie hier für einen Krawall?«

Der Helmträger blieb vier Stufen unterhalb des Geschäftsführers stehen und hob die Hand. Das Pfeifen erstarb augenblicklich.

»Also«, wiederholte Lorsow seine Frage. »Was soll dieser Aufmarsch hier?«

»Das, was Sie Aufmarsch nennen«, sagte sein Kontrahent gedehnt und sah nach oben, »sind Beschäftigte der Firma *LoBauTech*, die um ihre Zukunft bangen.«

»Das sehe ich selbst«, blaffte Lorsow zurück. »Warum sind die Leute nicht an ihren Arbeitsplätzen?«

»Weil es sonst bald keine mehr gibt«, rief jemand von unten aus der Menge. Zustimmendes Klatschen unterstützte den Zwischenrufer.

»Ihnen als Betriebsratsvorsitzenden muss ich ja wohl nicht erklären, dass das Verlassen des Arbeitsplatzes während der Arbeitszeit ohne Zustimmung der Vorgesetzten nicht zulässig ist. Das könnte man schon fast als wilden Streik werten und Sie alle müssen mit arbeitsrechtlichen Konsequenzen rechnen, wenn Sie nicht sofort ...«

Weiter kam der Geschäftsführer nicht. Der Rest des Satzes ging in einem gellenden Pfeifkonzert und Buh-Rufen unter.

Der Betriebsratsvorsitzende hob erneut die Hand. »Herr Doktor Lorsow, dies ist betriebsverfassungsrechtlich eine ordnungsgemäß angemeldete Teilbelegschaftsversammlung. Hier sind nur Kollegen aus dem Werkzeugbau, der als einer der Ersten von Entlassungen bedroht ist.«

»Genau!«, schrien die Blaumänner von unten. »Sehr richtig!«

»Sie haben es abgelehnt, auf unserer Versammlung zu erscheinen und Rede und Antwort zu stehen, und deshalb ...«

»Feigling!«, brüllte jemand.

»Wohl keinen Arsch in der Hose!«

Einige Männer lachten spöttisch.

»... waren die Kollegen der Meinung, dass wir Sie besuchen und das Gespräch bei Ihnen im Büro führen sollten.«

Beifall kam auf.

»Machen Sie sofort die Zigarette aus, machen Sie sie aus.« Der Pförtner sprang hektisch vor einem der Arbeiter herum. »Das geht doch nicht, der Teppichboden ...«

Der Angesprochene gab dem Uniformierten einen vorsichtigen Schubs. »Klappe«, knurrte er.

»Schon gut, Herr Schmidt«, beruhigte von oben Friedhelm Lorsow seinen Mitarbeiter. »Gehen Sie ruhig zurück an die Pforte.«

»Aber ich kann Sie doch nicht hier alleine ...«

»Nun gehen Sie schon.«

Der Pförtner schlich betrübt davon, ehrlich davon überzeugt, dass sein Chef einen großen Fehler gemacht hatte.

»Damit das klar ist: Ich bin nicht bereit, unter Druck mit Ihnen zu verhandeln.«

»Wer übt hier Druck aus?«, beschwerte sich jemand. »Dein Arbeitsplatz ist ja nicht gefährdet.«

»Seien Sie doch vernünftig. Wir können über alles sprechen.«

Die Männer lachten verzweifelt. »Die Sprüche kennen wir. Erst stundenlang labern und dann doch rausschmeißen.«

»Herr Doktor Lorsow!« Der Betriebsratsvorsitzende stieg die letzten Stufen hoch und stellte sich neben den Geschäftsführer. »Wir vom Betriebsrat haben einen gesetzlichen Anspruch auf Information. Also drücken Sie sich nicht länger vor Ihrer Verantwortung und schenken Sie uns reinen Wein ein.«

»Ich sagte Ihnen bereits, ich verhandle nicht unter Druck.«

»Wer redet denn von Verhandlungen? Wir wollen Informationen, sonst nichts.«

Lorsow zögerte. »In Ordnung. Aber nicht mit allen hier. Ich rede nur mit dem Betriebsrat.«

Wieder waren Buh-Rufe zu hören.

»Einverstanden. Mit dem Betriebsrat. Und dem Vorsitzenden der gewerkschaftlichen Vertrauensleute.«

Die Arbeiter klatschten.

»Gut. Vereinbaren Sie einen Termin mit meinem Sekretariat.« Lorsow drehte sich zum Gehen.

Für einen Moment wirkte der Betriebsratsvorsitzende völlig konsterniert. Auch die Arbeiter schienen verblüfft. Dann brach ein unbeschreiblicher Tumult los. Ohrenbetäubendes Gepfeife setzte ein. Wutschnaubend drängten die Männer nach oben. Fäuste wurden drohend gehoben. Einige schwenkten ihre Pappschilder wie Schlagwerkzeuge. Lorsow und der Betriebsratsvorsitzende wurden nach hinten in den Flur gedrückt. Der Geschäftsführer versuchte vergeblich, im Gedränge die Tür zu seinen Vorzimmer zu erreichen. Die Menge johlte und schob sich weiter an Lorsow heran.

Baumann blickte fragend auf seinen Vorgesetzten. Der schüttelte wortlos den Kopf und verfolgte weiter gespannt die Vorgänge auf der Treppe und im ersten Stock. So begannen Revolutionen.

Lorsow bekam einen gehetzten Gesichtsausdruck. Sein Lid zuckte heftig. Er flehte den Betriebsratsvorsitzenden an: »Nun tun Sie doch etwas, beruhigen Sie die Leute.«

»Wie denn? Das hätten Sie sich eher überlegen müssen!«

»Machen Sie etwas, irgendetwas.«

»Sprechen Sie mit uns? Jetzt?«

»Ja, ja.«

»Es gibt keine Sanktionen?«

»Nein, das sage ich verbindlich zu. Aber tun Sie etwas, um Gottes willen. Schnell!«

»Kollegen«, brüllte der Betriebsrat und hob seine Hände beschwichtigend. »Kollegen, hört mir bitte zu.«

Der Lärm ebbte etwas ab. Er war jetzt auch weiter unten noch zu verstehen. »Die Geschäftsführung hat soeben zugestimmt, jetzt mit uns, das heißt dem Betriebsrat und dem Vorsitzenden des Vertrauensleutekörper, zu diskutieren. Geht bitte zurück an eure Arbeitsplätze.«

»Und wer bezahlt die ausgefallene Zeit?«, schrie eine Stimme von weiter unten.

»Das war eine Teilbelegschaftsversammlung«, antwortete der Betriebsratsvorsitzende vernehmlich. »Das übernimmt der Arbeitgeber. Oder etwa nicht, Herr Doktor Lorsow?«

Im Flur und im Treppenhaus hätte man eine Nadel fallen hören können. Dann erwiderte der Geschäftsführer: »Natürlich. So steht es im Gesetz.«

Die Arbeiter klatschten und machten sich wieder auf den Weg nach unten, vorbei an den beiden Kriminalbeamten.

Auf dem Weg zu ihrem Fahrzeug sagte der Hauptkommissar mehr zu sich selbst als zu seinem Begleiter: »An dem Mann wird seine Gewerkschaft noch viel Freude haben. Klasse Inszenierung, wirklich gekonnt. Echt gut gemacht.«

16

Zwei Tage nach dem Gespräch mit Georg Pawlitschs Freunden rauschte Rainer Esch gegen neun Uhr, bewaffnet mit einer Vollmacht als Nebenklägervertreter der Familie, in das Dienstzimmer von Staatsanwalt Jüngers im Landgericht Bochum, um Einsicht in die polizeilichen Ermittlungsakten zu erlangen.

Der Jurist sträubte sich zunächst, Rainer die Genehmigung zu erteilen. In diesem frühen Stadium der Ermittlungen, meinte Jüngers, sei das noch nicht opportun. Rainer zitierte daraufhin ausgiebig die einschlägigen Vorschriften der Nummer 184 der *Richtlinie über das Straf- und Bußgeldverfahren* und drohte dem Staatsanwalt mit Beschwerde beim höheren Gericht.

Wenig später verließ Esch mit der staatsanwaltlichen Anweisung in der Tasche das Landgericht wieder, um seinem alten Bekannten Hauptkommissar Rüdiger Brischinsky einen sicher überraschenden Besuch abzustatten.

»Was will der Kerl?«, fragte der Hauptkommissar, als ihn Baumann mit der Nachricht von Eschs Erscheinen konfrontierte. Brischinsky hielt sich gerade im Büro des Kollegen Senftenberg auf, mit dem er regelmäßig Kochrezepte austauschte.

»Einsicht in die Ermittlungsakte? In meine Ermittlungsakte? Kommt doch nicht in Frage.«

»Er hat die Genehmigung von der Staatsanwaltschaft.«

»Was hat der?« Brischinsky sprang vom Stuhl und riss die Bürotür auf. »Welcher Spinner hat dem die Erlaubnis erteilt, in meinen Akten rumzuschnüffeln«, beschwerte er sich und spurtete in Richtung seines eigenen Büros.

Baumann beeilte sich, ihm zu folgen. »Staatsanwalt Jüngers, Rüdiger. Ich habe nachgefragt. Der Staatsanwalt möchte, dass wir uns kooperativ verhalten.«

Der Hauptkommissar blieb abrupt stehen und sah seinen Assistenten fassungslos an. »Kooperativ? Hat der wirklich kooperativ gesagt? Wir stehen noch völlig am Anfang der Ermittlungen und dann muss ich diesem Anwalt Akteneinsicht gewähren? Warum können diese Rechtsverdreher nicht warten, bis wir Ergebnisse vorweisen können? Dieser Schnösel von einem Staatsanwalt. Wie lange ist der im Amt? Drei Monate?« Brischinsky drehte sich wieder um. »Mach du das. Zeig dem Esch die Akte. Ich kümmere mich wieder um Huhn in Salbeisahne.«

Rainer Esch wartete auf einer Bank vor dem Büro der Ermittler.

»Möchten Sie die Akte gleich hier bei uns einsehen oder sollen wir sie Ihnen zustellen?«, fragte Baumann.

»Wenn es Ihnen nichts ausmacht, würde ich gleich jetzt ...«

»In Ordnung.« Baumann sah auf seine Uhr. »Es ist jetzt kurz nach halb zehn. Es wäre schön, wenn Sie die Durchsicht in etwa einer Stunde beendet haben könnten. Wir haben heute Vormittag noch ein ... äh ... Verhör. Möglicherweise müssen wir dann auf die Akte ...«

»Ein Verhör? Haben Sie schon einen Verdächtigen?« Eschs Interesse war geweckt.

»Sie haben die Genehmigung, die Ermittlungsakte einzusehen, mehr nicht. Wenn Sie mir jetzt bitte folgen würden ... Wir haben ein separates Zimmer, da können Sie die Unterlagen in aller Ruhe durchsehen.« Baumann fischte den Aktenordner aus dem Haufen unsortierter

Papiere auf Brischinskys Schreibtisch und begleitete den Anwalt zu dem Raum, in dem normalerweise Dienstbesprechungen stattfanden. »Bitte«, sagte er und öffnete die Tür. »Der Kopierer steht am Ende dieses Flures. Und denken Sie bitte daran: bis halb elf.«

Die Ermittlungsakte umfasste knapp dreißig Seiten und war nicht sonderlich ergiebig. Sie enthielt neben den Berichten und Fotografien vom Unfallort und des toten Georg Pawlitsch den Obduktionsbefund des Gerichtsmediziners, der unzweifelhaft bestätigte, dass Pawlitsch ermordet worden war, den Ermittlungsbericht der technischen Sachverständigen, die das Unfallfahrzeug als Mercedes-Benz 230 identifizierten, und die Namen und Adressen der Halter der als Unfallwagen in Frage kommenden Fahrzeuge. Daneben fand sich in der Akte noch der Hinweis auf eine Diebstahlmeldung der Bochumer Polizei und eine kurze handschriftliche Notiz, wonach ein schwarzer Mercedes mit dem amtlichen Kennzeichen RE-LD 69 aus dem Rhein-Herne-Kanal geborgen worden war. Esch stutzte und blätterte zurück. Der im Kanal gefundene Wagen war das kurz zuvor in Bochum gestohlene und auf die Firma *LoBauTech* in Recklinghausen zugelassene Fahrzeug. Auch der Name des Eigentümers und geschäftsführenden Gesellschafters der Firma stand da: Dr. Friedhelm Lorsow.

Rainer dachte nach. *LoBauTech.* So hieß doch die Firma, die seinen Exmandanten von Rabenstein auf die Straße gesetzt hatte.

Der Anwalt schnappte sich den Schnellhefter und fotokopierte den Inhalt. Dann ging er zurück zum Büro der ermittelnden Beamten. Baumann telefonierte, unterbrach das Gespräch aber sofort, als Rainer das Zimmer betrat.

»Herr Baumann, nur noch eine Frage. Ist mit dem gestohlenen Fahrzeug der Unfall im Börster Weg verursacht worden?«

Der Kommissar zögerte etwas, entschloss sich aber dann zu antworten: »Ja, das ist der Wagen.«

»Sicher?«

»Kein Zweifel möglich.«

»Danke.«

Rainer Esch wollte gerade das Büro verlassen, als es an der Tür klopfte und zwei Männer und eine junge Frau das Zimmer betraten. Esch blieb der Atem weg. Er hatte selten eine Frau im wirklichen Leben getroffen, auf die das Attribut ›klassisch schön‹ zutraf. Die Frau war Ende zwanzig, Anfang dreißig, groß gewachsen und schlank, hatte schulterlange, fast schwarze Haare und war mit einem dunkelgrauen, wadenlangen Faltenrock, einem weinroten Rollkragenpullover und einem mittelgrauen Blazer bekleidet. Über ihrem rechten Arm trug sie einen schwarzen Wollmantel. Sie war dezent geschminkt und lächelte zurückhaltend.

Ihre Begleiter waren ein leicht untersetzter, etwa 60-jähriger Mann in einem grauen Zweireiher und einem dunklen Trenchcoat, der eine Diplomatenaktentasche mit sich führte, sowie ein schlanker 40-Jähriger, der so aussah, als ob er gerade aus dem Urlaub zurückgekehrt oder von der Liege eines Sonnenstudios gesprungen wäre.

»Entschuldigen Sie«, sagte der Braungebrannte. »Sind wir zu früh?«

Baumann stand auf. »Nein, nein, Herr Doktor Lorsow. Herr Esch wollte ohnehin gerade gehen.«

Lorsow und sein Begleiter schenkten Esch nicht die geringste Aufmerksamkeit. Doch die Frau sah kurz aus dunkelbraunen Augen zu ihm hin. Rainer blieb mit der Klinke in der Hand wie angewurzelt neben der Tür stehen und glotzte die Dunkelhaarige an. Der durch die immer noch offene Tür entstandene Durchzug wehte den Hauch eines Parfüms zu Rainer herüber. Er war hin und weg.

»Herr Esch, wollten Sie nicht gerade ...?« Baumanns Stimme schreckte ihn auf.

»Wie? Ja, natürlich. Wiedersehen.«

Esch verließ das Büro. Erst auf dem Flur wurde ihm klar, dass er eben Dr. Friedhelm Lorsow, dem Mann, durch dessen Mercedes Georg Pawlitsch ums Leben gekommen war, begegnet war. Und einer Frau, die er unbedingt wieder sehen wollte, nein, wieder sehen musste!

17

»Bitte, nehmen Sie Platz. Ich informiere Hauptkommissar Brischinsky, dass Sie da sind.«

Während die Besucher die altersschwachen Bürostühle zurechtrückten, versuchte Baumann per Telefon, seinen Chef ausfindig zu machen. Beim dritten Anruf hatte er Glück. Minuten später traf der Hauptkommissar in dem Büro ein.

»Guten Morgen«, begrüßte Brischinsky Lorsow und seine Begleiter. »Frau Schlüter, wenn ich mich richtig erinnere. Und Sie sind ...?«

»Auch Schlüter. Hans-Joachim Schlüter. Notar und Rechtsanwalt. Unsere Kanzlei vertritt die Interessen der Firma *LoBauTech.* Und natürlich die der Eigentümer.«

»Aha. Dann sind Sie ...?«

»Die Tochter«, antwortete Elke Schlüter rasch.

»Gleich zwei Rechtsanwälte. Etwas ungewöhnlich, nicht wahr, Baumann?«

Der Gefragte antwortete nicht. Er kannte seinen Vorgesetzten.

»Gut. Ich möchte, nur der Vollständigkeit halber, eines klarstellen: Herr Doktor Lorsow wird hier nicht als Beschuldigter vernommen.« Dann sprach Brischinsky Lorsow direkt an. »Wir vernehmen Sie lediglich als Zeugen, da mit dem Fahrzeug, das Ihnen gestohlen wurde, ein Mensch umgebracht wurde. Ist Ihnen inzwischen eingefallen, wie Ihnen der dritte Schlüssel abhanden gekommen sein könnte? Oder haben Sie ihn vielleicht sogar wieder gefunden?«, wechselte Brischinsky abrupt das Thema.

»Äh ... nein ... das heißt ... ja, also ...«, stammelte Lorsow. Die plötzliche Frage hatte ihn sichtlich aus der Fassung gebracht.

Schlüter schaltete sich ein: »Im Namen meines Mandanten möchte ich eine Erklärung abgeben.« Der Rechtsvertreter öffnete seine Aktentasche und fingerte ein vorbereitetes Schriftstück heraus. Er las vor: »Erklärung. Entgegen den Angaben in meiner schriftlichen Diebstahlmeldung bezüglich meines PKW Mercedes-Benz, amtliches Kennzeichen RE-LD 69 vom 24. November dieses Jahres in der Polizeidienststelle Bochum-Mitte und meinen Aussagen vor den Kriminalbeamten Hauptkommissar Brischinsky und Kommissar Baumann am 1. Dezember dieses Jahres in den Gebäuden der Firma *LoBauTech*, Karlstraße, Recklinghausen-Hochlarmark räume ich ein, mein Fahrzeug am 24. November in der Neustraße in Bochum unverschlossen abgestellt zu haben. Anscheinend habe ich in dem Bemühen, mich nicht zu verspäten, den Fahrzeugschlüssel im Zündschloss stecken gelassen und somit den Wagen auch nicht verschlossen. Dieses Versehen ist mir erst nach meiner Rückkehr in mein Büro in Recklinghausen aufgefallen. Dringende anderweitige dienstliche Verpflichtungen hinderten mich daran, meine Aussage sofort zu widerrufen. Später habe ich diesen Vorfall vergessen. Erst der Besuch der Herren Brischinsky und Baumann veranlasste mich, das Vorgefallene zu überdenken und mein Versehen einzugestehen. Gezeichnet Doktor Friedhelm Lorsow, Recklinghausen, et cetera, et cetera.«

Schlüter drückte Brischinsky den Wisch in die Hand.

»Ein Versehen, sagen Sie?«, fragte Brischinsky leise.

»Mit etwas gutem Willen könnte man das so nennen, ja«, antwortete der Notar.

»Mit etwas gutem Willen, meinen Sie?«

»Ja, sicher.«

Der Hauptkommissar sah erst den Anwalt, dann Lorsow lange an. »Ich will Ihnen mal etwas sagen, meine Herren. Man könnte das, mit etwas weniger gutem Willen natürlich, auch anders nennen: versuchter Versicherungsbetrug zum Beispiel. Oder Irreführung der Behörden. Wenn ich länger überlege, fällt mir bestimmt noch was ein. Oder dem Staatsanwalt. Ein Versehen? Wollen Sie mich eigentlich verarschen? Was glauben Sie, wen Sie hier vor sich haben? Einen dummen Jungen?«

»Die rechtliche Würdigung dieses Sachverhaltes dürfte nicht Ihre Angelegenheit sein«, bemerkte Schlüter kühl. »Einer etwaigen gerichtlichen Auseinandersetzung sehen wir mit äußerster Gelassenheit entgegen. Und unsere Meinung über Ihre Person steht hier nicht zur Debatte. Leider, muss ich hinzufügen.«

Brischinsky machte ein Gesicht, als ob er seit Stunden auf einer Zitrone herumkauen würde. Er schnaubte, nur mühsam die Contenance wahrend: »Das ist in der Tat nicht meine Angelegenheit, da haben Sie Recht. Aber die Aufklärung eines Mordes, bei dem Ihr Fahrzeug, Herr Doktor Lorsow, benutzt wurde, das ist meine Angelegenheit. Und Sie können sicher sein, dass wir dieses Verbrechen aufklären werden. Herr Doktor Lorsow, wenn Sie uns wegen des Schlüssels angelogen haben, wer sagt uns denn, dass Sie nicht auch den Diebstahl Ihres Wagens lediglich vorgetäuscht haben und Sie heute wieder lügen?«

»Ich muss doch sehr bitten, Herr Hauptkommissar.« Hans-Joachim Schlüter sprang empört auf. »Herrn Doktor Lorsow der Lüge zu bezichtigen, das ist wirklich unerhört. Mein Mandant ist ein Ehrenmann, der ...«

100

»... versucht, die Versicherung zu bescheißen und die Polizei anzulügen. Mindestens das«, bemerkte Brischinsky unbeeindruckt.

»Was wollen Sie damit sagen? Wollen Sie damit andeuten, dass mein Mandant ...«

»Andeuten will ich überhaupt nichts. Frau Schlüter, Herr Schlüter, ich teile Ihnen hiermit offiziell mit, dass wir ab sofort gegen Ihren Mandanten ermitteln. Wegen eines Tötungsdeliktes zu Lasten von Georg Pawlitsch. Sagen Sie, Herr Doktor Lorsow, wo waren Sie eigentlich am Dienstag, dem 24. November, abends?«, fragte Brischinsky mit schnei-dender Stimme.

»Das ist doch unerhört. Also, ich weiß nicht, was ich sagen soll ... Friedhelm, du musst darauf nicht antworten. Ich werde ...« Schlüter fehlten die Worte.

»Lass mal.« Lorsow hob beschwichtigend die Hände. Sein Augenlid zuckte. »Ich werde antworten. Ich war in meiner Wohnung. Ab etwa fünf Uhr nachmittags. Später habe ich mit meiner Frau ferngesehen.«

»Ihre Frau kann das bezeugen?«

»Selbstverständlich.«

»Wissen Sie noch, was Sie gesehen haben?«

»Nicht genau. Irgendeinen Film aus den 70er-Jahren. Mit Roy Black und Uschi Glas. So eine alte Klamotte.«

Baumann schüttelte sich innerlich. Was sich Menschen so alles antaten.

Brischinsky sah kurz zu seinem Assistenten hinüber. Der hatte verstanden und nickte. Er würde sich später der Lektüre der Fernsehzeitung der letzten Woche widmen.

»Wann hat der Film begonnen?«

»Ich glaube, um Viertel nach acht.«

»Ihre Frau war die ganze Zeit bei Ihnen?«

»Ja, nein, eigentlich nein.«

»Wie soll ich das verstehen?«

»Sie war einkaufen. Sie ist erst gegen halb acht gekommen.«

»Das heißt, Herr Doktor Lorsow, Sie haben keine Zeugen dafür, dass Sie gegen fünf nach Hause gekommen sind?«

»Doch, doch. Natürlich. Meinen Prokuristen, Herrn Derwill. Er hat mich in seinem Wagen nach Hause gefahren. Mein Fahrzeug war mir ja gestohlen worden.«

»Wann war das?«

»Ich sagte doch, gegen fünf.«

»Und Sie haben das Haus nicht mehr verlassen?«

»Nein. Das heißt: doch.«

»Was denn nun?«

»Ich bin später noch mit unserem Hund an der Weide neben dem Nordfriedhof spazieren gegangen.«

»Um wie viel Uhr?«

»Das war so um neun.«

»Hat Sie jemand gesehen?«

»Ich glaube nicht.«

»Bedauerlich. Ihre Anschrift bitte.«

»Johann-Sebastian-Bach-Straße 19.«

Baumann stutzte. »Das ist doch ganz in der Nähe von der Straße Am Romberg, oder?«

»Ja. Warum?«, fragte Lorsow zurück.

»Weil«, sagte Brischinsky langsam und beobachtete den Verdächtigen genau, »Georg Pawlitsch am fraglichen Abend in dem Altersheim dort einen Freund besucht hat. Und nur Minuten, nachdem er diesen Freund verlassen hat, wird er auf dem Börster Weg überfahren. Ein seltsamer Zufall, finden Sie nicht?«

Lorsow lächelte gequält. »Da haben Sie Recht. Aber ich habe damit nichts zu tun.«

Brischinsky erhob sich. »Wir werden Ihre Aussage überprüfen. Darauf können Sie sich verlassen.«

»Tun Sie das«, sagte Lorsow. Äußerlich wirkte er vollkommen ruhig. Nur sein rechtes Augenlid verriet das Maß seiner Nervosität.

»Danke, dass Sie gekommen sind. Und jetzt entschuldigen Sie mich bitte. Ich habe zu tun. Heiner ...«

Baumann stand auf und öffnete die Bürotür.

»Also, das ist wirklich ...«, empörte sich Schlüter. »Das wird ein Nachspiel haben, Herr Hauptkommissar, darauf können Sie sich verlassen.« Wutschnaubend griff der Anwalt zu seiner Aktentasche. »So können Sie mit uns nicht umspringen. Ich werde mich an geeigneter Stelle über Sie beschweren. Komm, Friedhelm, wir gehen. Elke.«

Lorsow schlich wie ein begossener Pudel hinter Schlüter aus dem Raum. Baumann hatte den Eindruck, als ob die junge Anwältin noch etwas sagen wollte, doch dann folgte auch sie grußlos ihrem Vater und ihrem Mandanten.

Baumann schloss die Bürotür. »Hoffentlich bist du da nicht zu weit gegangen, Chef. Ermittlungen wegen Mordes! Was haben wir denn in der Hand? Nichts!«

»Weiß ich doch selbst. Aber ich konnte diesen blasierten Lackaffen Lorsow und seinen Winkeladvokaten im italienischen Zweireiher einfach nicht länger ertragen.«

»Winkeladvokat? Schlüter und Partner ist eine der renommiertesten Anwaltskanzleien in der Stadt.«

»Na und? Es hat Anwälte gegeben, die haben erst Mitglieder der RAF verteidigt, dann selbst zur Knarre gegriffen und sind später bei der maoistischen KPD gelandet. Vor einigen Tage habe ich gelesen, dass so ein Kämpfer gegen das Unrecht heute mit dem Rechtsradikalismus sympathisiert und auf NPD-Parteitagen Reden hält. Andere sitzen im Knast wegen Betruges oder was weiß ich. Also komm mir nicht mit renommierten Anwälten. Nur weil die ein paar Semester Jura studiert haben, sind das keine besseren Menschen. Hast du eigentlich das Foto besorgt?«

»Die vom Einwohnermeldeamt müssen das Bild erst aus dem Archiv suchen. Ich kann es später abholen.«

»Dann mach hin.«

18

Esch hatte seinen Mazda so geparkt, dass er den Eingang zum Polizeipräsidium im Auge behalten konnte. Das Gebläse des Wagens kämpfte erfolglos gegen die immer wieder beschlagende Windschutzscheibe. Rainer versuchte mit seinem einzigen Stofftaschentuch ein Blickloch freizuhalten. Er steckte sich gerade die fünfte Reval an, als Friedhelm Lorsow mit seinen Begleitern das Präsidium verließ. Sie liefen den Westerholter Weg in Richtung Innenstadt entlang. Esch erwog, ihnen mit dem Wagen zu folgen, sprang dann aber doch aus seiner Karre und hetzte hinter den dreien her; bemüht, die Gruppe nicht aus den Augen zu verlieren. Am Königswall bogen die zwei Männer und die Frau nach rechts ab und verschwanden nach wenigen Metern in einer renovierten Jugendstilvilla.

Rainer wartete, bis sich die Tür wieder geschlossen hatte, und näherte sich dem Haus. Neben dem Eingang prangte unübersehbar ein Schild:

```
SCHLÜTER UND PARTNER
RECHTSANWÄLTE UND NOTARE
HANS-JOACHIM SCHLÜTER, RECHTSANWALT UND NOTAR
ELKE SCHLÜTER, RECHTSANWÄLTIN
PETER BOMBLA, RECHTSANWALT UND NOTAR
KARL-HEINZ MÜLLER, RECHTSANWALT UND VEREIDIGTER
WIRTSCHAFTSPRÜFER
```

Darunter das Wappen der Landes Nordrhein-Westfalen mit der Aufschrift: *Notare.*

Esch warf einen Blick auf die Türklingel. Das Haus beherbergte nichts außer der Anwaltskanzlei. Rainer nickte anerkennend. Nobel, dachte er.

Er ging zurück zur Straße, zückte sein Handy und wählte die Nummer seines alten Freundes aus harter

Zeit, Uwe Losper, Rechtsanwalt wie Esch selbst, aber in Recklinghausen niedergelassen.

»Rainer hier«, sagte er, als sich Uwe meldete. »Sag mal, kennst du Schlüter und Partner aus Recklinghausen?«

»Lebst du auf dem Mond? Das ist *die* Adresse hier. Vorsitzender der Anwaltskammer, Wirtschaftskanzlei. Vertreten nur die von ganz oben. Warum fragst du?«

»Egal. Da gibt es eine Elke Schlüter ...«

»Tochter vom alten Schlüter. Erbt den Laden.«

»Hast du sie schon mal gesehen?«

»Hab ich. Sie erledigt den Kleinkram. An die dicken Sachen lässt ihr Vater sie anscheinend noch nicht ran. Die Schlüter war vor kurzem in einem meiner Verfahren auf der Gegenseite. Sie hatte keine Chance. Kündigungsschutzprozess. Ein Bäcker hatte eine junge Türkin gefeuert. Ohne Abmahnung, ohne alles. Formfehler, verstehst du.«

»Wie sieht sie aus?«

»Die Türkin? Sie ist ...«

»Nein, Elke Schlüter.«

»Elke Schlüter? Schlank, groß, schwarze Haare, höchstens dreißig. Warum?«

»Hat sie dunkelbraune Augen?«

»Sag mal, spinnst du? Woher soll ich denn wissen, ob sie ... Sag bloß, du hast dich in sie verguckt?«

»Geht dich nichts an.«

»Auch wahr. Aber schmink dir das ab. Die Braut ist 'ne Nummer zu groß für dich. So welche wie uns verspeist ihr Papa morgens zum Frühstück.«

»Hast du die Telefonnummer der Kanzlei?«

»Hab ich. Einen Moment. Aber du solltest auf deinen alten Freund hören.«

»Klappe. Gib mir die Nummer.«

Eine Minute später hatte Rainer die Nummer. Dazu einen Kloß im Hals und Schmetterlinge im Bauch.

»Anwälte Schlüter und Partner. Guten Tag«, meldete sich eine melodiöse Stimme.

»Rechtsanwalt Esch. Verbinden Sie mich bitte mit Frau Schlüter.«

»In welcher Angelegenheit, bitte?«, kam es geschäftsmäßig zurück.

»Das möchte ich mit ihr selbst besprechen.«

»Einen Moment.«

Rainer hörte Mozarts *Kleine Nachtmusik*, nur unterbrochen von: *Bitte warten. Bitte warten.* Und dann Neudeutsch: *Please hold the line.*

»Schlüter.«

»Esch. Guten Tag, Frau Kollegin.«

»Guten Tag.«

»Frau Schlüter, ich vertrete als Nebenkläger Paula Pawlitsch, die Witwe von Georg Pawlitsch.«

»Ja?«

»Soweit mir bekannt ist, vertreten Sie Herrn Doktor Lorsow, durch dessen Fahrzeug Herr Pawlitsch zu Tode gekommen ist.«

»Und?«

»Ich würde mich gerne mit Ihnen über die Sache ... wie soll ich sagen ... unterhalten.«

»Da muss ich Sie enttäuschen, Herr Esch. Wir vertreten Herrn Doktor Lorsow, das ist richtig. Aber sicher wissen Sie auch, dass Herr Lorsow lediglich deshalb in den Fall involviert ist, weil Unbekannte seinen Wagen gestohlen haben. Außerdem bin ich in dieser Angelegenheit nicht Sachbearbeiterin.«

Rainer sah seine Felle fortschwimmen. Ihm musste etwas einfallen, und zwar schnell. Hastig sagte er: »Frau Schlüter, wir haben uns eben im Polizeipräsidium gesehen. Ich war gerade im Büro von Hauptkommissar Brischinsky, als Sie gekommen sind.«

»Sie waren das.« Das war eine Feststellung.

»Ja.« Jetzt angreifen: »Sagen Sie, es ist gleich eins. Hätten Sie nicht Lust, mit mir essen zu gehen?« Rainers Herz schlug bis zum Hals. Es gibt Momente im Leben, in denen entscheidet sich die Zukunft. Entweder man bleibt Karl Arsch bis zum Ende aller Tage oder man knackt den Jackpot. Sekt oder Selters.

Elke Schlüter schwieg. Anscheinend dachte sie nach. Nun sag schon ja, schrie Rainer in Gedanken. Sag ja, verdammt noch mal.

»Sie haben Recht. Gleich eins. Essenszeit. Gut. Warum eigentlich nicht. Holen Sie mich ab?«

Sekt. Ach was, Sekt – Champagner! »Klar. Ich warte vor Ihrer Praxis.«

Rainer jubilierte. Dann erinnerte er sich an Uwes Worte und warf einen Blick in seine Geldbörse. Gähnende Leere.

Kein Grund zur Besorgnis. Nur ruhig bleiben, dachte er. Die EC-Karte.

Er zog seine Brieftasche heraus und begann eine hektische Suche. Die EC-Karte! Wo, verdammt, ist die Scheißkarte? O nein! Nacktes Entsetzen packte Rainer. Kein Geld, keine Karte. Und er hatte gerade die Tochter des Vorsitzenden der Recklinghäuser Anwaltskammer und Erbin der Kanzlei Schlüter und Partner zum Essen eingeladen.

Hektisch durchwühlte er die Fächer seines Ledermäppchens. Dann atmete er erleichtert auf: Zwei Blaue und ein Brauner hatten sich zwischen Führerschein und Personalausweis versteckt. Zweihundertfünfzig würden ja wohl reichen!

Elke Schlüter trat aus der Tür der Villa. Rainer ging auf sie zu. Sein Herz hing knapp unter seinen Kniekehlen. »Das ist schön, dass Sie gekommen sind«, begrüßte er seine Kollegin.

Sie lächelte ihn an. »Ich habe wirklich Hunger. Danke für die Einladung.«

Sie sah traumhaft aus. Er musterte sie genauer: klassische Gesichtsform, fast griechisch. Mit einem Hauch von Orient. Und dann ihre Augen! Das Schönste an ihr waren eindeutig die Augen. Tiefbraun, groß, unergründlich. Mit fast schwarzen Brauen. Esch versank in diesen

Augen, ertrank darin. »Griechisch?«, fragte er mit einem Kloß im Hals. »Italienisch?«

»Zum Italiener. Nehmen wir den hinter *C&A?*«

Rainer schluckte. Italienisch. Drei Vorspeisen, zwei Hauptgerichte. Dazu Wein. Dann Espresso und einen Absacker. Einhundert pro Person. Mindestens. Hoffentlich reichte die Knete!

Der Kellner kam: »Prego?«

Elke Schlüter griff zur Karte: »Nehme ich eine Pizza? Ich bin unschlüssig. Was essen Sie?«

Auch Rainer war unschlüssig. Das lag aber mehr an seiner unsicheren finanziellen Lage. »Äh ... Pizza wär nicht schlecht ...«

Der Kellner schaltete sich ein. »Wenn ich den Herrschaften etwas empfehlen dürfte ...?«

»Bitte«, antwortete die Anwältin.

»Vielleicht einige Crostini alla Toscana zu Beginn und dann ein vorzügliches Carpaccio von der Rinderlende?«

»Hört sich gut an. Was meinen Sie?«

Rainer nickte ergeben mit dem Kopf.

»Sehr wohl. Und dann Pappardelle alla Lepre? Oder Spaghetti alle Vongole?«

Esch schluckte.

»Die Bandnudeln für mich«, sagte Elke Schlüter.

»Ich schließe mich an.«

»Abschließend vielleicht Triglie al Forno? Die Meerbarben sind ganz frisch. Oder Sogliola alla Fiorentina? Auch unsere Seezunge ist ausgezeichnet.«

»Ich nehme die Meerbarbe. Und Sie?«

»Ich auch.« Das Essen war sein Ruin. Wenn der Kerl nicht bald aufhörte, die Speisen herunterzubeten, würde Rainer mindestens ein Jahr Teller spülen müssen.

»Haben Sie einen Vernaccia di San Gimignano?«, fragte Elke Schlüter.

»Selbstverständlich. Aber nicht offen. Sie müssten dann schon eine Flasche ...«

Auch das noch!

»Ach, eine Flasche schaffen wir schon, oder?«

Das war nicht Rainers Problem, das bestimmt nicht.

»Sehr wohl. Und als Dessert vielleicht ...«

»Für mich kein Dessert, danke«, warf Rainer hastig ein.

»Ich entscheide mich später. Vielleicht bleibt es auch nur bei einem Espresso.« Elke Schlüter lächelte Rainer freundlich an.

»Espresso, sicher.« Vielleicht noch einen Grappa, der ein mittleres Vermögen kosten dürfte.

Und als ob sie Gedanken lesen könnte, sagte Elke Schlüter: »Auf jeden Fall aber noch einen Grappa.«

Der Kellner schoss ab. Mit einem überaus zufriedenen Gesichtsausdruck, fand Rainer. Das wunderte ihn nicht. Wenn diese Bestellung bezahlt wäre, würde der Inhaber das Lokal abschließen und Feierabend machen. Wenn Rainer die Rechnung würde bezahlen können ...

Das Essen und der Wein waren ein Genuss. Espresso und Grappa auch. Sie hatten nicht nur zwei schöne Stunden miteinander verbracht, sondern auch ihre privaten Telefonnummern ausgetauscht. Sie waren per du und hatten nicht ein Wort über Georg Pawlitsch verloren. Und Rainer war bis über beide Ohren in die Kollegin verliebt.

Die Rechnung betrug 249,80 DM – Rainers Barschaft reichte knapp.

Als er Elke Schlüter später wieder zur Kanzlei ihres Vaters begleitete, hätte er die Welt umarmen können. Und er hatte den Eindruck, dass es Elke ähnlich ging.

Der zurückgelassene Kellner allerdings wunderte sich etwas über das Trinkgeld in Höhe von zwanzig Pfennig.

19

»Hast du das Foto?«, wollte Rüdiger Brischinsky von Baumann wissen, als der am späten Nachmittag wieder in ihr Büro kam.

»Hab ich.«

»Lass sehen.« Rüdiger Brischinsky musterte das Konterfei Lorsows. »Damit fährst du heute noch zu den Pawlitschs. Wir müssen wissen, ob die den Lorsow kennen«, sagte er zu Heiner Baumann.

»Fehlanzeige.«

»Was?«

»Ich meine, ich war schon bei Pawlitschs. Die haben Lorsow noch nie gesehen.«

»Und die Bekannten? Was ist mit dem Kattlowsky? Warst du da auch schon?«

»Ja. Gerade eben. Keinerlei Reaktion, als ich dem das Bild zeigte. Aber Frau Pawlitsch hat mir Namen und Adressen weiterer Freunde ihres Mannes genannt.«

»Gut. Da fährst du morgen hin. Wir müssen wissen, ob und welche Beziehung zwischen Pawlitsch und Lorsow bestand. Außerdem könnten wir doch eigentlich ...« Brischinsky sah auf seine Uhr und griff zum Telefon.

»Chef, wenn nun aber doch ...«

»Was?« Hauptkommissar Brischinsky schaute seinen Mitarbeiter ungeduldig an.

»Wenn Lorsow nun aber nicht gelogen hat und ihm sein Benz wirklich gestohlen wurde? Dann sind wir auf einer völlig falschen Spur«, gab Baumann zu bedenken.

»Das wären wir. Dann bliebe nur der unbekannte Autodieb, der Pawlitsch zufällig überfahren hat und dann Unfall und Diebstahl vertuschen wollte. Möglich. Ich habe noch einmal darüber nachgedacht. Möglich, sage ich. Aber nicht wahrscheinlich. Es war dunkel und hat geschneit. Das Risiko der Entdeckung musste für den Dieb doch bei Durchführung der Tat größer sein als bei sofortiger Flucht. Und komm mir nicht wieder mit dem geheimnisvollen Dritten. Das haben wir doch schon verworfen, oder?«

Du hast das verworfen, dachte Baumann. Du!

»Nein, ich bin überzeugt, Lorsow hängt da mit drin. Na gut, gehen wir einmal davon aus, dass Lorsow tatsächlich nichts mit dem Mord an Pawlitsch zu tun hat. Natürlich rein hypothetisch. Trotzdem glaube ich nicht, dass der Diebstahl seines Wagens Zufall war.« Der Hauptkommissar dachte laut weiter. »Unterstellen wir, dass der Mörder Lorsows Karre ganz bewusst geklaut hat. Warum genau diese? Warum keine andere?«

»Vielleicht wollte der Killer Lorsow schaden?«

»Das wäre eine Erklärung. Aber wer käme dafür in Frage?«

»Vielleicht hat Lorsow Feinde?«, spekulierte Baumann.

»Die hat vermutlich jeder Unternehmer. Da werden Preise unterlaufen, Konkurrenten Aufträge weggeschnappt, Mitarbeiter entlassen ...«

»Vielleicht ist es ja das?«

»Was?«

»Ein entlassener Mitarbeiter. Vielleicht will sich jemand rächen?«

Brischinsky sah Baumann skeptisch an. »Wenn jeder, der in der Bundesrepublik seinen Arbeitsplatz verliert, seinem früheren Arbeitgeber einen Mord anhängen würde, dann ... Okay. Prüf das nach. Lass dir von Lorsow eine Liste der Entlassenen des letzten Jahres geben.« Er steckte sich eine Zigarette an. »Sag mal, wann haben die Lokalausgaben der beiden Zeitungen hier in Recklinghausen Redaktionsschluss?«

»Gegen sieben?«

»Ich rufe die Pressestelle an.«

Brischinsky bat den Kollegen von der Pressestelle die Vertreter der Zeitungen noch vor Redaktionsschluss zu einem kurzen Gespräch in Brischinskys Büro einzuladen.

»Ohne Kriminalrat Wunder zu informieren?«, fragte Baumann verunsichert. »Meinst du nicht, dass das Ärger geben könnte?«

»Ach was. Ich gehe später zu ihm und verkaufe ihm das schon«, erwiderte Brischinsky.

Fünf Minuten später erhielten sie die Nachricht, dass die Redakteure unterwegs seien. Nach weiteren zwanzig Minuten verließen die Journalisten das Büro wieder. Mit einem Aufmacher in der Tasche, der die eigentlich vorgesehenen Storys in den Hintergrund verdrängen würde.

Zufrieden klappte Hauptkommissar Brischinsky die Akte zu. »Das wäre es für heute. Schicht. Dann warten wir mal ab, wie morgen so die Resonanz auf die Zeitungsartikel ist. Möglicherweise erfahren wir endlich auch, wo Pawlitsch zwischen fünf und halb acht war. Oder mit wem er sich getroffen hat.«

20

Sein Telefon läutete. Rainer nahm ab. Es war sein Freund Cengiz Kaya. »Tag, Rainer. Hast du heute schon Zeitung gelesen?«

»Heute Morgen schon, klar. Wenn du auf den Artikel über Pawlitsch in der *WAZ* anspielst, steht ja nichts Neues drin. Mit Ausnahme des Fotos des Toten und der Bitte der Kripo um Mithilfe natürlich.«

»Nee, nicht die *WAZ*.«

»Sondern?«

»Die *Bild*.«

»Lese ich nicht.«

»Solltest du aber. Du wirst namentlich erwähnt.«

»Ich werde was? Das kann doch wohl nicht wahr sein. Woher haben die meinen Namen? Was steht denn drin?«

»Inhaltlich Ähnliches wie in der *WAZ*. Dass Pawlitsch gegen sechzehn Uhr seine Wohnung verlassen hat, aber erst gegen halb acht zu einer Verabredung in Recklinghausen erschienen ist und die Polizei die Bevölkerung um Mithilfe bittet, den Verbleib des Opfers während dieser Stunden zu klären. Auch mit Bild von Pawlitsch. Nur etwas reißerischer.«

»Wie reißerisch?«

»Warte, ich les dir's vor: *Wie vom Erdboden verschluckt! Wo war Georg Pawlitsch (64) am frühen Abend vor seinem Tod? Dreieinhalb ungeklärte Stunden. Traf er seinen Mörder?* Das war die Überschrift und das fett Gedruckte darunter. Dann geht es weiter: *Die Polizei bat* Bild *um Hilfe. Sie fragt: Wer hat den Ermordeten (Bild links) in der fraglichen Zeit ...*«

»Danke, das reicht. Und was ist mit mir?«

»Du tauchst am Schluss auf: *Der Anwalt der Familie, Rainer Esch aus Herne, sagte unserer Zeitung ...*«

»Ich hab mit denen doch gar nicht gesprochen«, warf Rainer empört ein.

»Verklag sie. Du hast jedenfalls laut *Bild* gesagt: ›*Wenn wir wissen, wo Georg Pawlitsch war, wissen wir vielleicht auch, warum er sterben musste.*‹ So steht's da.«

»Schwachsinn. Ich wusste bis heute Morgen noch nicht mal, dass der für drei Stunden verschwunden war. Stand nicht in der Ermittlungsakte.«

»Dein Problem. Sehen wir uns später?«

»Wenn ich hier fertig bin, komme ich bei dir vorbei.«

»Bitte vor neun. Ich muss zur Schicht.«

»Weiß ich.«

»Bis dann.« Cengiz legte auf.

Der Anwalt sah auf die Uhr. Kurz vor sechs. Er griff erneut zum Hörer und wählte die Telefonnummer von Elke Schlüter.

»Hallo«, sagte er, als sie sich meldete.

»Ach, Rainer. Nett, dass du anrufst.«

Esch hörte ihre Stimme und er vergaß schlagartig, was er ihr hatte sagen wollen.

»Rainer? Bist du noch dran?«, fragte Elke nach beiderseitigem kurzem Schweigen leicht verwundert.

»Hm.« Er war hin und weg.

»Entschuldige, wenn ich dich so direkt frage.« Der leicht spöttische Unterton in ihrer Stimme war nicht zu überhören. »Warum hast du angerufen?«

»Warum ich angerufen habe ...?«

»Ja.«

»Weil ... weil ... ich wollte deine Stimme hören.« Was für ein Schwachsinn, dachte er. Aber doch die reine Wahrheit.

Erneutes Schweigen.

Dann platzte es aus ihm heraus: »Ich möchte dich sehen. Hast du Zeit?«

»Wann? Jetzt?«

»Jetzt, gleich, später. Wann du willst. Am liebsten sofort.«

Ihre Antwort ließ etwas auf sich warten. Sie überlegte. Sie überlegte lange, viel zu lange, fand Rainer.

Nach knapp zehn Sekunden sagte sie: »Gut. Komm vorbei. Ich wohne in Recklinghausen, Ostseestraße 12. Das ist am Quellberg. Weißt du, wo ...«

»Kein Problem«, jubilierte er, »ich finde das. Ich bin schon unterwegs. Bis gleich.«

Er brach das Gespräch sofort ab, schnappte sich seine Lederjacke, ließ das Handy liegen und stürmte aus seiner Praxis; ohne das Licht zu löschen und abzuschließen. Weiter unten an der Castroper Straße erstand er einen großen Blumenstrauß und bretterte dann, jede Geschwindigkeitsbegrenzung ignorierend, zum Quellberg, der Neubausiedlung südöstlich der Recklinghäuser Innenstadt.

Das Haus Nummer 12 war eines der für diese Gegend typischen Mehrfamilienhäuser, die meist Eigentumswohnungen beherbergten.

Elke Schlüter wohnte im dritten Stock. Als sie Rainer die Tür öffnete, blieb ihm fast das Herz stehen. Elke trug schwarze, eng sitzende Jeans, eine schwarze Seidenbluse, deren obere zwei Knöpfe geöffnet waren, und schwarze Ledermokassins. Ihr Haar war mit einem einfachen Gummi zusammengebunden. Sie hatte das gleiche Parfüm wie bei ihrer ersten Begegnung im Polizeipräsidium aufgetragen. Rainer fand sie unwiderstehlich schön. Er sah sie verliebt an und bekam kein Wort heraus.

Elke hauchte ihm einen Kuss auf die Wange und sagte: »Sind die Blumen für mich?«

Rainer konnte nur wortlos mit dem Kopf nicken und ihr den Strauß entgegenstrecken.

Elke ließ ihn eintreten. »Geh schon durch, ins Wohnzimmer. Ich hole nur schnell eine Vase.«

Esch stolperte in den Flur und blieb unschlüssig stehen. Er hörte, wie in der Küche das Wasser aufgedreht wurde. Dann rief Elke: »Möchtest du etwas trinken?«

Der Gedanke an einen Riesling ließ Rainer aus seiner temporären Erstarrung erwachen. »Hast du einen Weißwein? Einen Pfälzer Riesling am besten?«

»Leider nein. Nur roten. Aus dem Chianti oder einen Bordeaux.«

»Chianti, bitte.« In der Not ...

Gläser klimperten und Elke trat schwer beladen in den Flur. Rainer beeilte sich, ihr die Blumenvase aus der Hand zu nehmen, und fragte: »Wohin damit?«

»Auf das kleine Regal am Fenster, bitte.«

Esch stellte die Blumen auf den angewiesenen Platz und setzte sich neben Elke auf das Rattansofa.

Sie reichte ihm Korkenzieher und Weinflasche. »Machst du mal ...?«, fragte sie und schaute ihn aus ihren tiefbraunen Augen an.

Rainer zitterte etwas, als er ihr die geöffnete Flasche reichte. Als Elke ihm das halb gefüllte Glas gab, berührte sie seine Hand wie unabsichtlich leicht mit ihren Fingern. Rainer zuckte zusammen. Er fühlte sich an einen Film mit Meg Ryan erinnert, den er vor einigen Jahren mal gesehen hatte. *Schlaflos in Seattle* hieß der Schmachtschinken, in dem das blonde Gift Meg Ryan einen Mann suchte, bei dem es bei einer bloßen Berührung im wahrsten Sinne des Wortes funkt. Und genau das war Rainer gerade passiert. Elke lächelte.

Esch hatte einen trockenen Hals und trank einen Schluck Chianti. Der Rote war schwer und gut. Sein Hals aber blieb trocken. Die Finger seiner rechten Hand krochen wie von selbst über das schneeweiße Polster des Sofas, trafen auf Elke Schlüters Hand, verknoteten sich mit ihren. Sie streichelten sich vorsichtig. Dann, nach einigen Minuten des Schweigens, sahen sie sich an und fielen sich in die Arme.

Als Rainer etwa drei Stunden später verschwitzt, erschöpft und sehr glücklich aus Elkes dunkelblauer Seidenbettwäsche auftauchte, um für einen Moment Luft zu schnappen, fiel sein Blick auf die Leuchtanzeige des Radioweckers. Zehn nach zehn. Er hatte die Verabredung mit seinem Freund Cengiz vergessen. Bevor er aber anfangen konnte, sich darüber ernsthaft den Kopf zu zerbrechen, schlangen sich zwei nackte Arme um seinen Hals und zogen ihn wieder zurück in die wohlige Wärme einer neu gefundenen Zweisamkeit.

21

Marlies Lorsow öffnete unmittelbar, nachdem Brischinsky die Türklingel betätigt hatte.

»Ja, bitte?«, fragte die blonde, schlanke Frau. Sie hielt eine laut bellende Promenadenmischung von maximal vierzig Zentimeter Schulterhöhe am Halsband fest.

Brischinsky zückte seinen Dienstausweis und stellte sich und Baumann vor.

»Ich habe Sie schon erwartet. Der Hund ist friedlich. Das ist seine Art der Begrüßung.« Marlies Lorsow öffnete die Haustür und ließ die Polizisten eintreten. Baumann warf einen skeptischen Blick auf das nun frei laufende Schoßhündchen, das an seinem Hosenbein schnupperte. Lebende Tiere mit Zähnen und Krallen, die größer als die einer Maus waren, lösten bei ihm seit frühester Kindheit nicht kontrollierbare Urängste aus.

Der Flur des Hauses war geräumig und mit weißem Marmor ausgelegt. Eine geschwungene Treppe führte ins Obergeschoss. Die Hausherrin zeigte auf eine Tür rechts von ihr.

Brischinsky und Baumann betraten das Wohnzimmer, das durch die altdeutsche Möblierung etwas überladen wirkte.

Marlies Lorsow bot den Polizeibeamten einen Platz an und stellte fest: »Mein Mann hat mich gestern darüber informiert, dass Sie seine Angaben überprüfen werden. Was wollen Sie wissen?«

»Ihr Ehemann hat ausgesagt, er sei an dem fraglichen Tag gegen siebzehn Uhr hier in Ihrem Haus eingetroffen, Sie seien aber erst später nach Hause gekommen. Stimmt das?«, fragte der Hauptkommissar.

Ohne zu zögern antwortete Marlies Lorsow: »Wann mein Mann hier war, kann ich Ihnen selbstverständlich nicht sagen. Ich bin gegen halb acht vom Einkaufen zurückgekehrt. Wir haben dann zu Abend gegessen und uns gemeinsam noch einen Spielfilm angeschaut. Friedhelm interessierte der Film aber nicht. Deshalb ist er noch mit Colossos, ich meine unseren Hund, spazieren gegangen.« Colossos wedelte bei der Erwähnung seines Namens erwartungsvoll mit dem Schwanz und sah sein Frauchen aufmerksam an.

»Wann war Ihr Mann wieder im Haus?«

»So um zwanzig Minuten nach neun. Es kann aber auch halb zehn gewesen sein.«

»Danach hat er das Haus nicht mehr verlassen?«

»Nein.«

Brischinsky erhob sich. »Danke. Mehr wollte ich nicht wissen. Das war es schon, Frau Lorsow. Bitte entschuldigen Sie die Störung.«

Colossos bellte zum Abschied.

»Was hältst du davon?«, wollte Brischinsky von seinem Mitarbeiter wissen, als sie wieder in ihrem Dienstpassat saßen.

»Ich glaube der Frau«, erwiderte Baumann.

»Glauben heißt nicht wissen. Aber wenn ihre Aussage stimmt, kann Lorsow nicht der Täter gewesen sein. Es wäre aber nicht das erste Mal, dass Ehefrauen ihre Männer decken. Fahren wir zu *LoBauTech* und sprechen mit dem Prokuristen, wie heißt der gleich ...«

»Derwill.«

»Richtig. Sprechen wir mit Derwill.«

Baumann startete den Wagen. Auf der Halterner Straße fiel ihm ein: »Sollen wir nicht vorher anrufen? Vielleicht ist Derwill nicht da, dann können wir uns den Weg sparen.«

»Gute Idee.« Brischinsky lehnte sich in seinem Sitz zurück und steckte sich eine Zigarette an. »Ruf an.«

»Ich fahre, Rüdiger.«

»Und ich rauche. Ruf an.«

Heiner Baumann hielt mehr recht als schlecht mit den Oberschenkeln das Lenkrad unter Kontrolle, bis er sein Handy aus der Seitentasche seiner Jacke gegraben hatte. Dann suchte er in der anderen Tasche sein Notizbuch, warf einen wütenden Blick auf seinen Vorgesetzten, der mit geschlossenen Augen genussvoll die Luft im Wagen verpestete. Baumann schraubte das Fenster herunter. Eiskalter Wind wehte ins Fahrzeug.

»Fenster zu. Es zieht«, schnaubte Brischinsky. »Willst du, dass ich mir den Tod hole?«

»Wir hatten vereinbart, dass im Wagen nicht geraucht wird«, empörte sich Baumann.

»Scheiß drauf. Wir sind ja gleich da. Dann kannst du frische Luft schnappen. Dass ihr Nichtraucher immer so empfindlich seid. Außerdem bin ich eh gleich fertig. Ruf endlich an. Und mach das verfluchte Fenster zu.«

Baumann kurbelte zähneknirschend die Scheibe wieder hoch und wählte die Nummer von *LoBauTech.*

»Verbinden Sie mich bitte mit Herrn Derwill.« Er wartete. »Baumann hier, Kripo Recklinghausen, Sie erinnern sich an mich? – Gut. Wir würden Sie gerne sprechen. – Ja, sofort. Wir sind auf dem Weg zu Ihnen. – Und warum nicht? – Erst in einer Stunde? – In Ordnung. Wo? – Wir kommen.« Er unterbrach die Verbindung. »Mein Anruf ist auf sein Handy weitergeleitet worden. Derwill ist unterwegs. Er ist erst später wieder in seinem Büro. Wir können uns mit ihm auf dem Parkplatz vor der Müllverbrennungsanlage in Herten treffen.«

»Vor der Müllverbrennungsanlage? Bei dem Wetter? Spinnt der?«

»Was weiß ich. Aber er machte einen ziemlich verstörten Eindruck. Seltsam.«

»Wie kommst du darauf?«

»Das kann ich dir nicht genau sagen. Sein Tonfall war irgendwie merkwürdig, so ... gehetzt.«

»Also zur Müllverbrennungsanlage. Da steck ich mir noch eine an.«

»Aber wir hatten ...«

»Müllverbrennung ist weiter als *LoBauTech*. Da reicht eine nicht. Außerdem ist die Luft da auch nicht besser.«

Als sie den Treffpunkt erreichten, stand Heinz Derwill schon mit hochgeklapptem Kragen im Schneeregen auf dem Parkplatz.

Brischinsky begrüßte ihn durch die geöffnete Tür. »Wo haben Sie denn Ihren Wagen?«

»Da vorne.« Derwill zeigte auf eine Gruppe geparkter Fahrzeuge.

»Ziemlich ungewöhnlich unser Treffpunkt, aber wenn Sie bitte hinten einsteigen würden?«

Derwill nahm auf dem Rücksitz Platz und Brischinsky verstellte den Rückspiegel so, dass er dem Prokuristen ins Gesicht schauen konnte, ohne sich umzudrehen.

»Erklären Sie mir doch bitte, warum wir uns hier bei diesem Scheißwetter mitten auf der Straße treffen müssen, anstatt uns gemütlich bei einer Tasse Kaffee in Ihrem Büro zu unterhalten?«

»Wissen Sie«, begann Derwill zögernd, »ich habe mein Büro ja direkt gegenüber dem Doktor Lorsows ...«

»Und?«

»Ich möchte nicht, dass er sieht, dass ich mit Ihnen allein spreche.«

»Dann hatten Sie keinen Termin hier?«, fiel ihm Baumann ins Wort.

»Nein.«

»Warum wollen Sie das nicht?«, setzte Brischinsky die Befragung fort.

»Er will dann sicher von mir wissen, worüber wir gesprochen haben, und das wäre mir nicht recht, verstehen Sie?«

»Nein.«

Derwill atmete tief ein. »Ich vermute, dass Sie mich über den Tag befragen wollen, an dem der Wagen Doktor Lorsows gestohlen und der arme Mann umgekommen ist, richtig?«

»Stimmt.«

Derwill kaute nervös an dem kleinen Finger seiner rechten Hand. »Das dachte ich mir. Es wäre ... Nun, es wäre möglich ... Ich weiß nicht, wie ich mich ausdrücken soll ...«

»Das merke ich. Wären Sie so freundlich, uns jetzt endlich aufzuklären?«

»Es wäre möglich, dass meine Aussage von der Doktor Lorsows abweicht. Und ich könnte ihm nicht ... Ich könnte ihm nicht mehr ins Gesicht sehen, wenn dies so wäre. Wissen Sie, er ist nicht nur mein Chef, sondern mehr wie ein Sohn für ...«

»Gut, gut. Herr Derwill, Sie erinnern sich an den Tag, an dem der Wagen Ihres Chefs abhanden kam?« Brischinsky schaute aufmerksam in den Rückspiegel. Irgendeiner der Anwesenden hatte Alkohol getrunken. Nicht viel, aber der Geruch war unverkennbar. Baumann war es sicher nicht gewesen, er selbst konnte sich an keinen Schluck erinnern. Blieb nur Derwill.

»Ja, sicher.«

»Können Sie uns bitte erzählen, was passierte, nachdem Herr Lorsow wieder ins Büro kam?«

»Ja, das war so: Gegen zwei rief mich Doktor Lorsow zu sich. Er war gerade mit dem Taxi aus Bochum zurückgekommen, von der Polizeistation, auf der er den Diebstahl seines Wagens gemeldet hatte.«

»Und? Weiter!«

»Er hat mich dann gebeten, ihn zu fahren.«

»Wann? Um zwei?«

»Ja.«

»Sie irren sich nicht?«

»Nein.«

»Und wohin wollte Herr Lorsow? Nach Hause?«

Derwill schwieg und kaute nun auch auf dem Ringfinger.

»Beantworten Sie meine Frage.«

»Nein, nicht nach Hause.«

»Wohin dann? Mensch, lassen Sie sich doch nicht alles einzeln aus der Nase ziehen.«

»In einen Herner Vorort.«

»Nach Herne? Was wollte er denn da? Geschäfte?«

Derwill schüttelte den Kopf.

»Verdammt, Derwill, wenn Sie nicht bald reden, unterhalten wir uns auf dem Präsidium weiter«, brauste Brischinsky auf.

»Ich weiß nicht genau, wie die Straße heißt. Das Haus liegt in der Nähe eines Industriegebietes. Ein weißes Gebäude. Dahin ist er öfter ... Ich habe dann entweder in einem Café in der Innenstadt gewartet, bis er mich anrief, oder bin nach Hause gefahren.«

Brischinsky dämmerte etwas. »Jetzt werden Sie schon konkret, Herr Derwill.«

Der Prokurist hatte nun fast seine ganze Hand im Mund, atmete erneut tief durch und sagte dann: »Ein

Klub. Ein Sexklub. Herr Lorsow sucht diesen Klub häufiger auf. Und damit niemand, vor allem nicht seine Frau, Verdacht schöpfen kann, hat er mich mitgenommen. Sozusagen als Alibi. Ein unverdächtiger Geschäftstermin. Ein Taxi kam für ihn nicht in Frage. Er hatte Angst, irgendwann wieder erkannt zu werden. Außerdem bin ich sein engster Vertrauter, ich kenne ihn schon seit seiner Kindheit, als ich noch für seinen Vater gearbeitet habe. Verstehen Sie jetzt, warum ich nicht mit Ihnen im Büro ...«

»Verstehe.« Brischinsky war für einen Moment verblüfft. »Dann haben Sie ihn nicht um halb fünf nach Hause gefahren?«

»Nein.«

»Haben Sie denn auf ihn gewartet?«

»Auch nicht. Das war ja gerade so seltsam. Er habe danach noch etwas vor, hat er gesagt. Er würde ein Taxi nehmen. Ein Taxi! Nach all den Jahren ein Taxi!«

Brischinsky schwieg und Baumann machte sich eifrig Notizen.

Schließlich sagte der Hauptkommissar: »Ich kann Ihnen leider einen Besuch bei uns im Präsidium nicht ersparen. Wir brauchen Ihre Aussage schriftlich. Und möglicherweise müssen Sie mit uns zu diesem Klub fahren. Vielen Dank, Sie haben uns wirklich geholfen.«

»Und Herr Doktor Lorsow, also ... er erfährt doch nichts?«

»Von Ihrer Aussage? Kein Wort.«

»Kann ich mich darauf verlassen?« Derwill schien nicht überzeugt.

»Na ja, sagen wir: Wenn Herr Lorsow lediglich seine Ehefrau betrogen hat, geht uns das nichts an. Ansonsten ...« Der Hauptkommissar schenkte sich den Rest. »Und noch einen guten Rat: Lassen Sie den Alkohol weg, wenn Sie Ihren Führerschein behalten wollen.«

Derwill zuckte zusammen und machte ein verängstigtes Gesicht.

»Keine Angst. Wir sind nicht die Verkehrspolizei. Aber denken Sie künftig daran.«

Der alte Prokurist nickte verlegen, öffnete die Tür, stieg aus und schlurfte in Richtung seines Fahrzeugs davon.

»Und was hältst du jetzt davon?«, fragte Brischinsky zum zweiten Mal in einer Stunde.

»Da wird uns der Doktor aber einiges zu erklären haben«, antwortete Baumann diesmal.

»Genau. Wer zweimal lügt ...«

22

Das Telefon klingelte. Rainer griff zum Hörer.

»Spreche ich mit Rechtsanwalt Esch?«, fragte eine männliche, noch sehr jung klingende Stimme.

»Ja, ich bin selbst am Apparat. Was kann ich für Sie tun?«

»Sind Sie an Informationen im Todesfall Georg Pawlitsch interessiert?«

Für einen Moment war Rainer perplex. »Wer sind Sie?«, fragte er dann.

»Das spielt keine Rolle. Sind Sie interessiert?«

»Ja, sicher, aber ...«

»Haben Sie ein Handy?«

»Natürlich.«

»Sagen Sie mir bitte die Nummer.«

»Ich verstehe nicht ...«

»Die Nummer, bitte.«

Rainer gab seine D2-Nummer preis.

»Danke. Dann schalten Sie es ein. Ich melde mich wieder.«

»Warten Sie, was soll ...«

Zu spät. Der Anrufer hatte aufgelegt.

Esch nahm sein Mobiltelefon von der Ladestation und schaltete es ein. Unmittelbar darauf klingelte es wieder.

»Wenn Sie immer noch an den Informationen interessiert sind«, sagte die Stimme, »gehen Sie jetzt zur Haltestelle Barrestraße der Buslinie 311. Dort fährt um acht vor fünf der Bus Richtung Innenstadt. Steigen Sie ein und fahren Sie bis zur Haltestelle Kreuzkirche. Nehmen Sie Ihr Handy mit. Ich melde mich wieder.«

»Hören Sie, woher weiß ich, dass Sie mich nicht auf den Arm nehmen?«

Der Anrufer schwieg einen kurzen Moment. »Pawlitsch hat in der Geschichte der Zeche *Erin* tief gegraben und ist fündig geworden. Reicht Ihnen das?« Die Verbindung wurde unterbrochen.

Das reichte Rainer. Er schnappte sich Lederjacke und Schal und verließ sein Büro.

Draußen war es kalt. Ihn fröstelte. Er sah auf die Uhr. Noch sechs Minuten. Er spurtete zur Haltestelle, musste noch einen Moment in der Dunkelheit warten und bestieg den Bus, der Richtung Herner City fuhr. Er entwertete den Fahrschein und sah sich im Wagen um. Im Bus waren außer ihm nur noch zwei ältere Frauen mit Einkaufstaschen und ein junges Teenie-Paar, das auf der letzten Sitzbank miteinander turtelte. Rainer nahm in der ersten Reihe hinter dem Fahrer Platz.

An der Kreuzkirche stieg der Anwalt aus. Es schneite heftiger. Er schlug den Kragen seiner Jacke hoch und blickte sich um. Am Beginn des fußläufigen Teils der Bahnhofstraße herrschte der übliche vorweihnachtliche Einkaufstrubel. Zahlreiche Menschen strömten in Richtung der Kaufhäuser und Boutiquen, um ihr Weihnachtsgeld auszugeben. Andere, die diese Prozedur schon hinter sich hatten, eilten mit mehr oder weniger gestresstem Gesichtsausdruck in Richtung U-Bahn oder Parkplätze. Rainers Handy meldete sich erneut.

»Jetzt gehen Sie in das *Kleine Café*. Dort trinken Sie etwas. Wissen Sie, wo das ist?«

»Weiß ich«, antwortete Esch leicht verärgert. Er kam sich vor wie in einem drittklassigen Spionagefilm. »Und was passiert ...«

Schon wieder wurde das Gespräch vorzeitig beendet. Rainer schnaubte, machte sich dann aber doch auf den Weg in das Café an der Mont-Cenis-Straße.

Die wohlige Wärme, die dem Anwalt entgegenschlug, tat ihm gut. Er setzte sich an den letzten freien Tisch am Fenster, bestellte einen Espresso und einen Veterano und musterte die anderen Gäste. An dem Tisch neben ihm saßen zwei junge Frauen, die sich angeregt über ihren letzten Disco-Besuch unterhielten.

Direkt neben der kleinen Theke spielten vier Männer Karten. Ihr Outfit und ihre blonden und schwarzen Lockenköpfchen erinnerten Rainer an die Hauptdarsteller einer Vorabendserie im Privatfernsehen, deren Name ihm entfallen war. Einer der vier sah auffällig lange zu Rainer herüber. An einem Tisch vor der Theke trank ein älteres Paar Kaffee. Zwei leere Kuchenteller ließen darauf schließen, dass sie sich schon länger im Lokal aufhielten. Sie beglichen ihre Rechnung und gingen kurz darauf. Am anderen Fenstertisch, von Esch durch den verglasten Eingangsbereich getrennt, studierte ein jüngerer Mann den *Spiegel*.

Der Anwalt fragte sich, ob einer dieser Gäste der unbekannte Anrufer war. Als die Bedienung seine Getränke brachte, zahlte Rainer sofort und wartete weiter.

Endlich klingelte sein Handy wieder. Er sah sich um. Im *Kleinen Café* telefonierte niemand.

»Fahren Sie mit der U-Bahn von der Kreuzkirche bis Strünkede. Dort steigen Sie aus und gehen Richtung Wasserschloss.«

Esch schüttete den Brandy in sich hinein. Er war fast entschlossen, sich nicht mehr länger an dieser Schnitzeljagd zu beteiligen. Dafür war es einfach zu kalt und zu nass.

Trotzdem verließ er das Café, ging langsam Richtung U-Bahn, blieb an der Treppe zögernd stehen und registrierte den beleuchteten Hinweis über dem Eingang: *Nächster Zug Richtung Strünkede in zwei Minuten.* Rainer rannte die Treppe hinunter und erreichte die Bahn im letzten Moment. Er hoffte, dass sein Busfahrschein seine Gültigkeit noch nicht verloren hatte.

Am Endpunkt Strünkede überquerte er die Bahnhofsstraße. Der Schnee war liegen geblieben. Der abendliche Berufsverkehr quälte sich im Schritttempo durch den Matsch.

Aus dem Schlosspark näherte sich eine dunkle Gestalt, die ihn ansprach: »Guten Abend, Herr Esch. Kommen Sie bitte mit.«

Rainer sah den Mann vor ihm verdutzt an. Der Fremde war höchstens zwanzig Jahre alt. Der Unbekannte drehte sich und stapfte vor Esch durch den Schnee. Rainer beeilte sich, ihm zu folgen. Nach gut hundert Metern bemerkte der Anwalt im Lichtkegel unter einer Laterne eine weitere Gestalt. Rainers Begleiter zeigte auf den Wartenden. Der Anwalt ging zu der Laterne.

Ein alter Mann, den Rainer zu kennen glaubte, sprach ihn an: »Entschuldigen Sie bitte die Unannehmlichkeiten, aber mein Enkel«, er blickte zu dem jungen Mann hinüber, der einige Meter entfernt stehen geblieben war, »ist ein begeisterter Leser von Kriminalromanen. Und da Georg Pawlitsch so unverhofft ums Leben kam, wollte er mich beschützen.« Der Alte lachte leise. »Ich wollte ihm das Vergnügen nicht verderben. Deshalb das etwas, sagen wir: ungewöhnliche Prozedere. Gehen wir einige Meter durch den Park? Ich liebe es, durch frisch gefallenen Schnee zu laufen. Er knirscht so schön unter den Schuhen, finden Sie nicht auch? Das erinnert mich an meine Kindheit.«

Der Mann sprach mit einem kaum merklichen, harten Akzent. Rainer schaute ihn prüfend an. Da fiel ihm ein, wo er ihn schon einmal gesehen hatte: Im *Kleinen Café!* Der Mann hatte dort mit einer Frau gesessen.

»Warum konnten wir nicht im Café miteinander reden? Sie waren doch da?«, fragte Esch. »Wer sind Sie? Und welche Informationen können Sie mir ...«

»Nicht so schnell. Eins nach dem anderen. Zunächst: Ich wurde unter dem Namen Pjotr Rastevkow geboren. Heute heiße ich anders. Dieser Name ist für Sie aber ohne Belang. Merken Sie sich nur Pjotr Rastevkow. Ich habe meinen Namen schon kurz nach dem Krieg geändert. Und was fragten Sie ...? Das Café, ja. Haben Sie mich wieder erkannt? Gute Beobachtungsgabe! Ich wollte Sie sehen, bevor ich mit Ihnen spreche. Mir einen Eindruck verschaffen.«

Sie gingen langsam weiter in den Schlosspark hinein. Der Enkel Rastevkows folgte ihnen.

»Ich habe Ihren Namen in der Zeitung gelesen. In einem Bericht über die Ermittlungen der Polizei im Mordfall Pawlitsch. Ich habe lange überlegt, ob ich mit Ihnen reden soll. So, wie ich mit Georg Pawlitsch geredet habe.«

Rastevkow griff in seine Manteltasche und zog eine Schachtel Zigaretten hervor. »Rauchen Sie? Russische. Die gibt es seit einigen Jahren auch hier bei uns. Mein Arzt hat es mir zwar verboten, aber was verbieten Ärzte einem nicht alles.«

Wieder ließ Rastevkow sein heiseres Lachen hören. Er hielt Rainer die Packung hin. Esch schüttelte den Kopf und steckte sich eine Reval in den Mund.

»Auch nicht viel besser als meine«, kicherte der Alte und knickte das Mundstück.

Rainer gab ihm Feuer. Über die Flamme des Feuerzeugs hinweg blickte Rastevkow sein Gegenüber aus dunklen, traurigen Augen an und sagte unvermittelt: »Wenn ich Ihnen alles erzähle, was ich weiß, müssen Sie mir eines versprechen: Sie dürfen nie versuchen, mich zu finden oder meinen jetzigen Namen herauszubekommen. Niemals. Wir werden uns nach diesem Abend nicht mehr sehen.« Er nahm einen tiefen Zug und blies den Rauch seiner Zigarette in die kalte Abendluft. »Versprechen Sie das?«

Esch nickte.

»Gut. Ich stamme aus einem kleinen Dorf in Wolhynien, das liegt in der Ukraine, in der Nähe der Stadt Korosten. Dort lebten auch viele Wolga-Deutsche. Kennen Sie zufällig Korosten?«

Rainer schüttelte den Kopf.

»Macht nichts. Hätte ich mir denken können. Liegt nordwestlich von Kiew. Ich war 1941 etwa fünfzehn Jahre alt. Vielleicht war ich auch vierzehn oder schon sechzehn, ich weiß das nicht so genau. In unserem Dorf gab es kein ... Standesamt, würden wir heute sagen. Ich wurde im Januar geboren, während der Jahre des großen Hungerns. Das genaue Geburtsdatum spielte damals keine Rolle. Sie müssen sich vorstellen: Viele der Neugeborenen überlebten den Winter nicht. Da machte es keinen Sinn, durch meterhohen Schnee tagelang bis in die Kreisstadt zu laufen, um ein Balg registrieren zu lassen, das bei der Rückkehr vielleicht schon tot war, verstehen Sie?« Rastevkow lachte wieder und wurde dann ernst. »Es war Spätsommer, als die Deutschen kamen. Das Gros unserer Soldaten hatte, so erzählten die Alten, sich schon einige Tage vorher weiter nach Osten abgesetzt. Kleinere Scharmützel der Roten Armee mit den unaufhaltsam vordringenden deutschen Truppen sollten lediglich den Rückzug unserer Soldaten decken. Wir hatten schon seit Tagen das Donnern der schweren Artilleriegeschütze gehört, aber keine Soldaten gesehen, weder russische noch deutsche. Und dann, an einem Morgen, waren die Deutschen plötzlich da. Einfach so.« Der Alte zog an seiner Zigarette. Sie war ausgegangen. Rainer gab ihm erneut Feuer.

»Danke. Die Panzer rollten ohne anzuhalten über unsere Dorfstraße. Es staubte schrecklich. Dann kamen die motorisierten Einheiten. In endlosen Kolonnen zogen sie vorüber. Krad über Krad, LKW an LKW. Geschütz folgte Geschütz. Und dann die Infanterie. Tausende von Soldaten. Ich hatte noch nie vorher so viele Menschen gesehen, geschweige denn so viele Soldaten. Drei Tage rollte die Armee durch unser Dorf, dann war alles vorbei. Kein Schuss fiel. Für uns ist der Krieg vorbei, dachten wir.« Rastevkow blieb erneut stehen und sah Rainer an. »Angst hatte eigentlich keiner. Fast jede Familie hatte in den schrecklichen Säuberungen der 30er-Jahre Angehörige verloren. Selbst in unserem kleinen Dorf am Rand der Welt. Der mächtige Arm des großen Stalin reichte weit. Schlimmer als unter Stalin würde es unter Hitler auch nicht werden, hofften wir. Wir glaubten wirklich, es würde nicht schlimmer. Welch ein Irrtum!« Pjotr Rastevkow hustete, griff in seine andere Manteltasche und zauberte einen Flachmann heraus. »Wodka. Hilft gegen die Kälte. Und die Erinnerungen.«

Er hielt Rainer die Flasche hin. Der zögerte einen Moment, nahm dann aber doch einen tiefen Schluck. Das Zeug brannte höllisch in der Kehle.

»Balsam für die wunde russische Seele«, kicherte Rastevkow und verstaute die Flasche wieder in seinem Mantel. »Eine Woche später kamen andere Soldaten. Sie hatten Totenköpfe und Runen am Revers ihrer schwarzen Uniformen – die SS. Sie trieben die gesamte Bevölkerung mit Waffengewalt auf dem Dorfplatz zusammen. Sie durchkämmten jedes Haus, jeden Schuppen. Keiner entkam ihnen. Die Dorfbevölkerung war verängstigt. Die Deutschen sprachen kaum Russisch. Wir verstanden nur ein Wort: Dawai, dawai! Schnell, schnell! Im Dorf lebten damals etwa zweihundert Menschen, nur Frauen, Kinder und Alte. Die Männer zwischen achtzehn und fünfzig waren alle schon vor Monaten eingezogen worden, sie dienten in der Roten Armee. Dann begann die SS, alle männlichen Jugendlichen, so etwa ab vierzehn, fünfzehn Jahren, auf einen Lastwagen zu verladen. Ich gehörte auch dazu. Wir waren ein gutes Dutzend auf der Ladefläche. Sie fesselten unsere Hände und Füße und banden uns aneinander fest. Ich war einer der Letzten, die auf den LKW kamen. So musste ich alles mit ansehen.«

Sie hatten das Stadion des Fußballvereines *Westfalia Herne* erreicht.

»Möchten Sie noch einen Schluck?«, bot Rastevkow dem Anwalt an. Der lehnte ab.

»Wie Sie wollen.« Pjotr Rastevkow trank. »Wir sollten zurückgehen. Es fängt gleich wieder an zu schneien. Wo war ich stehen geblieben? Ach ja ... Plötzlich begannen Maschinengewehre zu rattern. Der Kugelhagel traf zuerst die ersten Reihen der Eingekesselten. Die Menge schrie vor Schmerz und Angst. Mütter versuchten, sich schützend über ihre Kinder zu werfen. Vergeblich. Einige rannten weg, um dem Inferno zu entgehen, wurden aber von anderen SS-Männern nach einigen Metern kaltblütig erschossen. Das Gemetzel dauerte weniger als zwei, drei Minuten. Als die Maschinengewehrschützen ihr Feuer eingestellt hatten, gingen einzelne Soldaten mit gezogener Pistole durch die am Boden liegenden Toten und Verwundeten. Denjenigen, die sich noch bewegten oder jammerten, schossen sie in den Kopf. Manchen Opfern traten sie mit ihren Stiefeln in die Schusswunden, nur um zu sehen, ob sie noch lebten. Wenn sie sich rührten, traf auch sie die Kugel. Dieser Tod war schnell und gnädig. Trotzdem waren auch jetzt noch nicht alle tot. Einigen war es gelungen, sich unter den Leichen ihrer Verwandten oder Freunde zu verbergen. Aber das war eine trügerische Sicherheit, sage ich Ihnen. Denn alle die, die das Massaker bis jetzt überlebt hatten, sollten qualvoller sterben. SS-Soldaten schütteten mehrere Kanister Benzin über die leblose Menge und zündeten sie an. Die verzweifelten Schmerzensschreie der Verwundeten und nun zum Feuertod Verdammten werde ich nie vergessen.« Rastevkow schwieg.

Dann fuhr er fort: »Zum Schluss setzten die Soldaten das Dorf in Brand. Jedes Haus, jeden Stall. In nur einigen Minuten war die mir bekannte Welt vom Erdboden vertilgt worden. Meine Großeltern, meine Mutter, meine kleine Schwester. Unser Haus. Die Nachbarn. Einfach alles, was ich kannte.« Rastevkow blickte an Esch vorbei ins Leere. Tränen liefen über sein Gesicht.

»Könnte ich«, fragte Esch mit gebrochener Stimme, »könnte ich doch noch von dem Wodka ...?«

Rastevkow reichte ihm die Flasche. »Und wissen Sie, was das Schlimmste ist? Ich weiß bis heute nicht, warum unser Dorf ausgelöscht wurde. Ich versuche, einen Sinn zu erkennen, und sei er auch noch so teuflisch und grausam. Irgendeinen Sinn, irgendetwas, was das hundertfache Sterben erklärlich macht, es der Zufälligkeit entreißt. Ich werde es wohl nie begreifen.«

Esch fror in seiner Lederjacke, aber es war ihm egal. Er verspürte Mitleid mit diesem Mann, den er erst seit kurzer Zeit kannte. Mitleid und ohnmächtige Wut.

»In Kiew wurden wir nach zehnstündiger Fahrt vom Wagen in einen Zug verladen. Einer meiner Freunde war auf der Ladefläche gestorben, ich weiß nicht, woran. Wir anderen wurden mit Gewehrkolben geschlagen, wie Vieh in einen Wagon gepfercht, der sonst für Tiertransporte genutzt wurde. Wir erhielten einen Eimer Wasser und etwas verschimmeltes Brot, mehr nicht. Das Wasser reichte kaum für uns alle. Unsere Notdurft verrichteten wir später in diesem Eimer, der aber schnell überlief. Ich weiß nicht, wie ich die fünftägige Fahrt überstand. Ohne Essen und fast ohne Wasser. Als die Türen des Wagons endlich wieder aufgerissen wurden und wir aussteigen durften, mussten wir uns in einer Reihe aufstellen. Die Luft war staubig und roch nach Kohle. Vorsichtig sah ich mich um. Ich erkannte gigantische Türme, an deren Spitze sich unaufhörlich Räder drehten, das Schachtgerüst eines Bergwerkes, wie ich heute weiß. Das der Zeche *Erin* in Castrop-Rauxel. Wir wurden in einer in der Nähe stehenden Baracke registriert und erhielten eine Jacke, auf der ein weißes Dreieck aufgenäht war. *Ost* stand auf dem Dreieck. *Ost* für Ostarbeiter. Ich war als Bauernbursche aus Wolhynien verschleppt worden und als Bergmann in Castrop angekommen.«

»Aber was hat das alles mit Georg Pawlitsch ... «

»... zu tun, wollen Sie wissen? Warten Sie es ab. Die Arbeit auf dem Bergwerk war hart und gefährlich und die Ernährung dürftig. Trotzdem reichte es, um zu überleben. Wir waren anfangs in einem Lager in der Nähe der Zeche untergebracht worden, der Anblick unserer zerlumpten Gestalten, die in bewachten Kolonnen auf dem Weg zur oder von der Arbeit durch die Straßen schlurften, führte bei einem Teil der Bevölkerung zu Protesten. Daher erschien es den Verantwortlichen zweckmäßiger, uns Arbeitssklaven gleich auf dem Zechengelände unterzubringen. So war der Weg zur Arbeit nicht so weit und unser Anblick konnte niemanden mehr belästigen. Wir arbeiteten an sechs Tagen in der Woche täglich sechzehn Stunden. Wer sich weigerte, schlechte Arbeitsleistung erbrachte oder krank wurde, wanderte ins KZ, die meisten nach Auschwitz. Erkannte Saboteure, und die gab es auch unter den Zwangsarbeitern, wurden zur Abschreckung vor unseren Augen erschossen oder aufgehängt. An Drahtschlingen aufgehängt! Die Bedauernswerten wurden langsam mit der Drahtschlinge um den Hals hochgezogen. Ein grausamer Tod! Als die Bombenangriffe der Alliierten immer heftiger wurden, mussten die Arbeiten häufiger unterbrochen werden. Wer gerade unter Tage war, hatte Glück: Eintausend Meter Granit oder Sandstein sind ein zuverlässiger Schutz vor Brand- und Splitterbomben. Hatten wir jedoch unsere Ruhephasen ... Einen Bunker gab es nicht für uns. Unsere Vorarbeiter waren ausnahmslos Deutsche, erfahrene Bergleute. Einer von ihnen, Jupp genannt, steckte uns immer mal wieder ein Stück Brot oder eine Zwiebel zu. Er tat das unter Lebensgefahr. Vom Volksgerichtshof sind viele für geringere Vergehen unter das Fallbeil geschickt worden. An einem Abend im März 1945 wurden einige von uns, auch ich, bei Aufräumungsarbeiten im Bereich der übertägigen Verladeeinrichtungen eingesetzt. Wir waren gerade damit beschäftigt, Staubkohle in die Wagons zu schaufeln, als das auf- und abschwellende Heulen der Luftschutzsirenen einen Fliegerangriff ankündigte. Kurze Zeit später fielen die ersten Bomben. Der Angriff galt den Industrieanlagen in Castrop. Unsere Bewacher verließen ihre Posten. Einer rief uns zu, wir sollten unter den Wagons Deckung suchen. Unmittelbar darauf erzitterte die Erde. Es war, als ob das Ende der Welt gekommen wäre. Krachend fielen Teile der Verladeeinrichtung in sich zusammen. Ein Volltreffer. Ich warf mich unter einen der Wagen, als ich sah, wie Jupp von innen die Tür zu einem der kleineren Bunker öffnete, die überall auf dem Werksgelände verteilt waren. Er gab zwei Zwangsarbeitern, die im Bombenhagel orientierungslos umherirrten, durch Gesten zu verstehen, dort bei ihm Schutz zu suchen. Plötzlich erschien in der Bunkertür noch ein weiterer Mann. Er war in Uniform – der Betriebsobmann der Deutschen Arbeitsfront. Zwischen den beiden kam es zu einem kurzen, heftigen Streit. Als der eine der Zwangsarbeiter, es war Abraham Löw, ein deutscher Jude, den sicheren Bunker fast erreicht hatte, zog der Nazi seine Pistole und schoss Löw nieder. Dann richtete er seine Waffe auf den zweiten Gefangenen, der starr vor Angst stehen geblieben war. Jupp machte einen Schritt auf den Bewaffneten zu und wollte diesem in den Arm fallen. Der drehte sich blitzschnell seitwärts und schoss Jupp kaltblütig in den Kopf. Dann erschoss er den anderen Gefangenen, dessen Namen ich nicht kenne. Der Uniformierte stieß Jupps Leiche aus dem Bunker und schloss die Stahltür. Unmittelbar danach explodierte eine Bombe in meiner Nähe. Die Druckwelle riss mich hoch und ich stieß mit dem Kopf gegen eines der Räder des Wagons, unter dem ich lag. Ich wurde bewusstlos und erwachte erst später wieder auf meiner Pritsche. Der Angriff hatte zahlreiche Todesopfer unter den Bergleuten gefordert. Da fielen ein toter Kumpel namens Jupp und erst recht zwei tote Zwangsarbeiter nicht besonders auf. Einige Tage später erreichten die ersten amerikanischen Panzerspitzen Castrop und der Krieg war für uns beendet.«

»Ich verstehe immer noch nicht ...«, stammelte Rainer.

»Es ist ja auch noch nicht zu Ende. Nach der Befreiung durch die Amerikaner blieb ich in Castrop. Ich hatte keine Verwandten mehr, kein Zuhause. Außerdem hörte ich, dass viele russische Kriegsgefangene und Zwangsarbeiter, die in ihr Heimatland zurückkehrten, von dem NKWD wegen angeblicher Kollaboration mit dem Feind direkt weiter in die Gulags nach Sibirien geschickt wurden. Das Schicksal wollte ich mir ersparen. Ich war jetzt Bergmann, hatte nichts anderes gelernt. Ich blieb in Castrop, änderte meinen Namen, baute *Erin* wieder mit auf und lernte meine spätere Frau kennen. Fünf oder sechs Jahre nach Kriegsende erkannte ich auf einer Fotografie in einer Tageszeitung, ich glaube, es war die Lokalausgabe von Castrop, den Nazi-Mörder wieder. Er stand in einer Gruppe von Abgeordneten der damaligen Zentrumspartei. Oder war es doch die CDU? Ich weiß es nicht mehr genau. Leider wurde sein Name weder in der Bildunterschrift noch im Artikel genannt. Und bedauerlicherweise habe ich vergessen, um was es damals gegangen ist. Nur an das Bild erinnere ich mich ziemlich genau: Im Vordergrund standen fünf oder sechs Männer dieser Partei; dahinter, auf einer Treppe und etwas erhöht, weitere vier. Alle trugen die immer etwas zu groß wirkenden typischen Anzüge der Nachkriegszeit. Den Mann in der ersten Reihe, den dritten von links, hatte ich zuletzt mit hasserfülltem Gesicht und einer Pistole in der Hand gesehen. Im Hintergrund war eine Schule abgebildet, glaube ich. Ich erwog damals, mit meinem Wissen zur Polizei zu gehen, habe mich aber dann doch dagegen entschieden. Wem hätten die Behörden wohl geglaubt? Einem ehemaligen russischen Zwangsarbeiter, der unter angenommenen Namen als Flüchtling in der Bundesrepublik lebte, oder einem honorigen, angesehenen Bürger? Hätten diese Morde überhaupt jemanden interessiert? Nein, ich schwieg. Bis vor ein paar Wochen. Über einen ehemaligen gemeinsamen Arbeitskollegen ist Pawlitsch auf mich gestoßen. Er wollte zusammen mit früheren Arbeitskollegen die Geschichte des Bergwerkes *Erin* dokumentieren. Und da ich an der Aufbauarbeit beteiligt gewesen bin ... Pawlitsch hat mir gefallen. Und so habe ich ihm wie jetzt Ihnen die Geschichte erzählt. Einige Tage vor seinem Tod hat er mich angerufen. Er wisse jetzt, wer der Mörder sei, von jenem Märztag 1945. Und er werde sein Wissen veröffentlichen. Pawlitsch wollte, dass ich ihn unterstützte. Das habe ich abgelehnt. Ich wollte und ich will auch nicht wissen, wer der Mörder ist. Dann wurde Pawlitsch umgebracht. Das hat mich geschockt. Es scheint jemanden zu geben, der nicht möchte, dass man sich an Jupp und meine beiden Kameraden auf *Erin* erinnert. Deshalb, Herr Esch, habe ich Ihnen meinen heutigen Namen nicht gesagt. Und deshalb werden Sie mich auch nicht mehr wieder sehen.«

Der Alte sah Esch lange schweigend an. Dann sagte er: »Jetzt kennen Sie Georgs und mein Geheimnis. Leben Sie wohl.«

Pjotr Rastevkow klopfte dem Anwalt freundschaftlich auf die Schulter und ging zu seinem Enkel. Schnell waren die beiden in der Dunkelheit verschwunden.

Rainer blieb minutenlang am Rande des Schlossparks stehen, fast unfähig, das soeben Gehörte zu verarbeiten. Dann machte er sich auf den Weg in die nächste Kneipe

und betrat sie mit dem festen Vorsatz, in einem Voll-
rausch gnädiges Vergessen zu suchen.

23

Hauptkommissar Rüdiger Brischinsky legte die *WAZ* zur
Seite und stierte auf das Glas mit Alka-Seltzer und den
Becher Kaffee auf seinem Schreibtisch. Der gestrige
Abend mit seinen Skatbrüdern war nach anfänglich
harmlosem Beginn in ein Kampftrinken ausgeartet, was
ihm nicht nur einen der schlimmsten Kater seines Lebens, sondern auch ein verstauchtes Handgelenk einge-
bracht hatte. Auf dem Heimweg – Brischinsky wusste
nicht mehr genau, wie er zurück in seine Wohnung gefunden hatte – musste er ausgerutscht und hingefallen
sein. Dem Verschmutzungsgrad seiner Hose nach zu urteilen, hatte er sich kriechend durch Schlammwüsten
bewegt, bis er wieder in eine vertikale Position gelangt
war.

Brischinsky trank das in Wasser aufgelöste Schmerz-
mittel und blätterte wieder in der Zeitung.

Bei einem Artikel auf der zweiten Lokalseite blieb er
hängen:

(rr) Unruhe in der Belegschaft. Spontaner Streik bei
LoBauTech. *Ein Teil der Belegschaft der angeblich in*
wirtschaftliche Schwierigkeiten geratenen Hochlar-
marker Firma LoBauTech *ist, wie erst heute bekannt*
wurde, am Dienstag letzter Woche in einen sponta-
nen Streik getreten. Nach Auffassung des Betriebsra-
tes hat es sich bei der Arbeitsniederlegung aber nicht
um einen Streik gehandelt, sondern um die Durch-
führung einer Teilbelegschaftsversammlung. In de-
ren Verlauf hätten die Teilnehmer die Geschäftsfüh-
rung aufgesucht und einige Fragen an sie gestellt.
Peter Steinke (42) auf Anfrage zu unserer Zeitung:

»Die Empörung der Belegschaft ist berechtigt. Wir werden seit Wochen hingehalten und immer wieder mit einem angeblichen Großinvestor vertröstet. Wenn das so weitergeht, kann der Betriebsrat die Wut der Kolleginnen und Kollegen nicht mehr kontrollieren. Für die Folgen ist dann allein die Geschäftsführung verantwortlich.« Wie aus Kreisen des Unternehmens bekannt wurde, verhandelt LoBauTech mit einem namhaften englischen Investor. Dies verknüpft sein finanzielles Engagement aber anscheinend mit der Forderung nach umfangreichen Rationalisierungen, was in der Praxis weiteren Personalabbau und die Entlassung von Beschäftigten bedeutet. Steinke: »Gesundschrumpfen auf Kosten der Belegschaft? Nicht mit uns.« Ein Vertreter der örtlichen IG Metall erklärte, die Gewerkschaft stünde »ohne Wenn und Aber« zu den Forderungen der LoBauTech-Kumpel. Eine Stellungnahme der Geschäftsführung war bis Redaktionsschluss nicht zu erhalten.

Neben dem Artikel war ein Foto des Betriebsratsvorsitzenden abgedruckt. Brischinsky las mit leicht verschwommenen Blick die Bildunterschrift: *Peter Steinke, Vorsitzender des Betriebsrates LoBauTech.* Das Gesicht hatte er schon in natura gesehen. Aber der Name? Steinke, Steinke. Irgendwie kannte er den aus einem anderen Zusammenhang.

»Baumann, woher kenne ich einen Steinke?«

»Kollege von gestern?«, vermutete sein Mitarbeiter mit süffisantem Lächeln.

»Quatsch. Steinke ... Ich kenne den Namen ...«

Baumann grinste noch breiter: »Nicht dein Tag heute, oder?« Er fischte eine Notiz aus dem Papierstapel, der seinen Schreibtisch zierte, und reichte sie Brischinsky. »Hier. Paul Steinke. Rentner. Einer der Freunde von Georg Pawlitsch.«

Brischinsky schlug sich mit der flachen Hand vor die Stirn, verfluchte sich jedoch sofort dafür. Sein malträtierter Schädel war heute für Erschütterungen aller Art nicht geeignet. »Natürlich. Paul Steinke. Ist der mit dem Steinke hier«, er schmiss die *WAZ* zu Baumann, »verwandt?«

»Keine Ahnung. Ich frag mal nach.« Baumann griff zum Telefon und wählte. Nach kurzem Gespräch legte er wieder auf.

»Bingo. Peter Steinke ist der Sohn von Paul Steinke.«

»Das ist ja interessant. Da hätten wir ja eine Verbindung von Pawlitsch zu *LoBauTech* und Lorsow.«

»Glaubst du etwa ...?«

»Ich glaube gar nichts. Im Moment wenigstens. Aber das ist doch ein erster Ansatzpunkt, oder?« Brischinsky versuchte, den Kopfschmerz mit dem restlichen, mittlerweile stark abgekühlten Kaffee zu bekämpfen. »Hast du eigentlich bei den Kollegen in Herne nachgefragt, auf welchen Sexklub Derwills Beschreibung passt?«

»Hab ich. Gibt eh nur einen.«

»Herne ist eben Weltstadt. Komm, ich brauche frische Luft. Lass uns dahin fahren und die Belegschaft aus dem Bett schmeißen.«

Der Nachtklub *Lovely Hearts* lag an einer wenig befahrenen Straße in einem Industriegebiet zwischen Herne und Bochum. Äußerlich wies an dem weißen Gebäude nichts auf dessen Bestimmung hin, lediglich das diskret neben der Schelle angebrachte Schild konnte zu weiter gehenden Schlussfolgerungen anregen. Die Rollläden des Gebäudes waren geschlossen, alle Fenster vergittert. Baumann drückte auf die Klingel und wartete. Als niemand öffnete, ruhte sich seine Fingerspitze minutenlang auf dem Knopf aus.

Kurze Zeit später krächzte eine weibliche Stimme aus der Gegensprechanlage: »Wir haben geschlossen.«

»Nicht für uns«, antwortete der Kommissar. »Kripo Recklinghausen. Bitte machen Sie auf.«

Es dauerte weitere Minuten, bis sich eine kleine Klappe in der Eingangstür öffnete. Das verschlafene Gesicht einer Frau forderte knapp: »Ausweise.«

Die beiden Beamten hielten ihre Dienstausweise hoch. Unmittelbar darauf wurde die Luke wieder geschlossen. Dann hörten die Polizisten, dass sich ein Schlüssel drehte. Die Tür ging auf.

Eine schlanke, junge Frau mit hochtoupierten schwarzen Haaren, verlaufenem Make-up und einer Zigarette im Mund blickte die Polizisten mit verschlafenen Augen an. Sie trug einen weit fallenden, halb geöffneten schwarzen Seidenbademantel, der von ihrer Spitzenunterwäsche mehr zeigte als verbarg.

»Etwas früh, oder? Sonst kommt ihr doch später. Die Mädchen haben bis vorhin gearbeitet. Die brauchen ihren Schlaf. Außerdem habt ihr doch erst letzte Woche gratis bei uns ...« Die Frau musterte die Männer jetzt genauer. »Euch kenne ich ja gar nicht. Wenn ihr auch ...«

»Ich glaube nicht, dass ich will.« Brischinsky ging einen Schritt auf die Frau zu. »Ich weiß aber genau, was ich nicht will. Mir noch mehr von Ihren Andeutungen anhören, verstanden?«

Die Schwarzhaarige wich einen Schritt zurück. »Puh, du hast aber gestern schwer einen getankt, was? Schon mal Odol probiert? Stehst nicht auf Frauen? Macht nichts. Ich kann dir einen Laden empfehlen, da ...«

Brischinsky holte tief Luft, aber Baumann, der die aggressive Stimmung bemerkte, in der sich sein Chef befand, legte beschwichtigend seine Hand auf dessen Arm und sagte: »Wir hätten einige Fragen. Wer ist hier der Geschäftsführer?«

»Haben wir nicht. Kriegen wir auch nicht. Ich leite den Laden hier.« Sie machte eine kleine Pause. »Na gut. Wenn's denn sein muss. Kommen Sie mit.«

Der Flur war in grelles Neonlicht getaucht, das die Flecken an den Wänden und die Löcher im abgetretenen roten Teppichboden erbarmungslos bloßlegte. An den Wänden hingen Bilder von nackten Frauen, die mit komischen Verrenkungen und neckischem Gesichtsausdruck sexuelle Leidenschaft simulierten. Die Bar bestand aus einer langen Theke und mehreren Nischen, die durch raumhohe Vorhänge voneinander getrennt waren. In jeder Ecke des Raumes hing in zwei Meter Höhe ein großes Fernsehgerät, zur Vorführung von Pornofilmen, wie Baumann vermutete.

Die Klubchefin verschwand hinter der Theke und goss sich einen Orangensaft ein. »Ihr seid im Dienst, vermute ich. Wirklich schade. Unsere Spirituosenauswahl kann sich sehen lassen.«

Brischinsky wurde übel. »Könnte ich bitte ein Mineralwasser ...«

»Das ist ein Nachtklub und kein Kurhaus. Wasser gibt's nicht. Wie wär's mit einem O-Saft? Zehn fünfzig.«

Der Hauptkommissar war der Durst vergangen. Er zog das Foto von Lorsow aus der Tasche. »Kennen Sie diesen Mann?«

Die Schwarzhaarige zog an ihrer Zigarette, ohne sich das Konterfei anzusehen. »Nein.«

»Nein? Wirklich nicht?«

»Wenn ich es doch sage!«

Brischinsky drehte sich zu Baumann um. »Ruf im Präsidium in Herne an. Gefahr im Verzug. Wir nehmen den Laden hier hoch. Ich denke, zwanzig Beamte sollten reichen.«

Sein Kollege griff zum Handy.

»Scheißkerle. Könnte ich das Bild vielleicht noch einmal sehen?«, fragte die Frau wütend.

»Klar.« Brischinsky hielt ihr das Foto hin.

»Doch. Jetzt erinnere ich mich. Stammkunde. Der kommt regelmäßig zu uns. Hat aber keine speziellen

Vorlieben. Mal dies Mädchen, mal das. Ein unkompli-
zierter Gast. Keine Probleme.«

»Wann war er das letzte Mal hier?«

»Warten Sie, lassen Sie mich überlegen ... Ja, ich glaube, vor etwa zwei Wochen.«

»Wann genau? Und wie lange ist er geblieben?«

»Also beim besten Willen, das weiß ich doch jetzt nicht
mehr. Ich glaube, es war ein Dienstag. Aber sicher bin
ich mir nicht.« Sie zuckte mit den Schultern.

»Dann wecken Sie bitte Ihre Kolleginnen. Vielleicht ist
ja deren Gedächtnis besser.«

»Aber ...«

Brischinsky wischte den aufkeimenden Widerspruch
mit einer Handbewegung beiseite.

Zehn Minuten später hatten fünf weitere verschlafene
und nur dürftig bekleidete Frauen ihre Aussage gemacht. Keine von ihnen konnte oder wollte sich daran
erinnern, wie lange Lorsow an dem Dienstag ihre Diens-
te in Anspruch genommen hatte.

»Okay. Das war es schon.« Brischinsky ging Richtung
Tür. »Bemühen Sie sich nicht. Wir finden allein raus.«

24

»Herr Doktor Lorsow, Herr Doktor Brieske lässt bitten.«
Die blonde Chefsekretärin des Direktors der *Bayeri-
schen Hypothekenbank* in Bochum hielt dem Besucher
die Tür zum Sekretariat auf und trat beiseite. Der Inhaber der Firma *LoBauTech* schraubte sich aus dem mas-
sigen Ledersessel, in dem er gut fünfzehn Minuten gewartet hatte, griff zu seinem ledernen Aktenkoffer und
betrat das Sekretariat. Durch die offene Tür zum Chef-
zimmer sah er den Mann, der über die Zukunft *LoBau-
Techs* und seine eigene entschied.

»Herr Doktor Lorsow«, strahlte der Banker und kam
ihm mit ausgestreckten Armen zur Begrüßung entge-

gen. »Es freut mich, Sie zu sehen. Herrn Wilke, Chef unserer Geschäftskundenabteilung, kennen Sie ja bereits.«

Wilke erhob sich und gab Lorsow ebenfalls die Hand.

»Tja, dann können wir ja.« Brieske bugsierte Lorsow an den Besprechungstisch und bot ihm den Platz an, auf dem ihn die tief stehende Sonne blendete, wenn er Brieske und Wilke in die Augen schauen wollte. Ein uralter Trick.

»Wenn Sie etwas trinken möchten ...« Brieske machte eine großzügige Handbewegung über den Tisch und wartete, bis sich alle bedient hatten. »Bitte, Herr Doktor.«

»Meine Herren«, begann Lorsow. »Wie ich in meinem ersten Gespräch mit Herrn Wilke vor einigen Wochen bereits ausgeführt habe, leidet die Firma *LoBauTech* als Bergbauzulieferer naturgemäß unter der Förderreduzierung im deutschen Steinkohlenbergbau. Allein im letzten Jahr reduzierte sich das Auftragsvolumen um mehr als 30 Prozent. Etwa 80 Prozent unserer Produktionskapazitäten sind auf den Bergbau ausgerichtet. Da treffen uns diese Auftragsrückgänge besonders hart. Wir sind also gezwungen, nicht nur unsere Produkte, sondern auch unsere Auftraggeber weiter zu diversifizieren. Wir müssen unsere strukturelle Abhängigkeit vom Bergbau ...«

»Entschuldigen Sie, dass ich Sie unterbreche, Herr Doktor Lorsow. Wir kennen die Situation in der Steinkohlenbranche. Wir kennen sie allerdings schon seit einigen Jahren. Ihnen als geschäftsführendem Gesellschafter dürfte diese Entwicklung doch auch nicht verborgen geblieben sein? Was hat *LoBauTech* in der Vergangenheit eigentlich unternommen, um die Bergbauabhängigkeit zu verringern?« Brieske lächelte ihn freundlich an. Seine Stimme hingegen war eisig.

Lorsow schluckte. »Neben Baustoffen liefern wir vor allem Transporttechniken, wie Sie ja wissen. Unser zweiter großer Abnehmer ist die Bauindustrie. Aber auch da hat es einen strukturellen Einbruch ...«

»Herr Lorsow«, auch dem Chef von *LoBauTech* fiel auf, dass der Bankdirektor mittlerweile auf den Titel verzichtete, »wir sollten hier keine Allgemeinplätze über die wirtschaftliche Situation in der Bundesrepublik austauschen. Wenn ich Sie in unserem letzten Gespräch richtig verstanden habe, erwarten Sie von uns eine Aufstockung Ihres derzeitigen Kreditrahmens?«

Lorsow nickte. »Nur so kann ich mein Patent auch realisieren. Damit wäre die Firma ...«

Brieske machte eine ungeduldige Handbewegung. »Dazu kommen wir später. Herr Wilke, wenn Sie so freundlich wären ...«

Der Chef der Geschäftskundenabteilung klappte den vor sich liegenden Schnellhefter auf. »Bis vor einem Jahr hat *LoBauTech* das ihr zur Verfügung stehende Kreditvolumen in Höhe von fünf Millionen Mark nie ausgeschöpft, sondern hat maximal zwei in Anspruch genommen und die Verbindlichkeiten wie vereinbart regelmäßig bedient. Doch in den letzten zwölf Monaten ist der von uns gewährte Kredit auf sechs Millionen gestiegen und liegt somit eine knappe Million über dem eingeräumten Kreditrahmen. Wir sind Ihnen, Herr Doktor Lorsow, damit schon über das vertretbare Maß entgegengekommen. Ich räume allerdings ein, dass Sie Ihren Zahlungsverpflichtungen bis heute nachgekommen sind. Ob Sie und wir allerdings eine weitere Aufstockung verkraften können ...« Wilke ließ den Satz unvollendet.

Brieske schaltete sich wieder ein. »Ich schlage vor, Herr Lorsow, Sie erläutern uns jetzt in aller Ruhe Ihre Strategie.«

Lorsow spürte, dass sich erste kleine Schweißperlen auf seiner Stirn bildeten und sich sein nervöses Leiden meldete. Er beschloss, beides zu ignorieren, und griff in seinen Aktenkoffer, um die erforderlichen Unterlagen herauszuholen. »*LoBauTech* steht derzeit in Verhandlungen mit einem potenziellen Investor, der ...«

»Wer?«, fragte Brieske scharf dazwischen.

»Ich dachte, Herr Wilke hätte Ihnen bereits ...« Lorsow war verunsichert.

»Hat er natürlich. Ich hätte es nur gerne noch einmal gehört. Von Ihnen«, erläuterte Brieske generös.

»Es handelt sich um die Firma *Global Industries Ltd.* aus London. *Global Industries* ist eine Investmentgesellschaft, die weltweit Anlagemöglichkeiten für Kapital sucht. Ich bin mit den Repräsentanten der Gesellschaft auf der letzten Hannover-Messe in Kontakt gekommen. Die Herren haben sich interessiert gezeigt und sind unter bestimmten Voraussetzungen bereit, sich zu 49 Prozent bei *LoBauTech* einzukaufen und so das Grundkapital der Gesellschaft und damit auch die liquiden Mittel drastisch zu erhöhen. Eine der Voraussetzungen ist die Entwicklung des neuen Antriebskonzeptes für Panzerförderer, das ...«

»Ihr Patent?«, unterbrach Brieske.

»Ja. Wir brauchen dringend einen Prototyp. Dafür müssen wir erhebliche Investitionen vornehmen. Gelingt uns die Umsetzung des Konzeptes, werden wir uns vor Aufträgen nicht mehr retten können.«

»Sagen Sie.« Der Banker schien nicht überzeugt.

»Ich habe hier ein Schreiben von *Global Industries* ...«

»Darf ich mal sehen?« Brieske nahm ihm den Brief aus der Hand. »Schön. Aber noch reichlich unverbindlich, finden Sie nicht?« Wieder das eiskalte Lächeln. »Und was haben wir unter den bestimmten Voraussetzungen zu verstehen, von denen Sie sprachen?«

»*Global Industries* sind die Arbeitskosten in Relation zum fixen Kapital zu hoch und der Cashflow zu niedrig.«

»Da haben sie Recht«, warf Wilke ein.

»Sie erwarten von *LoBauTech* verstärkte Rationalisierungsanstrengungen. Bevor sie investieren.«

»Sehr vernünftig.« Wilke nickte verstehend.

»Das lässt sich aber nur realisieren, wenn der vorhandene Maschinenpark teilweise erneuert wird. Die Produktivität an den alten Geräten ist zu gering. Wenn ich jetzt Personal freisetze, muss ich gleichzeitig meine Leistungserfüllung reduzieren und verliere Umsatz, da ich die Aufträge nicht mehr termingerecht erfüllen kann.« Lorsow wischte sich nun doch den Schweiß von der Stirn. »Ziemlich warm hier«, bemerkte er verlegen.

»Finde ich nicht«, konterte Brieske kühl. »Wie groß schätzen Sie Ihr Rationalisierungspotenzial ein?«

»Um die 35 Prozent.«

»Das wären bei ... Wie viel Beschäftigte hat Ihr Unternehmen im Moment?«

»Hundertzweiundsechzig.«

»Also rund ...« Brieske sah Wilke zu, der die Zahlen in seinen Taschenrechner tippte. »Fünfzig Mitarbeiter. Ihr habt euch so an die elektronischen Helfer gewöhnt, dass ihr es verlernt habt, im Kopf zu kalkulieren.« Brieske lachte kurz auf.

»Es sind genau 56,7.« Wilke hatte seine Berechnungen beendet.

»Vor allem die Zahl hinter dem Komma ist wichtig. Scherz beiseite. Herr Lorsow, und Sie sind überzeugt davon, dass Sie – entsprechende Maschinenausstattung vorausgesetzt – mit etwas über hundert Mitarbeitern denselben Umsatz erbringen können wie bisher?«

»Mehr. Nach der Realisierung meines Patentes steigern wir den Umsatz um zwanzig, dreißig Prozent. Mindestens!«

»Umso besser. In welcher Höhe soll investiert werden?«

»Etwa drei Millionen.«

Wilke pfiff durch die Zähne. »Das wären dann insgesamt fast zehn Millionen, Herr Doktor Lorsow. Übernehmen Sie sich da nicht?«

»Sobald wir den Antrieb gebaut haben und *Global Industries* investiert hat, stellt sich die Eigenkapitalseite des Unternehmens doch anders dar.«

»Und welche Sicherheiten bieten Sie uns?« Brieske fixierte Lorsow prüfend.

»Sicherheiten? Ich dachte unsere bisherigen Geschäftsbeziehungen ...«

»Sie haben angenommen, dass wir Ihnen einen Betrag in dieser Höhe einfach so überlassen? Was ist mit Bürgschaften?«

»Ich kenne niemand, der für mich über zehn Millionen ...«

»Bedauerlich. Immobilien? Der Firmensitz ist doch Eigentum der Gesellschaft?«

»Wert zurzeit rund fünf Millionen«, bemerkte Wilke trocken. »Zwei Millionen bereits zur Absicherung unseres bisherigen Engagements eingetragen.«

»Das ist doch schon was. Und Ihr Privatbesitz?«

»Mein Haus?«, entsetzte sich Lorsow.

»Warum nicht? Überlegen Sie es sich. Die Details können Sie ja später mit Herrn Wilke aushandeln.« Der Banker erhob sich. »Ach, noch etwas, Herr Lorsow. Ich habe da in der Zeitung von der Aufregung in der Belegschaft gelesen. Ich weiß aus Erfahrung, dass rebellische Beschäftigte Investoren nicht gerade anziehen. Sie wissen ja, Kapital ist wie ein scheues Reh. Also sorgen Sie dafür, dass der Krawall aufhört. Herr Wilke hat darauf ja schon in der letzten Besprechung hingewiesen, wenn ich richtig informiert bin. Beruhigen Sie die Leute. Machen Sie ein Betriebsfest oder sonst was. Reden Sie mit dem Betriebsrat. Verdeutlichen Sie ihm, dass hundert Arbeitsplätze besser sind als kein Arbeitsplatz. Auf Wiedersehen, Herr Doktor Lorsow. Es hat mich gefreut.«

Der Bankchef ging zur Tür. »Herr Doktor Lorsow möchte gehen«, sagte er zu der aufspringenden Sekretärin. »Sie bleiben bitte noch, Herr Wilke.«

Brieske schloss hinter Lorsow die Tür, der mit weichen Knien und trockenem Mund das Büro verließ.

25

Rainer öffnete die Augen und wusste im ersten Moment nicht, wo er war. Er hatte das Wochenende mit Elke verbracht und sie waren quasi nur aus dem Bett gekrochen, um die Boten des Pizzaservices und des Chinamannes ins Haus zu lassen. Entgegen seiner sonstigen Gewohnheiten hatte Rainer auch kaum etwas getrunken. Die zwei Flaschen Rotwein, die noch in Elkes Beständen gelagert hatten, zählten nicht.

Leider hatte er sich am gestrigen Sonntagabend von ihr trennen müssen, da sie heute pünktlich in der Kanzlei ihres Vaters erscheinen und deshalb früh schlafen wollte.

So hatte sich Rainer frustriert in seinen Mazda geschwungen und war nach Hause gefahren. Dort musste er zu allem Elend feststellen, dass er selbst auch keine Weinvorräte mehr hatte. So war er zeitig zu Bett gegangen.

Esch gähnte und nahm sich vor, noch heute beim *Winzerverein Deidesheim* einen ausreichenden Vorrat Pfälzer Riesling zu ordern, um solche Engpässe wie gestern so bald nicht wieder erleben zu müssen. Er rekapitulierte seine Termine für diesen Tag, drehte sich um und war Sekunden später wieder fest eingeschlafen.

Es war kurz vor zwölf, als sich Rainer dazu entschloss aufzustehen. Er steckte sich eine Reval in den Mund, schaltete das Radio ein und schmiss die Kaffeemaschine an. Dann schlurfte er ins Bad.

Beim Blick in den Spiegel fiel ihm seine Unterlassungssünde wieder ein. In der rechten oberen Ecke klebte ein mit Pflaster befestigtes DIN-A4-Blatt, auf dem mit dickem roten Filzstift geschrieben stand: *Cengiz an-*

rufen! Entschuldigen! Rainer schluckte. Der Zettel hing dort schon länger. Er hatte seinen besten Freund entgegen aller heiligen Schwüre versetzt. Jetzt hatte er ein Problem, ein großes Problem sogar. Esch erwog einen Moment, sofort anzurufen. Dann fiel ihm ein, dass Cengiz diese Woche vermutlich Frühschicht hatte und den Pütt erst um kurz nach zwei verlassen konnte.

Rainer duschte, trank einen Kaffee und verließ seine Wohnung, um bei seinem Freund Abbitte zu leisten.

Er lenkte seinen Mazda auf den Mitarbeiterparkplatz der Zeche *Eiserner Kanzler* in Recklinghausen und suchte im Schneeregen nach Cengiz' Karre. Als er den Wagen entdeckt hatte, zog er seinen Schal fester, lehnte sich an den vorderen Kotflügel und wartete.

Kurze Zeit später konnte er Cengiz von weitem kommen sehen. Rainer ging ihm mit entschuldigend angehobenen Armen entgegen. »Ich habe unsere Verabredung verschwitzt. 'tschuldigung, okay?« Dabei sah Rainer den Bergmann bittend an.

Der Türke schloss die Fahrertür seines Wagens auf, stieg ein und ließ Rainer einen Moment im Regen stehen. Dann beugte er sich zur Seite und öffnete die Beifahrertür. Er gab ihm mit einer Kopfbewegung zu verstehen, dass er einsteigen sollte.

Rainer spurtete um das Fahrzeug herum und schwang sich erleichtert auf den Vordersitz. »Cengiz ...«, begann er.

»Klappe. Wenn du nicht eine wirklich plausible Erklärung für dein Verhalten hast, kannst du mich zukünftig am Arsch lecken, und das kreuzweise.«

»Ich weiß. Cengiz, ich bin verliebt.«

»Und? Warum hältst du es noch nicht einmal für nötig, mich anzurufen?«

»Ich war mit ihr seit Donnerstag zusammen. Cengiz, sie ist ... Sie ist ... Also ...«

Esch begann zu stottern.

»Scheiße. Dich hat es ja total erwischt.«

»Ich wollte wirklich am Donnerstag kommen. Aber dann habe ich Elke angerufen ... Und sie hat mich eingeladen, sie zu besuchen. Verstehst du, da musste ich hin. Und dann habe ich dich vergessen. Fast«, ergänzte er kleinlaut.

»Wieso fast?«

»Wir lagen im Bett und da bist du mir eingefallen. Aber dann kam Elke und ... Verstehst du das?«

»Weiß ich noch nicht. Aber gut, Schwamm drüber.« Der Türke sah in den Rückspiegel seines Wagens. »Bist du mit deinem Mazda hier?«

»Ja, warum?«

»Dann solltest du dich beeilen. Wenn dein Flitzer erst am Haken des Abschleppwagens hängt, dessen Fahrer sich gerade an deinem Wagen zu schaffen macht, wird es teuer.«

Esch drehte sich um. »Scheiße.« Er riss die Tür auf und sprang auf den Parkplatz. »Ich komme gleich zu dir, Cengiz. Ich muss noch was erzählen.«

»Auch das noch. Kann ich mich darauf verlassen?«

»Was denkst du denn?«, rief Rainer empört. Da er schon einige Meter auf dem Weg zu dem Abschleppwagen zurückgelegt hatte, blieb es ihm erspart, die Antwort seines Freundes zu hören.

Etwa eine Stunde später – der Fahrer des Abschleppwagens hatte sich mit 180 Mark abgefunden – betrat Rainer unterkühlt die Wohnung seines Freundes.

»Willst du auch einen Mocca?«, rief Cengiz aus der Küche.

»Bitte.«

Nachdem sie zwei Kannen des koffeinhaltigen Getränks vernichtet hatten, war Rainer mit seiner Erzählung über Pawlitsch und Rastevkow fertig.

»Ich würde zur Polizei gehen«, riet Cengiz.

»Mann, bist du staatstragend. Seit wir dich eingebürgert haben, hast du jede Spontanität und gesunde

Skepsis gegenüber den Repräsentanten unseres Gemeinwesens verloren. Ich kann Brischinsky schon hören: ›Halten Sie sich da heraus. Das ist Sache der Polizei.‹ Nein, keine Polizei.«

»Deine Sache. Aber keine gute Idee, finde ich. Was willst du machen?«

»Der Angelegenheit nachgehen.«

»Rainer, ich darf dich an die Ergebnisse deiner früheren Detektivspiele erinnern: Einen Tag im Keller eingesperrt, ein Oberschenkeldurchschuss, gebrochene Rippen und ein Fußballfan, der trotz deiner Bemühungen für Jahre im Knast weggeschlossen wurde.«

»Darauf musst du nicht unbedingt herumreiten.«

Beide sagten einige Zeit nichts. Dann nahm Rainer den Faden wieder auf: »Ich werde mich gleich mit Brähmig und den anderen Freunden Pawlitschs treffen. Ich möchte mir deren Unterlagen ansehen. Vielleicht ergibt sich   daraus ein Anhaltspunkt.« Esch stand auf.

»Dir ist nicht zu helfen, Rainer. Sei bloß vorsichtig.«

Esch grinste schief. »Das bin ich immer.«

Die Geschichtswerkstatt *Erin* bewahrte ihre Unterlagen in einem Kellerraum des Gemeindezentrums auf. Rainer, der sich entschlossen hatte, kein Wort über seine Begegnung mit Rastevkow zu verlieren, traf sich mit Theo Brähmig und Hans Rundolli vor dem Gebäude.

»Glück auf, Herr Esch«, grüßte Rundolli.

Brähmig quälte zwischen Zigarre und Lippe ein Geräusch heraus, das mit etwas gutem Willen als »Guten Tag« zu deuten war.

»Tach.« Esch streckte den beiden seine Rechte hin.

»Paula hat uns den Schlüssel erst gestern gegeben.« Hans Rundolli vergrub seine Hand wieder in den Taschen seines Mantels. »Dat is dat Gemeindehaus vonne Kirche. Sollen wir?«

Rainer nickte und trabte hinter den beiden Rentnern her Richtung Eingang. Das Gebäude war ein typischer Zweckbau der 90er-Jahre: zweigeschossig, direkt rechts neben der Evangelischen Kirche gelegen, passte es mit seiner roten Ziegelfassade in die denkmalgeschützte Siedlung wie die berühmte Faust aufs Auge.

Die drei gelangten in einen Kellerraum, der mit ungemein praktischen Multifunktionsstühlen – stapel- und abwaschbar – sowie dazu passenden Tischen mit Buchenfurnier ausgestattet war. An den Wänden standen mehrere Schränke, ebenfalls mit Buchendekor. Brähmig und Rundolli warfen ihre Mäntel über die Stühle und auch Rainer entledigte sich seiner Jacke.

Dann öffnete Brähmig den rechten Schrank und sagte zu Rainer: »Hier sind unsere Unterlagen.« Er griff sich den ersten Leitzordner mit grünem Rücken. »Fotos. Von *Erin* und *Teutoburgia*. Alle aus der Vorkriegszeit.« Er blätterte die Bilder durch und zeigte sie Esch. »Das ist die Lohnhalle von *Erin*. Beeindruckend, nicht? Ach, und hier. *Teutoburgia* Schacht 1 und 2. Steht heute auch nur noch einer.«

Rainer sah nur kurz hin.

»In den Ordnern mit dem gelben Rücken sammeln wir Artikel aus den Tageszeitungen, aus Zeitschriften und so weiter. Sind auch Festschriften drin.« Brähmig baute die fünf Ordner vor Esch auf.

»Tageszeitungen?«, erkundigte sich Rainer. »Auch mit Bildern?«

»Natürlich. Und der hier, da sind die Interviews, die wir mit ehemaligen Kumpeln von *Erin* geführt haben. Sind leider noch nicht sehr viele«, entschuldigte sich Theo Brähmig für die minimale Ausbeute. »Das ist schon alles, was von der Geschichte eines Bergwerkes übrig geblieben ist. Das heißt, alles, was wir bisher gefunden haben. Was suchen Sie eigentlich genau? Vielleicht können wir Ihnen helfen.«

Für einen Moment erwog Rainer, den beiden reinen Wein einzuschenken, beließ es dann aber bei dem Gedanken. »Das weiß ich selbst noch nicht wirklich. Kann ich mir die Ordner in Ruhe ansehen?«

»Sicher, deswegen sind wir ja hier. Aber Hans und ich müssen doch nicht dabei bleiben?«

»Nee, nicht nötig.«

»Gut. Wenn Sie fertig sind, legen Sie die Unterlagen bitte zurück in den Schrank und schließen ab. Wir warten oben im Lesezimmer.« Die beiden Rentner verschwanden und ließen Rainer mit sieben DIN-A4-Ordnern allein.

Esch begann mit der Fotosammlung, die aus Originalen und Zeitungsbildern bestand. Nach zehn Minuten kannte er *Erin* und *Teutoburgia* aus allen vier Himmelsrichtungen, nach weiteren fünf auch die wichtigsten Einrichtungen des Bergwerkes von innen. Aber er sah kein Bild, auf das die Beschreibung Rastevkows zutraf. Frustriert stellte er den Ordner wieder zurück.

Rainer griff zu den Ordnern mit den gelben Rücken. Er fand zahlreiche Artikel über die Schließung des Pütts 1983, über die Verlegung der Kumpel zu anderen Bergwerken des *Eschweiler Bergwerkvereins* und der *Ruhrkohle AG*, einen ausführlichen Bericht über den ersten mannlosen Steilstreb im Ruhrgebiet 1964, mehrere Festschriften zum 100-jährigen Bestehen, aber keinen Hinweis auf die Ereignisse in den letzten Kriegstagen.

Auch die Gesprächsprotokolle, die Brähmig, Pawlitsch und die anderen über die Interviews mit ihren früheren Kollegen geführt hatten, gaben nicht viel her. Zwar erinnerte sich der eine oder andere Bergmann an die letzten Tage der nationalsozialistischen Diktatur und den Einmarsch der alliierten Truppen im Frühjahr '45, aber keiner erwähnte mit einem Wort den Vorarbeiter Jupp, die beiden Zwangsarbeiter oder gar den Nazimörder. So kam Rainer nicht weiter. Er packte die gesammelten Werke der Hobbyhistoriker in den Schrank und schloss ab.

»Gibt es noch weitere Unterlagen?«, fragte Rainer die wartenden Freunde von Pawlitsch, als er ihnen den Schlüssel wieder aushändigte.

»Hasse nix gefunden?«, erkundigte sich Hans Rundolli interessiert.

»Leider nicht.«

»Schade. Nee, nich dat ich wüsste. Oder watte ma. Wat meinsse, Theo, der Georg hat da doch immer in dat kleine Buch wat reingeschrieben, watter ständig mit sich rumgeschleppt hat.«

»Stimmt. Sein Notizbuch. Das müsste Paula haben.«

»Können wir ...«

»Klar. Kommen Sie, Herr Esch. Es ist nicht weit.«

Doch Paula Pawlitsch konnte ihnen nicht weiterhelfen. Trotz gründlicher Suche blieb das Notizbuch verschwunden.

26

Die Eheleute Störmer hatten sich vor einiger Zeit entschieden, eine Haushaltshilfe einzustellen. Hilde hieß die gute Seele der Recklinghäuser Paulusstraße. Sie kam normalerweise immer montags, um den alten Leuten etwas zur Hand zu gehen. Nur am gestrigen Montag hatte sie andere Verpflichtungen gehabt. Sie war im Kindergarten ihrer Gemeinde als Ersatznikolaus für die versprochene Feier eingesprungen, da sich der ursprünglich vorgesehene Weihnachtsmann am Vorabend das Fersenbein gebrochen hatte und für Monate außer Gefecht gesetzt worden war. Deshalb hatte Hilde noch am Sonntagabend mit Störmers vereinbart, ihren Putzeinsatz auf Dienstag zu verschieben.

153

Als Hilde morgens gegen acht versuchte, mit dem ihr überlassenen Wohnungsschlüssel die Tür aufzuschließen, musste sie feststellen, dass von innen ein Schlüssel steckte. Das hätte normalerweise ihr Misstrauen nicht erregt. Störmers waren alte Menschen und häufig etwas vergesslich.

Stutzig wurde sie, als trotz ihres heftigen Dauerklingelns und Klopfens niemand öffnete. Dass die alten Störmers frühmorgens ihre Wohnung verließen, wäre nicht verwunderlich gewesen. Sie waren Frühaufsteher und nutzten häufig die Morgenstunden zum Spazierengehen. Ganz anders jedoch der Enkel, der bei ihnen wohnte: Tobias Störmer pflegte normalerweise bis neun oder zehn zu schlafen, ausgiebig zu frühstücken und sich dann erst dem Stress eines Studentenlebens im ersten Semester Elektrotechnik hinzugeben. Er war lebendes Beispiel für den vor Jahren von einem Moderator im *WDR 2 Mittagsmagazin* geprägten Spruch: *Guten Tag, meine Damen und Herren. Guten Morgen, liebe Studenten.*

Hilde schloss messerscharf, dass, da auch Tobias nicht öffnete, etwas nicht in Ordnung war. Sie verständigte den Nachbarn, der die Polizei und diese den Schlüsseldienst.

Der benötigte keine Minute, den von innen steckenden Schlüssel aus dem Schloss zu befördern. Es dauerte weitere drei Sekunden, bis die Tür geöffnet war, und dann noch weitere zehn, bis ein markerschütternder Schrei alle Bewohner der Paulusstraße 13 und der nebenliegenden Häuser hochschrecken ließ.

»Wir sind noch nicht so weit, Brischinsky«, knurrte der Leiter der Spurensicherung, als Rüdiger Brischinsky und Heiner Baumann in der Wohnung der Störmers eintrafen. »Handschuhe an und die Pariser über die Schuhe, aber dalli. Und bleibt im Flur und im Wohnzimmer. Da sind wir fertig.«

Gehorsam griffen die beiden Polizisten zu den Über-ziehern aus Kunststoff, die verhindern sollten, dass bestehende Spuren verwischt oder neue gelegt wurden.

»Wer sind die Toten?«, fragte Brischinsky durch die offene Wohnungstür einen der uniformierten Beamten, die im Flur warteten.

»Ein Ehepaar, Hannelore und Peter Störmer, und ihr Enkel Tobias. Die Putzfrau hier hat sie einwandfrei identifiziert.«

»Haushaltshilfe«, fauchte eine Rothaarige von Anfang dreißig zurück. »So viel Zeit muss sein.«

Brischinsky beschloss, die Frau zunächst einmal in Ruhe zu lassen. Er ging zwei Schritte in die Wohnung. Ein Piepen irritierte ihn. Da es aber nicht das Piepen seines Handys war, ignorierte er es. Sein Blick fiel in ein kleines Zimmer, offenbar der Wohnraum des Studenten. Drei Spurensicherer beschäftigten sich gerade mit der Leiche Tobias Störmers. Der Tote saß mit dem Rücken zur Tür auf einem Schreibtischstuhl vor dem geschlossenen Fenster. Das Kinn war auf die Brust gesunken. Getrocknetes Blut bedeckte den Boden. Schlaff hing der rechte Arm des Toten herunter. In der Hand hielt er eine Pistole.

»Habt ihr schon was?«, wollte der Hauptkommissar wissen.

Einer der Männer in den weißen Overalls sah zu dem Hauptkommissar. »Später«, gab der Beamte zurück.

Brischinsky betrat das Wohnzimmer. Auf dem Sofa lag ein Mann von etwa siebzig Jahren. Ihn hatte das tödliche Geschoss in die linke Schläfe getroffen. Getrocknetes Blut hatte die linke Gesichtshälfte des Opfers, seinen Hemdkragen und die sorgsam drapierten Sofakissen mit Häkelbesatz rot gefärbt. Wenn man von dem Toten absah, war nichts Ungewöhnliches in dem Raum. Schrankwand aus Nussbaum, Sitzgruppe aus Leder, Stereoanlage, Fernsehgerät – alles, was der Mensch so zum Leben brauchte. Auf der Fensterbank stand ein Käfig mit einem Kanarienvogel – die Ursache für das nervende Gepiepe. Brischinsky sah in den Käfig. Das Tier hatte noch Wasser und ausreichend Futter.

»Ins Schlafzimmer könnt ihr jetzt auch«, rief einer der anderen Polizisten.

Brischinsky und Baumann warfen einen Blick in den Schlafraum. Auch hier war alles voller Blut. Die tote Frau Störmer lag, den Körper grotesk verdreht, auf dem Doppelbett.

Der Fotograf des Teams hüpfte zwischen den weißen Gestalten durch die Zimmer und war unablässig bemüht, die Leichen aus der vorteilhaftesten Blickrichtung auf Zelluloid zu bannen. Dazu ging er in die Knie, um den optimalen Winkel zu erreichen, wechselte die Objektive, variierte Blitzlichtstärke und -richtung und rückte den Opfern so nah auf die Pelle, dass man den Eindruck bekommen konnte, er wolle in die Toten regelrecht hineinkriechen. Baumann fragte sich im Stillen, welches Gesicht der Mann wohl machen würde, wenn sich eines der Opfer plötzlich bewegen würde. Bei dem Gedanken musste der Kommissar grinsen.

Der oberste Spurensammler trat neben die Ermittler. »Die beiden Alten wurden aus nächster Nähe erschossen. Keine Anzeichen für einen Kampf oder irgendwelche Abwehrreaktionen. Je eine Kugel. Der Gerichtsmediziner meint, sie wären sofort tot gewesen. Vermutlicher Todeszeitpunkt gestern Abend um achtzehn Uhr. Plus, minus eine Stunde. Keine Einbruchspuren an der Tür, und an der Fassade oder dem Regenabflussrohr ist auch keiner hochgeklettert. Um einen Raubmord scheint es sich nicht zu handeln. Das heißt, soweit wir das überblicken können. So wie es aussieht, ist nichts gestohlen worden. Wir haben den Schmuck der Toten im Schlafzimmerschrank gefunden. In der Küche lag Geld. Der Junge da«, er zeigte auf die Tür zu Tobias Störmers Zimmer, »hat eine Pistole in der rechten Hand. Im Magazin fehlen drei Schuss. Außerdem hat er

Schmauchspuren an seiner Rechten. Der Kopfschuss war eindeutig aufgesetzt. Leichte kreisförmige Verbrennungen rund um das Einschussloch. Sieht so aus, als habe er zunächst seine Großeltern umgelegt und sich dann selbst das Gehirn aus dem Schädel gepustet. Komisch ist nur, dass er die Waffe festhält. Normalerweise fallen Selbstmördern die Knarren aus der Hand.«

»Irgendwelche Zweifel daran, dass das hier auch der Tatort ist?«

Sein Kollege blaffte giftiger als beabsichtigt zurück: »Hältst du uns für Anfänger, Brischinsky? Das hätte ich dir sofort gesagt. Nein, keine Zweifel. Die haben alle hier ihr Lebenslicht ausgehaucht. So, wie wir sie gefunden haben.«

»Und die Waffe?«

»Eine Heckler & Koch, Mark 23. Wenn du mich jetzt fragst, ob das auch die Tatwaffe ist, antworte ich dir: vermutlich. Wir haben drei Geschosshülsen gefunden. Kaliber .45 ACP. Aber Genaueres kann natürlich erst das ballistische Gutachten ergeben.«

»Ich weiß«, Brischinsky winkte ab, »ich weiß.«

»Herr Hauptkommissar, das Zimmer hier ist auch sauber.« Die weißen Kapuzenmänner packten ihre Sachen.

»Fingerabdrücke?«

»Hier sind Hunderte von Abdrücken. Wir müssen die aufbereiten und abgleichen. Warte den Bericht ab. Das dauert seine Zeit. Wir müssen die Faserspuren prüfen und das andere Zeug, das wir gefunden haben.« Der Leiter der Spurensicherung pellte sich aus dem Kunststoffsack. »Wir tun, was wir können. Vielleicht morgen.«

»Dank dir.« Brischinsky wandte sich an seinen Assistenten. »Heiner, sieh dich im Wohnzimmer um. Ich schaue mir das hier«, er machte eine Kopfbewegung in das Zimmer des Enkels, »genauer an.«

Brischinsky begann seine Untersuchung mit dem Schrank, der links in der Ecke neben dem Fenster stand. Wäsche, Hemden, Socken, Pullover ... nichts Ungewöhnliches. An der rechten Wand stand eine Liege aus Rattan, vermutlich ausziehbar. Daneben ein Schreibtisch, darüber Regale. Der Beamte öffnete die Schreibtischschubladen, kramte in ihnen herum und schloss sie wieder. Auf dem Schreibtisch stapelten sich Berge von Taschenbuchkrimis. Brischinsky verzog das Gesicht. Rausgeworfenes Geld. Dann sah er sich die Bücherregale etwas genauer an: technische Fachliteratur, einige Romane und Comics, daneben mehrere Ratgeber mit Titeln wie: *Links im Alltag.* Typisch Student, grinste Brischinsky. Ein anderes hieß: *Links handeln, links denken. Ein Ratgeber.* Und ein Drittes: *Rechts oder links?* Der Hauptkommissar schüttelte den Kopf. Womit sich die Menschen nicht alles so beschäftigten.

Baumann kam aus dem Wohnraum. »Nichts, Chef. Ich nehme mir jetzt das Schlafzimmer vor.«

Brischinsky nickte bestätigend und trat in den Hausflur. »Wer von Ihnen hat die Toten gefunden?«, fragte er die auf der Treppe Wartenden.

»Ich«, meldete sich die Rothaarige.

»Ach ja, die ...«, Brischinsky schluckte, »... die Haushaltshilfe.«

»Genau«, bekräftigte die Angesprochene und streckte dem Polizisten ihre Hand entgegen. »Hilde Ritter.«

Der Hauptkommissar zog seine Handschuhe aus und erwiderte den Gruß.

Hilde Ritter trat näher und sagte sehr leise und sehr vertraulich: »Also, Herr Wachtmeister, soll ich Ihnen mal die Wahrheit sagen?«

»Ich bitte darum.«

»Dat war nich der Tobias.«

»Ach? Und warum nicht?«

»Weil, der kann dat nich«, bekräftigte Hilde Ritter und schüttelte energisch den Kopf. »Sie ham den ja nich gekannt. Dat war so 'n lieber Junge. Hat immer für seine Großeltern eingekauft, wenn die wat brauchten. Dat heißt, manchma hab ja auch ich ... Aber ansonsten ... Nee, der war dat nich.«

Für Hilde Ritter schien sich damit ihre Aussage erledigt zu haben. Sie hatte das, was sie für wesentlich hielt, der Polizei mitgeteilt und damit ihren Beitrag zur Aufklärung dieses scheußlichen Verbrechens geleistet. Und jetzt wollte sie nach Hause: »Ich geh dann ma getz. Putzen is ja wohl nich, oder?«

»Das wohl nicht. Aber ich hätte da noch einige Fragen an Sie, Frau Ritter.«

Die Rothaarige, die schon fast auf der Treppe war, drehte sich um. »Wat denn noch?«

Brischinsky sprach den uniformierten Beamten neben ihm an: »Schließen Sie doch bitte die Türen in der Wohnung.« Der Bulle schob ab.

»Und wir unterhalten uns jetzt im Wohnungsflur weiter.«

Der Hauptkommissar schob die Frau in den Flur.

Hilde Ritter protestierte: »Muss dat denn sein? Ich meine, hier, wo doch die Störmers ...« Sie warf einen ängstlichen Blick auf die geschlossenen Zimmertüren.

»Dauert nicht lange. Frau Ritter, ist Ihnen in der letzten Zeit irgendetwas Ungewöhnliches aufgefallen, Streit in der Familie vielleicht?«

»Nee, eigentlich nich. Aber ich bin ja auch nur einmal die Woche da. Obwohl, Frau Störmer hat mir schon so einiges erzählt, wenn wir bei 'ner Tasse Kaffee, also nach dem Putzen natürlich.«

»Verstehe. Und was hat Ihnen Frau Störmer erzählt?«

»In letzter Zeit?«

»Ja.«

»Och, nix Besonderes. Oder warten Se, die hatte sich über die Zeitungsfrau geärgert, die brachte immer die Zeitung ... Aber dat meinen Se wohl nicht, oder?«

»Nein, das meine ich nicht.«

»Dacht ich mir. Sonst war nix. Wissen Se, die Störmers waren ja auch im Urlaub, bei ihren Kindern.«

»Ihren Kindern?«

»Ja, die ham 'n Sohn, der lebt mit seiner Frau bei Stuttgart. Tobias is deren Kind. Da waren die bis Donnerstag.«

»Und der Enkel?«

»Tobias war mit. Dat hat etwas Ärger gegeben, wegen dem Studium. Aber Tobias hat gemeint, im ersten Semester käme es noch nich so drauf an, und is mitgefahren. Wissen Se, ich glaube, er hat da 'ne Freundin.«

»Haben Sie die Anschrift der Störmers in Stuttgart?«

»Nee, aber da liegt 'n Telefonverzeichnis neben dem Apparat im Wohnzimmer. Da stehen die drin.« Hilde Ritter dachte nach. »Abba, wenn Se mich schon so fragen, Herr Oberwachtmeister, komisch war dat mit den Anrufen schon.«

»Welche Anrufe?«, hakte Brischinsky neugierig nach.

»Am letzten Dienstag und Mittwoch, ich war an beiden Tagen da, wissen Se, um für Weihnachten gründlich sauber zu machen, also an beiden Tagen hat jemand angerufen.«

»Und?«

»Ja, also, der fragte nach einem ... warten Se ... Nee, den Namen hab ich vergessen. Dat war was Ausländisches. Polnisch oder so. Ich hab dem gesacht, dat dat hier bei Störmers is. Der hat aber trotzdem noch dreimal angerufen.«

»Hat der Anrufer seinen Namen genannt?«

»Nee, dat hat er nich.«

Der Vogel im Wohnzimmer trällerte so laut, dass er durch die geschlossene Tür zu hören war.

»Der Hansi. Wat wird denn mit dem Tierchen?«

»Sie meinen den Vogel?«

»Wen denn sonst? Kann ich den mitnehmen? Da muss sich doch jemand drum kümmern«, sagte Hilde Ritter energisch.

»Stimmt. Baumann«, Brischinsky rief durch die Tür, »bring doch bitte den Vogel raus.«

Einen Moment später reichte Heiner Baumann den Käfig in den Flur.

»Danke. Kann ich jetzt gehen?«

»Ja. Aber hinterlassen Sie bitte Ihre Anschrift bei unseren Kollegen im Treppenhaus.«

»Schon erledigt. Wiedersehen, Herr Hauptwachtmeister.«

»Wiedersehen.«

Brischinsky öffnete wieder die Tür zu dem Zimmer, in dem immer noch der tote Tobias Störmer lag. Der Hauptkommissar blieb in der Türöffnung stehen. Sein Blick schweifte vom Bücherregal über den Schreibtisch zur Leiche und blieb an der Pistole in der rechten Hand hängen, von da ... Plötzlich kam dem Beamten ein Gedanke.

Er spurtete zum Treppenhaus, rannte an den verwundert blickenden Uniformierten vorbei die Treppe hinunter, Hilde Ritter nach. Am Hauseingang hatte er sie eingeholt.

»Sagen Sie«, keuchte der Hauptkommissar. »War Tobias Störmer Linkshänder?«

»Dat können Se wohl sagen. Der war so wat von einem Linkshänder! Wenn der einen Löffel in der falschen Hand hielt, war die Suppe auffe Hose. Der hatte seine Rechte nur dafür, beim Laufen nich dat Gleichgewicht zu verlieren.«

»Danke.«

Brischinsky nahm die zwei Treppen nach oben im Spurt. »Baumann«, brüllte er, als er atemlos die Etage der Störmers wieder erreicht hatte. »Baumann!« Er knallte die Wohnungstür hinter sich zu.

Baumann erschien mit einem Aktenordner unter dem Arm auf der Bildfläche. »Chef?«

»Tobias Störmer war Linkshänder. Und hat die Knarre in der Rechten.«

»Also kein Familiendrama?«

»Sieht nicht so aus.«

161

»Es gibt noch etwas.« Baumann hielt seinem Chef den Aktenordner hin. »Der alte Störmer war bis zu seiner Pensionierung auf *Erin* beschäftigt, in Castrop-Rauxel.«

»Ach du Scheiße. Noch ein ermordeter Bergmannsrentner also. Zahlt die Knappschaft Prämien, oder was? Vier Opfer einer Gewalttat in nur zwei Wochen! Das ist selbst für die brausende Metropole Recklinghausen zu viel.«

27

Das Rathaus in Castrop, direkt neben Europa- und Stadthalle gelegen, ähnelte mehr einem Hochsicherheitstrakt als dem Sitz einer demokratisch legitimierten Verwaltung. Die Wandöffnungen glichen Schießscharten und waren erst beim zweiten Hinsehen als Fenster zu erkennen. Von der Straßenseite führten dunkle Tiefgarageneinfahrten in das Gebäude, ein Haupteingang war nicht zu entdecken. Ratlos fuhr Rainer die Straße mehrmals auf und ab, bis er sich entschloss, seinen Mazda in dem Parkhaus abzustellen und sein Glück zu Fuß zu versuchen.

Er parkte in der Nähe eines Schildes mit der Aufschrift: *Eingang*. Im Parkhaus roch es muffig und feucht und Rainer meinte, den Gestank von Urin wahrzunehmen. Neben dem Eingangsschild war eine Tafel angebracht, die den Bürgern Castrop-Rauxels die Orientierung in dem Haus, in dem ihre Ratsvertreter saßen, erleichtern sollte, bei Esch jedoch für völlige Konfusion sorgte. Die Hinweistafel besagte, dass sich das Stadtarchiv in den Räumen 61 bis 69 im gelb unterlegten Eingang D im Untergeschoss befand. Er aber stand in einem schummrigen und stinkenden Parkhaus vor einer Tür, die wer weiß wohin führte. Wo, zum Teufel, befand sich dieser gelbe Eingang D?

Rainer stiefelte durch die Tür in einen Flur, der durch eine Funzel an der Decke mehr schlecht als recht beleuchtet wurde, und erreichte schließlich ein Treppenhaus, dessen Lichtquelle tatsächlich die Bezeichnung Lampe verdiente. Esch stieg die Stufen hoch, um festzustellen, dass er keine Chancen hatte herauszufinden, wo er hinmusste. Im Treppenhaus hielt sich keine Menschenseele auf und die Glastüren links und rechts führten zu Gängen, die sich ebenfalls durch gähnende Leere auszeichneten.

Rainer war verwundert. Das hatte er sich anders vorgestellt. Nach seinen Erfahrungen in anderen Stadtverwaltungen des Ruhrgebiets durchstreiften solche Gebäude üblicherweise größere Menschenmassen. Von denen wusste zwar auch kaum einer, wo die gesuchte Dienststelle ihren Sitz hatte, sie befanden sich aber wenigstens in Gesellschaft. Hier war das anders. Entweder hatten die Bürger Castrops keine Probleme – was sich Rainer nicht vorstellen konnte –, oder sie hielten sich aus anderen Gründen fern von der Fabrikhalle, die sich Rathaus nannte. Das konnte sich der Anwalt schon eher vorstellen.

Einem angebrachten Hinweisschild, ähnlich dem im Parkhaus, entnahm Rainer – *Sie befinden sich hier!* –, dass er sich im Aufgang A – *Blau!* – aufhielt. D lag am anderen Ende des Schießschartengebäudes.

Das Flachdach des Parkhauses war als öffentlicher Platz zwischen den Veranstaltungshallen und dem Rathaus gestaltet und fügte sich harmonisch in das städtebauliche Ensemble architektonischer Scheußlichkeit ein. Mehrere rechtwinklig angelegte Teiche in der Waschbetoneinöde und eine bewachsene Pergola vor dem Hochsicherheitstrakt sollten anscheinend einen grünen Kontrapunkt zur tristen Umgebung setzen. Rainer empfand ehrliche Bewunderung vor so viel fast unschuldig wirkender Naivität der Baumeister und fragte sich, was dieses bauliche Gesamtkunstwerk wohl gekostet haben mochte.

Das Stadtarchiv befand sich tatsächlich im Untergeschoss des Eingangs D – *Gelb!* Drei junge weibliche Verwaltungsangestellte waren in einen Austausch über die Erlebnisse des vergangenen Wochenendes vertieft, als der Anwalt in ihre Dienstgeschäfte platzte.

»Ich suche die Lokalausgaben der in Castrop-Rauxel in den Jahren 1950 bis etwa 1952 erschienenen Tageszeitungen. Können Sie mir weiterhelfen?«

Die drei sahen Rainer so überrascht an, dass sich dieser fragte, ob er ein möglicherweise unsittliches Anliegen ausgesprochen hatte. Eine der Frauen nutzte die Gelegenheit, um an Esch vorbei durch die Tür in den Flur zu huschen; eine andere verschwand mit einem Stapel Akten unter dem Arm in einem Nebenzimmer.

»Nee«, antwortete die verbliebene Mitarbeiterin des Stadtarchivs. »Ich nicht. Aber die Kollegin Kremlik. Die ist jedoch im Moment nicht da. Wenn Sie ein paar Minuten auf dem Flur warten wollen ...« Sie beugte sich über ihre Akten und sah schlagartig ungemein beschäftigt aus.

Rainer schloss daraus, dass ihr Gespräch beendet war. »Danke«, sagte er. »Reizend von Ihnen.«

Der Flur vor den Büros des Stadtarchivs war genauso anheimelnd wie der Rest des Gebäudes. Weiß gekalkte Wände, gelbe Stahltüren, blaugraue Betonfarbe auf dem Boden. Eine Sitzgelegenheit war weit und breit nicht zu sehen. Auch ein Aschenbecher nicht. Esch schaute auf seine Armbanduhr. Kurz nach zehn. Die Kollegin Kremlik machte wahrscheinlich gerade Frühstückspause.

Nach zwanzigminütiger Wartezeit wagte er einen erneuten Vorstoß. »Sagen Sie, braucht Ihre Kollegin noch lange?«

»Keine Ahnung. Sie kommt aber sicher gleich.«

Rainer befriedigte diese Auskunft nicht besonders, entschied sich aber dann doch, geduldig weiter zu warten.

Weitere fünf Minuten später näherte sich eine junge Frau und betrat das Zimmer, vor dem Rainer sich die Füße in den Bauch stand.

»Der da draußen will irgendwas über Tageszeitungen wissen«, hörte Esch.

»Gleich. Ich muss eben Stefan anrufen.«

Nachdem sich Kollegin Kremlik ausgiebig mit Stefan über Christa und Manfred ausgetauscht hatte, steckte sie den Kopf durch die Tür und fragte Rainer: »Bitte?«

»Ich möchte einen Blick in die Tageszeitungen werfen, die in Castrop Anfang der 50er-Jahre erschienen sind.«

»Wann? Jetzt?« Ihr Tonfall ließ keinen Zweifel darüber aufkommen, dass sie Eschs Anliegen für eine Zumutung hielt.

»Wenn es möglich ist, bitte.«

Kollegin Kremlik seufzte. »Das nimmt ja in letzter Zeit überhand. Kommen Sie.«

Sie führte Rainer in ein Zimmer, das ihn an den Gesprächsraum in der JVA Krümmede erinnerte.

»Welche Zeitung wollen Sie denn?«

»Alle.«

»Alle?«

»Alle!«

»Und welcher Jahrgang und Monat?«

»Das weiß ich nicht. Fangen wir mit 1950 an und dann die folgenden.«

»Das ganze Jahr?«

»Richtig.«

»Die folgenden auch?«

»Ja.«

Kollegin Kremlik verzog ihr Gesicht. »Die kann ich aber nicht auf einmal bringen. Die Bände sind zu schwer.« Sie bemühte sich nicht zu verbergen, dass sie

Esch für völlig übergeschnappt und ausgesprochen lästig hielt.

»Dann eben nacheinander.«

Empört rauschte sie aus dem Raum und ließ Rainer allein. Zehn Minuten später schleppte sie einen Stapel gebundener Tageszeitungen in den Raum und ließ die Bände mit einem wütenden Krachen auf den Tisch fallen. Eine Staubwolke hüllte Rainer ein. Er fürchtete um die Funktionsfähigkeit seiner Lunge.

Der Anwalt schnappte sich den ersten Band und begann, die Lokalseiten durchzublättern, auf der Suche nach einem Foto, auf das die Beschreibung Pjotr Rastevkows zutraf.

Kollegin Kremlik schaffte inzwischen Band für Band heran, so dass Rainer nach einiger Zeit hinter einer Zeitungswand saß.

»Das waren alle bis 1952«, stöhnte Kollegin Kremlik. »Wenn Sie fertig sind, sagen Sie Bescheid.«

»Danke. Darf ich hier rauchen?«

»Nee, rauchen ist nicht. Ich gehe jetzt.« Damit verschwand die Frau.

Nach fast zwei Stunden hatte Rainer die Nase gestrichen voll. Er mochte keine Bilder von Stadtoberhäuptern bei der Einweihung der soundsovielten öffentlichen Einrichtung, von Jahreshauptversammlungen der diversen Kleingarten- und Kaninchenzüchtervereine oder lokalen Parteitagen mehr sehen.

Rainer fragte sich, ob er wirklich auf der richtigen Spur war. Plötzlich stutzte er. Was hatte die Kremlik vorhin gesagt? *Das nimmt ja in letzter Zeit überhand.* Esch stürzte aus dem Raum und betrat wieder das Büro.

»Fertig?«, wollte Kollegin Kremlik wissen.

»Nein. Sagen Sie, war vor einiger Zeit schon jemand hier, um Zeitungen aus diesen Jahren durchzusehen?«

»Ja, vor etwa drei, vier Wochen.«

»Ein älterer Herr?«

»Genau. Aber warum ...?«

Esch antwortete ihr nicht, sondern stürmte zurück und widmete sich wieder voller Energie seiner Suche.

In der Ausgabe der *WAZ* vom 5. September 1951 schließlich wurde er fündig. Unter der Überschrift *Bildungspolitischer Ausschuss der Zentrumspartei in Volksschule Rauxel* berichtete die Lokalredaktion über einen Besuch der Lokalpolitiker in der Schule. Esch überflog den Text. Völlig uninteressant.

Dann sah er sich das nebenstehende Foto genauer an. Auf einer Treppe vor einem Gebäudeeingang stand eine Gruppe Männer. Über dem Eingang war ein Schriftzug, der leider zur Hälfte entweder der Motivauswahl des Fotografen oder der Schere des Layouters zum Opfer gefallen war. Rainer konnte nur das Wort *Volksschule* entziffern. Die Menschengruppe war von dem Fotografen so auf der Treppe drapiert worden, dass in der vorderen Reihe auf den unteren Stufen fünf Männer zu sehen waren, darüber weitere vier. Rainer hatte nicht den geringsten Zweifel. Das musste das Bild sein, von dem Rastevkow gesprochen hatte. Und dann war der dritte von links, unten in der ersten Reihe, der Nazikiller.

Esch stierte lange auf das Gesicht, als ob dessen Physiognomie etwas über seine Gesinnung aussagen würde. Er las die Bildunterzeile: *Der Vorsitzende des bildungspolitischen Ausschusses des Zentrums Adolf Grosser (1. v. r. u.) und sein Vertreter Siegesmund Schmidt (2. v. r. o.) im Kreis ihrer Parteifreunde. (Foto: Walther Terboven)*

Ohne nachzudenken, riss Rainer den Artikel und das Foto aus der Zeitung und klappte den Band zu. Er hatte das Bild gefunden. Aber er wusste immer noch nicht, wer in der unteren Reihe der dritte Mann von links war.

28

Peter Steinke saß in seinem Büro in der Arbeitsvorbereitung der Firma *LoBauTech*, als das Telefon schellte.

Es war Lorsows engste Mitarbeiterin. »Herr Doktor Lorsow bittet Sie in sein Büro. Natürlich nur, wenn Sie Zeit haben«, setzte Roswitha Müller rasch hinzu.

Der Betriebsratsvorsitzende fragte misstrauisch: »Weshalb will er mich sprechen?«

»Das hat er mir nicht gesagt«, flötete die Chefsekretärin.

»Und wann?«

»Ginge es sofort? Aber nur, wenn es Ihnen nichts ausmacht.«

Das waren völlig neue Töne. Steinke blieb die Spucke weg. Auf dem Weg in die heiligen Hallen der Geschäftsführung überlegte er fieberhaft, weshalb Lorsow ihn wohl zu sehen wünschte. Und warum dieser moderate Ton des Vorzimmersdrachens? Üblicherweise *zitierte* sie die Beschäftigten des Unternehmens zum Chef. Und das galt insbesondere für die Mitglieder des Betriebsrates. Wenn Roswitha Müller von so ausgewählter Höflichkeit war, konnte das nur bedeuten, dass ihr Chef sie entsprechend instruiert hatte. Und das wiederum hieß, dass Lorsow etwas von ihm wollte. Fragte sich nur, was. Der Betriebsratsvorsitzende beschloss, vorsichtig zu sein.

»Herr Steinke, schön dass Sie Zeit für mich haben«, begrüßte ihn Lorsow mit überschäumender Herzlichkeit.

Auch der hat Kreide gefressen, dachte der Betriebsrat. »Tag, Herr Doktor.«

»Bitte, nehmen Sie Platz. Was kann ich Ihnen anbieten? Kaffee, Tee, Wasser? Oder einen Saft?«

»Kaffee wär nicht schlecht.«

Lorsow nickte seiner Sekretärin zu, die geräuschlos verschwand.

»Herr Steinke«, begann Lorsow die Unterredung. »Sie wissen ja, dass *LoBauTech* in letzter Zeit mit gewissen Absatzproblemen zu kämpfen hat, weil ...«

168

»... Sie sich nicht rechtzeitig um neue Kunden gekümmert haben«, warf der Gewerkschafter rasch ein.

»So würde ich das zwar nicht sagen, aber aus Ihrem Blickwinkel mag das durchaus so aussehen.«

Steinke, der eine andere Reaktion auf seine Bemerkung erwartet hatte, fehlten die Worte.

»Ich kann Ihren Standpunkt wirklich nachvollziehen. Deshalb möchte ich heute auch mit Ihnen in aller Ruhe über die Situation in der Firma sprechen.«

»Ich bin immer gesprächsbereit. Der Betriebsrat hat sich vernünftigen Lösungen, die im Interesse der Arbeitnehmer liegen, noch nie verschlossen.«

»Jetzt lassen Sie doch mal das Wortgeklingel. Wir sind doch hier unter uns. Und ich darf doch davon ausgehen«, Lorsow beugte sich etwas vor, »dass dieses Gespräch unter uns bleibt?«

»Das kommt darauf an, Herr Doktor.«

»Sie werden mich schon noch verstehen. Ich will es ohne Umschweife sagen: Wenn es uns in den nächsten Monaten nicht gelingt, die durch den Absatzrückgang ausgelösten Liquiditätsschwierigkeiten zu lösen, bin ich gezwungen, drastische Maßnahmen zu ergreifen.«

Daher wehte der Wind. »Was heißt das?« Steinkes Tonfall war schärfer als beabsichtigt.

»Im schlimmsten Fall die Schließung der Firma.«

Das saß. Steinke blieb die Luft weg. »Sie ... Sie ... Sie wollen *LoBauTech* dichtmachen?«

»Nicht wollen, müssen. Ich muss. Wenn wir keine neuen Geldmittel bekommen, muss ich den schwarzen Anzug anziehen und den Zylinder aufsetzen.«

Steinke wusste, was die Metapher bedeutete: Insolvenz. Wie sollte er das den Beschäftigten erklären? Viele von ihnen arbeiteten seit Jahrzehnten bei *LoBauTech*, zum Teil schon unter Lorsows Vater, dem Firmengründer. Das Durchschnittsalter der Belegschaft lag bei 43 Jahren. Die fanden keinen neuen Job mehr. Arbeitslos mit Anfang vierzig. Und das bis zur Rente. Ihm schauderte. »Was ist mit der Bank, einem Kredit ...?«

Der Firmeninhaber winkte ab. »Keine Chance. Nein, es gibt nur eine Alternative.«

»Welche?«

»Wir müssen einen Geldgeber finden, der bereit ist, bei uns einzusteigen. Ansonsten kann ich die Umstellung der Produktion und die Patentrealisierung nicht finanzieren.«

Der Strohhalm. »Einen Geldgeber? Meinen Sie denn ...«

»*Global Industries*. Eine britische Investmentfirma. Die suchen lukrative Investitionsmöglichkeiten. Ich habe schon mit deren Vertretern gesprochen.«

»Und? Wären sie interessiert?« Steinke schöpfte Hoffnung.

»Interessiert schon. Aber nicht unter den jetzigen Bedingungen. Wenn die Firma keinen Prototyp des Panzerförderers bauen kann und nicht kräftig rationalisiert, steigt *Global Industries* nicht ein.«

»Das heißt Arbeitsplatzabbau!«

»Ich sehe keine andere Alternative.«

Peter Steinke schwieg. Dann stieß er hervor: »Sie setzen mir die Pistole auf die Brust.«

»Ich weiß. Aber ich habe selbst so ein Ding am Kopf.«

»Wie viele?«, fragte der Betriebsratsvorsitzende tonlos.

»Etwa fünfzig. Vielleicht auch mehr.«

»Fünfzig Entlassungen! Wissen Sie, was das heißt? Die Betroffenen haben kaum eine Chance, einen neuen Arbeitsplatz zu finden.«

»Leider. Aber dafür erhalten wir über hundert Arbeitsplätze.«

»Sie treiben den Teufel mit dem Beelzebub aus.«

»Herr Steinke, ich bin bereit, mit offenen Karten zu spielen. Ich habe hier den jüngsten Bericht der Wirtschaftsprüfungsgesellschaft *KPMG*. Dahinter finden Sie ein Memo von *Global Industries*. Lesen Sie.« Lorsow reichte dem Betriebsrat einen Schnellhefter.

Der las schweigend und legte dann die Unterlagen aus der Hand. Er war blass geworden. »Wie wollen Sie die erforderlichen Investitionen aufbringen?«

»Unter bestimmten Voraussetzungen wäre meine Hausbank bereit, den Kreditrahmen aufzustocken.«

»Ginge das nicht auch ohne den Arbeitsplatzabbau?«

Lorsow lachte bitter. »Leider nein. *Global Industries* investiert nur, wenn wir rationalisieren. Und nur dafür gibt mir die Bank Kredit. Und das auch nur dann, wenn ich ihr als Sicherheit erhebliche Teile des Firmengrundstücks und meines Privatbesitzes überschreibe. Aber wenn das neue Antriebskonzept erst produziert wird, ist die Firma saniert. Dann stellen wir auch wieder neue Mitarbeiter ein, das garantiere ich Ihnen.«

»Mit wie viel Prozent will der Investor einsteigen?«

»Er will 49 Prozent.«

»Und das heißt in Mark?«

»Das Firmenvermögen wird um gut acht Millionen vergrößert.«

»Eine Menge Geld.«

»Das ist es.«

»Wenn der Betriebsrat bereit ist, Ihr Konzept mitzutragen, was bieten Sie uns an?«

»Einen fairen Sozialplan für die, die ausscheiden müssen.«

Steinke dachte nach. Dann antwortete er nüchtern: »Wir fordern: zwei Monatslöhne brutto pro Beschäftigungsjahr als Abfindung. Übergangsregelungen für die über 55-Jährigen, um ein sozialverträgliches Übergleiten in die Altersrente zu ermöglichen. Erhalt der Ausbildungskapazitäten. Berücksichtigung von Härtefällen. Die Kriterien der Sozialauswahl werden durch den Betriebsrat bestimmt. Null Mehrarbeitsstunden. Ab sofort! Außerdem bestehen wir auf einer umfassenden Information des Wirtschaftsausschusses über alle anstehenden Verhandlungen mit dem Investor und Ihrer Bank. Unter Vorlage aller Unterlagen.«

»Im Wesentlichen einverstanden. Die Details müssen wir aber noch verhandeln. Herr Steinke, da gibt es noch etwas ...«

»Was denn noch?«

»Die Angelegenheit darf nicht an die große Glocke gehängt werden. Keine Presse mehr! Halten Sie die Hitzköpfe in Ihren Reihen unter Kontrolle. Es darf keine Unruhe in der Belegschaft aufkommen!«

»Wie stellen Sie sich das denn vor? Ich kann doch meinen Kolleginnen und Kollegen keinen Maulkorb umhängen! Es geht schließlich um einen Teil der Arbeitsplätze!«

»Herr Steinke, entschuldigen Sie, wenn ich Ihnen widerspreche. Es geht um alle Arbeitsplätze!«

29

Esch hatte ein Foto und zwei Namen: Adolf Grosser und Siegesmund Schmidt. Dem Bild nach zu urteilen, waren beide damals Anfang bis Mitte dreißig gewesen. Aber das Aussehen der Menschen der Nachkriegszeit täuschte häufig über ihr wahres Alter hinweg. Kriegserfahrungen oder die Erlebnisse unter der faschistischen Diktatur hatten viele früh altern lassen. Wenn beide noch lebten, müssten sie heute um die achtzig sein. Wenn sie noch lebten! Andererseits, so überlegte Esch, wenn sie schon tot waren, wie hatte dann Georg Pawlitsch an den Namen des Mörders kommen können?

Rainer griff zum Castroper Telefonbuch. Darin standen zwar nur eine Hand voll Grossers, dafür aber gute vier Dutzend Schmidts. Der Anwalt setzte einen Espresso auf und dachte über sein weiteres Vorgehen nach. Wenn ihn seine rudimentär vorhandenen Geschichtskenntnisse über die Anfangsjahre der Bundesrepublik nicht täuschten, war das stockkatholische *Zentrum* nach nur einer Legislaturperiode in der CDU aufgegangen. Es bestand also durchaus die Möglichkeit, dass der örtliche CDU-Stadtverband über Informationen über die beiden Nachkriegspolitiker verfügte.

Esch suchte die Telefonnummer der CDU-Geschäftsstelle heraus und wählte sie.

»Guten Tag, mein Name ist Rainer Esch, ich studiere Geschichte an der *Ruhr-Universität*. In meiner Magisterarbeit beschäftige ich mich mit der Geschichte der Zentrumspartei im Ruhrgebiet. Im Rahmen meiner Recherche bin ich auf zwei Namen aus Castrop-Rauxel gestoßen, die ...«

Freundlich, aber bestimmt gab ihm eine Dame am anderen Ende der Leitung zu verstehen, dass sie ihm keine Auskunft geben könne und Rainer deshalb mit dem wissenschaftlichen Referenten des Bundestagsabgeordneten Sowieso verbinden würde, der ...

Der Anwalt wartete, bis sich der Referent meldete, und sagte dann erneut sein Sprüchlein auf.

»Mit dem Zentrum? Das ist ja interessant. Darüber würde ich gerne mehr wissen. Wenn Sie mich in dieser Sache auf dem Laufenden halten würden ...«

»Klar«, versprach Esch generös.

»Wie, sagten Sie, heißen die zwei Politiker?«

»Adolf Grosser und Siegesmund Schmidt.«

»Die Namen sagen mir nichts. Aber bestimmt kann Ihnen unser Ehrenvorsitzender weiterhelfen. Der war damals schon aktiv in der Castroper Kommunalpolitik verankert. Warten Sie, ich gebe Ihnen seine Telefonnummer.«

Der Ehrenvorsitzende wohnte Am Kärling im Castroper Stadtteil Ickern und war noch rüstig genug, Esch selbst die Tür zu öffnen.

»Guten Tag, Herr Dombrowsky. Esch, wir haben eben miteinander telefoniert.«

»Bitte kommen Sie herein, kommen Sie nur.« Dombrowsky humpelte an einem Stock ins Wohnzimmer. »Setzen Sie sich, bitte setzen Sie sich.« Der Alte war grauhaarig, fast weiß, hatte eine ausgemergelte Gestalt und wackelte unablässig mit dem Kopf. Er sah aus wie ein Gespenst. »Was wollen Sie wissen, wollen Sie wissen?«

»Herr Dombrowsky, ich arbeite an einer Magisterarbeit über das *Zentrum* in der Nachkriegszeit im Revier. Da sind mir zwei Namen aufgefallen ...« Rainer zog das Foto aus der Tasche und zeigte es seinem Gesprächspartner. »Adolf Grosser und Siegesmund Schmidt. Hier, die beiden. Kennen Sie sie?«

»Ja, sicher, sicher. Der Grosser. Ein Schwatter bis auf die Knochen. Der warf selbst im Dunkeln einen Schatten.« Dombrowsky begann heiser zu lachen und dann heftig zu husten. Als er wieder zu Atem gekommen war, setzte er fort: »War später mit mir in der Ratsfraktion, ...fraktion. So bis Anfang der Sechziger ... Ende der Sechziger. Ist dann zurückgetreten. Der hatte Krebs, glaube ich. Krebs hatte der, Krebs. In dem Alter. Ist auch bald darauf gestorben. Hätte sonst aber sowieso zurücktreten müssen. Hat eine Nutte auf der Straße aufgegabelt und sie in seinem Auto mitgenommen. Als das rauskam, hat er behauptet, das arme Ding hätte sich im Dunkeln verlaufen und er hätte sie nur ein Stück mitnehmen wollen. Ein Stück mitnehmen, stellen Sie sich das vor! Untragbar! Verkommenes Subjekt!« Dombrowsky wackelte stärker mit dem Kopf, klopfte mit dem Krückstock mehrmals auf den Teppichboden und gluckste.

Esch versuchte sich vorzustellen, welche Erinnerungen den Altpolitiker in diesem Zusammenhang so erheiterten. Dann musste er schmunzeln. Wahrscheinlich hatte sich Dombrowsky selbst bei seinen Affären nie erwischen lassen. »Und Siegesmund Schmidt?«

»Schmidtchen? Siggi Schmidtchen?« Dombrowsky kicherte wieder. Und hustete anschließend. »Die größte Flasche, die in der Partei seit ihrer Gründung rumgelaufen ist. Der war so blöd, der konnte kein Fremdwort richtig aussprechen. Wir müssen die Relatäten draußen anerkennen, hat der immer gesagt. Die Relatäten anerkennen, hi, hi.« Der Mann begann zu sabbern und immer unkontrollierter mit dem Kopf zu wippen.

»Sie bemerkten gerade: *war* so blöd. Lebt der auch nicht mehr?«

Dombrowsky sah Rainer überrascht an. »Was haben Sie gesagt?«

»Ich habe Sie gefragt, ob Schmidt noch lebt.«

»Welcher Schmidt?«

»Dieser Schmidt hier.« Rainer zeigte auf das vor Dombrowsky liegende Bild. Langsam verlor er die Geduld. »Siegesmund Schmidt.«

»Ach, Schmidtchen, Schmidtchen.«

»Genau.«

»Weiß ich nicht, weiß ich wirklich nicht. Der wohnte früher in der Bahnhofstraße, Bahnhofstraße 48. Da wohnte der. Der war so was von bekloppt, der konnte nicht einmal ein Fremdwort ...«

»Und diesen Mann hier?« Rainer tippte mit dem Finger auf den Nazischergen. »Kennen Sie den?«

»Nee, nie gesehen. Oder doch? Warten Sie. Nein, den kenne ich nicht. Leider, leider. Kenne ich nicht.« Dombrowsky lehnte sich zurück und war Momente später fest eingeschlafen.

Rainer verließ still die Wohnung und fühlte sich bestätigt, dass die treuesten aller Feinde wirklich immer die Parteifreunde sind.

Das Haus in der Bahnhofstraße hatte schon bessere Zeiten gesehen, fügte sich aber genau deshalb gut in die Tristesse dieser Gegend ein. Rainer parkte seinen Wagen auf einem Parkplatz in der Nähe des Restaurants

Haus Bladenhorst und suchte die Klingelknöpfe der Nummer 48 ab, konnte aber keinen Mieter namens Schmidt ausfindig machen. Der Anwalt wollte gerade wieder zu seinem Auto gehen, als sich die Haustür öffnete und eine Mittfünfzigerin auf die Straße trat.

»Zu wem wollen Se?«, fragte die Frau mürrisch.

»Zu Schmidt. Aber der ...«

»... wohnt nich mehr hier. Is weggezogen. Inne Kurstadt im Westfälischen. Vor drei Jahren.« Die Frau ging wortlos weiter.

Esch schickte ihr ein »Danke« nach. Dann machte er sich auf den Weg in seine Kanzlei, um mit Hilfe des Einwohnermeldeamtes den aktuellen Wohnort von Siegesmund Schmidt zu ermitteln.

30

Rüdiger Brischinsky hatte es sich gerade mit einer Zigarette, einem Becher Kaffee und der neuen *Essen und Trinken* an seinem Schreibtisch bequem gemacht, als Baumann in das Büro stürmte und mit mehreren Papieren wedelte.

»Chef, ich habe im Fall Störmer die Ergebnisse der erneuten Durchsuchung der Wohnung, das ballistische Gutachten und den Obduktionsbericht. Außerdem eine Auskunft des Einwohnermeldeamtes, dass ...«

»Einen Moment, Heiner. Ich will eben noch den Artikel zu Ende lesen. Durch Hektik werden die Störmers auch nicht wieder lebendig, oder?« Er vertiefte sich wieder in seine Lektüre. »Hast du eigentlich gewusst, dass es nicht der Alkohol ist, der dick macht? Alkoholkalorien können nicht in Fett umgewandelt werden, sichern aber den Grundumsatz des Körpers. Nur wenn du dann noch frisst, werden die durch Nahrung aufgenommenen Kalorien nicht mehr verbrannt, sondern wandern in die Fettdepots.« Der Hauptkommissar schaute traurig auf seine Wampe. »Man sollte wirklich mehr saufen und weniger essen. Und hier ...«

»Rüdiger, das ist wirklich wichtig.«

»Na gut.« Brischinsky legte seine Zeitschrift beiseite. »Ich habe ja keinen, für den ich kochen kann«, stellte er bedauernd fest. »Also, was gibt's?«

»Womit soll ich anfangen?«

»Egal.«

»Der Obduktionsbericht, das geht am schnellsten. Alle drei Störmers sind durch Kopfschuss aus nächster Nähe ums Leben gekommen.«

»Wirklich erstaunlich«, spottete der Hauptkommissar.

Baumann ignorierte die Bemerkung seines Chefs. »Todeszeitpunkt: gestern Abend. Gegen sieben.«

»Dafür spricht auch der Zustand von Hansis Käfig.«

»Hansi?«

»Der Kanarienvogel. Er hatte noch ausreichend Futter. Außerdem war der Käfig nicht abgedeckt. Fast jeder Vogelbesitzer deckt den Käfig abends mit einem Tuch ab. Das Tier glaubt dann, es ist Nacht, und stellt sein Trällern ein.«

»Aha. Der kleine Tierfreund. Der Junge musste etwa drei Stunden später dran glauben.«

»Das heißt, dass der Täter drei Stunden in der Wohnung gewartet hat. Der hatte Nerven. Beachtlich.«

»Tobias Störmer starb in der Tat durch einen aufgesetzten Schuss. Es finden sich auch eindeutige Schmauchspuren an seiner rechten Hand. Ungewöhnlich ist hingegen, dass es kaum Blutspritzer auf der Schusshand gibt.«

»Wieso? Da war doch Blut? Ich erinnere mich genau. Wo sind die Fotos?«

»Nee, lass mal. Die Gerichtsmedizin hält es für möglich, dass diese Blutspuren nicht durch den Schuss, sondern erst danach auf den Handrücken gelangt sind. Aus dem Kopf, über die Schulter, dann den Arm runter ... Also: Wenn er sich nicht selbst umgebracht hat, muss der Mörder unmittelbar neben ihm gestanden haben. Und mit dem Blut des Opfers beschmutzt worden sein.«

»Dann war es also definitiv kein Selbstmord?«

»Nein. Die Waffe in der rechten Hand, das Blut ... Nein, Tobias Störmer wurde ermordet.«

»Aha. Das ist doch schon was. Weiter.«

»Hier. Das ballistische Gutachten. Alle Toten wurden eindeutig mit der am Tatort gefundenen Waffe erschossen.«

»War zu erwarten.«

»Im Magazin fehlen genau drei Kugeln. Da hat sich der Täter einige Mühe gegeben, um uns auf eine falsche Spur zu locken.«

»Du meinst ...«

»Die Schmauchspuren an der Hand des Jungen. Der Täter muss Tobias Störmer die Waffe nach dessen Tod in die Hand gedrückt und abgefeuert haben. Dann müssten aber vier Patronen und vier Kugel fehlen. Wir haben aber nur drei Patronen gefunden. Der Täter hat also die vierte Patrone eingesammelt und die Waffe mit einer neuen munitioniert.«

»Clever. Aber nicht clever genug. Was noch?«

»Keine Fingerabdrücke, außer denen von Tobias Störmer.«

»Logisch. Kein Killer würde seine Waffe mit seinen eigenen Fingerabdrücken am Tatort lassen.«

»Richtig. Die Heckler & Koch ist im Übrigen eine Sonder-anfertigung. Für die Streitkräfte der Vereinigten Staaten. Welche Bananenrepublik die Marines damit auch immer verteidigen wollen. Aber nicht so einfach zu besorgen.«

»Auch nichts Neues. Es soll auch bei den harten Jungs der Marines welche geben, die ihrem Local Dealer den einen oder anderen Dollar schulden. Möglicherweise hat da einer seine Dienstwaffe in Zahlung gegeben.«

»Mag sein. Aber neu ist, dass wir die Waffe im Computer haben.«

Brischinsky richtete sich auf. »Was du nicht sagst!« Jetzt wurde es wirklich spannend.

»Mit genau dieser Pistole wurde 1996 bei einem Streit im Hamburger Rotlichtmilieu ein Zuhälter erschossen. Der Täter wurde allerdings nie gefasst.«

»Um was ging es da? Nein, warte. Lass mich raten: Gebietskämpfe?«

»Genau. Russische Zuhälter haben versucht, die alteingesessenen Sankt-Pauli-Kämpen aus ihren Revieren zu vertreiben. Die wollten natürlich nicht freiwillig das Feld räumen und dann ...«

»Ich vermute, die Kiezgrößen haben verloren?«

»Sieht so aus. Ist jetzt alles fest in russischer und jugoslawischer Hand. Die Deutschen werden nur noch geduldet.«

»Wer war der Tote? Ein Deutscher oder Russe?«

»Ein Russe. Der arme Kerl war allerdings nicht das einzige Opfer dieser Auseinandersetzung.«

»Kann ich mir vorstellen. Und die Knarre? Wie kommt die aus Hamburg nach Recklinghausen? Irgendeine Idee?«

»Keine«, gestand Baumann. »Ich habe über Europol bei CAIN, genau genommen bei DRUGFIRE nachgefragt. Die ...«

»Wo hast du nachgefragt?« Brischinsky blickte seinen Mitarbeiter mit einer Mischung aus Überraschung und unverhohlener Skepsis an.

»Bei CAIN. Das heißt Criminal Analysis Network. Eine Online-Datenbank des FBI. Und DRUGFIRE ist eine Art Unterprogramm. Damit kannst du die bei Verbrechen benutzten Schusswaffen abfragen. Die Waffe ist in DRUGFIRE nicht registriert. Das heißt, die Knarre ist in den USA nicht bei einem Verbrechen benutzt worden. Europol hat eine Anfrage an die US-Army geschickt. Wir würden gerne wissen, wie es dazu kam, dass die Waffe verloren gegangen ist. Und natürlich, wem sie abhanden kam. Ich glaube aber nicht, dass die Amis uns antworten. Auch die Hamburger Kollegen haben sich eine Abfuhr geholt. Nationales Sicherheitsinteresse, hieß es damals.«

»Pah! Typisch.« Trotz dieser Bemerkung war Brischinsky schwer beeindruckt. Vielleicht sollte er sich die Sache mit der EDV-Fortbildung noch einmal durch den Kopf gehen lassen.

»Wir haben noch etwas. Die Spurensicherung hat in der Wohnung zahlreiche Fingerabdrücke gefunden, die meisten von den Störmers oder ihrer Putzfrau. Einige konnten allerdings noch nicht identifiziert werden.«

»Ich bezweifle, dass wir diese Fingerabdrücke zuordnen können. Was haben wir noch?«

»Jede Menge Faserspuren an den Sitzmöbeln. Die werden zurzeit noch mit den Kleidungsstücken der Störmers verglichen. Dann gibt es zahlreiche kleine Schmutzpartikel auf dem Teppichboden, die sich bis jetzt noch nicht eindeutig identifizieren lassen. Auch hier läuft noch der Vergleich mit den Schuhen von Störmers. Aber selbst wenn wir deren eigene Klamotten ausgesondert haben, wissen wir natürlich nicht, wer die Spuren hinterlassen hat: Nachbarn, Freunde, der Postbote oder ...« Baumann sprach nicht weiter.

»Leider wahr. Und sonst?«

»Einen Glassplitter.«

»Einen Glassplitter?«

»Von einer Figur oder einem Zierglas oder so was. Ich habe die Putzfrau befragt. Sie schwört Stein und Bein, dass eine kleine Katzenfigur aus Glas im Wohnzimmerschrank stand. Wir haben aber keine gefunden.«

»Na und? Vielleicht ist das Teil heruntergefallen. Möglicherweise sogar beim Putzen?«

»Nein. Behauptet jedenfalls Hilde Ritter. Auf dem Splitter waren Blutspuren. Frische Blutspuren! Unsere Experten meinen, das Blut sei etwa zum Tatzeitpunkt an den Splitter gekommen.« Baumann blickte triumphierend zu Brischinsky. Der kannte diesen Gesichtsausdruck. »Mach es nicht so spannend. Was ist mit dem Blut?«

»Stammt eindeutig nicht von den Toten. Blutgruppe A Rhesusfaktor positiv. Die ganze Familie hat aber A negativ. Auch Frau Ritter. Das Ergebnis der Genanalyse steht noch aus. Kommt morgen, haben die Mediziner gesagt. Interessant ist auch, dass sich in der ganzen Wohnung und auch in den Mülltonnen des Hauses nicht ein Glasstück findet, von dem der Splitter stammen könnte. Außerdem fehlt ein Stück Zeitung. Genau genommen der Mantel der *WAZ* vom Tattag. Keine Spur davon. Nicht in der Wohnung, nicht in den Tonnen. Der Rest der Zeitung liegt auf dem Fernsehgerät.«

»Vielleicht schon in der Altpapiersammlung?«, vermutete der Hauptkommissar.

»Nein. Die Zeitungen der Vortage wurden in einer Kiste neben dem Küchenschrank säuberlich gesammelt. Es fehlen nur diese zwei Seiten.«

Brischinsky dachte nach. »Das heißt dann doch wohl«, sagte er bedächtig, »dass kurz vor, während oder nach der Tat jemand in der Wohnung war und uns einen Glassplitter mit seinem Blut hinterlassen hat. Wie verletzt man sich an einem Glassplitter?« Er gab sich selbst die Antwort: »Es fällt etwas herunter, man hebt es auf und schon ist es passiert. Man möchte das Malheur beheben, greift zur Zeitung und legt die Scherben darauf. Und dann ... ja, dann wirft man sie üblicherweise in den Mülleimer. In der ganzen Wohnung und auch in den Mülltonnen keine Spur vom Glas oder der Zeitung, sagst du?«

Baumann nickte.

»Dann hat also dieser Jemand die Splitter vermutlich mitgenommen. Warum, frage ich mich, macht man das?«

»Weil man nicht möchte, dass die Splitter mit dem Blut gefunden werden«, konstatierte Heiner Baumann.

»Genau. Und wer, frage ich dich, hat ein Interesse daran?« Brischinsky schnitt Baumann mit einer Handbewegung das Wort ab. »Zu viele Zufälle: Ein bekennender Linkshänder, der sich mit rechts erschießt. Fehlende Blutspritzer auf der Schusshand des Toten. Und ein blutverschmutzter Glassplitter, der nicht da sein sollte. Ich bin sicher: Störmers wurden tatsächlich ermordet. Fragt sich nur, von wem.«

»Und warum«, ergänzte Baumann.

»Und warum, natürlich. Nenn mir das Motiv und es erleichtert die Fahndung nach dem Täter ungemein. Weiter: Der Täter hatte entweder einen Schlüssel oder die Störmers haben ihm die Tür geöffnet. Wieso?«

Baumann antwortete nicht.

»Übrigens: Hast du das Fax an die Stuttgarter Kollegen geschickt?«

»Klar. Die Familienangehörigen haben schon angerufen. Scheißgespräch.«

»Kann ich mir denken.«

»Sie treffen morgen hier ein und melden sich dann bei uns.«

»Heiner, wir sollten uns im Kontakt mit der Presse auf das absolut Notwendige beschränken. Drei Tote gefunden, deutet alles auf eine Familientragödie hin, wir haben die Ermittlungen aufgenommen ... et cetera. Keine Spekulationen. Haben wir uns verstanden?«

Baumann nickte.

»Gut. Was war mit dem Einwohnermeldeamt?«

»Ich weiß nicht, ob es wichtig ist, aber Peter Störmer hat kurz nach dem Krieg seinen Namen geändert. Er ist Flüchtling, kommt aus der damaligen Sowjetunion. Sein Geburtsname lautet Rastevkow. Pjotr Rastevkow.«

31

Rainer Esch legte die neue Stones-CD *No Security* in den Player und gab Vollgas, als er den dreispurig ausgebauten Abschnitt der A 2 hinter Beckum erreichte. Die Scheibe, der Livemitschnitt der *Bridges-to-Babylon*-Tour 1998, war für Rainers Geschmack etwas zu glatt, etwas zu professionell, mit etwas zu viel Routine runtergespielt. Auch die unsterblichen Stones schienen in die Jahre zu kommen. Trotzdem, es war eine Stones-CD. Das war für Esch gleichbedeutend mit einem Gütesiegel. Böse Zungen in seinem Freundeskreis behaupteten, er würde sich auch Alpenhörner und Kuhglocken mit Begeisterung reinziehen, wenn auf der Plattenhülle *Rolling Stones* stehen würde. Rainer hielt das für etwas übertrieben.

Er drehte den Lautstärkeregler hoch. Das Heulen der Gitarren und Charly Watts trockene Drums bei *Gimme Shelter* übertönte spielend das Brummen des MX 5 und das Pfeifen des Fahrtwindes. Der Tacho zeigte 180. Die Straße war frei und trocken. Esch gab sich völlig dem Geschwindigkeitsrausch hin. Scheiß was auf den CO_2-Ausstoß, dachte er. Meine Karre hat schließlich einen Kat.

Auf dem Kamm des Teutoburger Waldes war eine Höchstgeschwindigkeit von 100 km/h geboten. Esch ließ das Cabrio ausrollen, ohne die Bremsbeläge zu strapazieren. *Sister Morphine* sang Mick und dabei klirrte eine der Boxen auffällig. Der Anwalt widmete sich mit Hingabe der Neujustierung der Höhen seiner Hi-Fi-Anlage und warf nur gelegentlich einen kurzen Blick auf die Autobahn. So bemerkte er erst im letzten Moment die unmittelbar vor der Ausfahrt Bielefeld aufgebaute Radarfalle. Rainer stieg voll in die Eisen, warf einen besorgten Blick auf die Tachonadel und fixierte aus den Augenwinkeln das Instrument modernen Raubrittertums. Kein Blitz! Zufrieden legte er seinen rechten Arm auf den Nebensitz und genoss *The Last Time*. Der Mensch hatte nicht immer Pech.

Das Staatsbad Oeynhausen war stolz auf seine schmucke Innenstadt, das Spielkasino im Kurhaus und die Dutzende von Millionären, die hier, umsorgt von zahllosen Ärzten aller Fachrichtungen und noch mehr hübschen Krankenschwestern, die Früchte ihrer Arbeit, beziehungsweise der ihrer Eltern, genossen. Die einfachen Kurgäste, die auf Kosten der Krankenkassen kurten, dienten lediglich als Geldbringer. Die Fassaden der Kurheime, Pensionen und Hotels im Kurviertel wirkten so unnatürlich sauber, dass sich Esch auf der Suche nach der Portastraße 32 wie in einer überdimensionierten Modelleisenbahnstadt vorkam. Nur die Lokomotiven fehlten.

Nachdem er zehn Minuten durch die diversen Einbahnstraßen der Innenstadt gekurvt war, genervt von den ständigen Abbiegege- und -verboten, verfluchte er den Tankwart, der ihm kurz nach dem Verlassen des Autobahnzubringers so souverän den Weg erklärt hatte. Rainer war so weit, seinen Wagen irgendwo abstellen zu wollen, doch die Anwohnerparkzonen hinderten ihn daran.

Er erinnerte sich an ein Parkhaus in der Nähe des Bahnhofs und steuerte seinen Flitzer dorthin. Beim Verlassen der Tiefgarage stolperte er geradezu an einem Stadtplan vorbei und entnahm diesem die genaue Lage der Portastraße, wo Siegesmund Schmidt – laut Auskunft des Einwohnermeldeamtes – seinen Wohnsitz hatte.

Die Portastraße lag glücklicherweise nur wenige Gehminuten von Rainers Standort entfernt.

Haus Nummer 32 entpuppte sich als eine ehemalige Gründerstilvilla. *Haus Glückauf – Alten- und Pflegeheim* stand unübersehbar an der schneeweißen Außenmauer.

Esch betrat das gepflegte Grundstück durch ein übermannshohes, schmiedeeisernes Tor und erreichte über eine leicht ansteigende Rampe die Eingangstür. Rainer drückte den Klingelknopf und ein melodischer Gong ertönte. Wenig später summte der Türöffner. Der Anwalt betrat das Haus.

In einer großen Empfangshalle befand sich links neben einer breiten Treppe eine Art Rezeption. Hinter dem Empfangstresen beschäftigte sich eine weiß gekleidete Krankenschwester mit einem Computer. Sie sah auf, als sich Esch näherte.

Rainer stellte sich vor. »Ich habe gestern angerufen. Ich möchte zu Herrn Schmidt.«

»Einen Moment bitte.« Die Schwester bemühte die Tastatur. »Ja, richtig.« Die Frau warf einen Blick auf ihre Armbanduhr. »Sie waren aber für elf angemeldet«, bemerkte sie vorwurfsvoll. »Jetzt haben wir Mittagszeit. Unsere Gäste erhalten gerade ihr Essen.«

Rainer probierte sein charmantestes Gesicht. »Ich konnte keinen Parkplatz finden. Hier ist ja überall Parkverbot.«

Die Schwester deutete ein Lächeln an. »Stimmt. Na gut, ausnahmsweise. Zimmer zwölf. Das ist im zweiten Stock. Sie können hier rechts den Lift benutzen.«

Als der Anwalt den Aufzug verließ, trat er ihn eine Atmosphäre geschäftiger Betriebsamkeit. Ein Warmhaltewagen, mit Essen beladen, wurde von zwei Schwestern über den Flur geschoben. Ein Pfleger transportierte Wasser- und Saftflaschen. Durch eine geöffnete Tür konnte Rainer eine Art Krankenzimmer erkennen, in dem ein weiterer Helfer eine alte Frau fütterte.

Die kleinen Messingschilder mit den Zimmernummern waren schlecht zu lesen. Rainer meinte, eine Zwölf zu identifizieren, klopfte und öffnete nach kurzem Warten die Tür.

In einem weißen Krankenbett lag ein alter Mann mit geschlossenen Augen, der zu schlafen schien.

»Herr Schmidt?«, fragte Rainer vorsichtig und trat einen Schritt näher an das Bett heran.

»Ga, ga«, machte der Alte und drehte mit weit aufgerissenen Augen seinen Kopf in Richtung des Besuchers. Speichel rann ihm aus dem zahnlosen Mund. Er hob langsam den dünnen Arm und zeigte auf einen imaginären Punkt an der Wand. »Ga!«

»Herr Schmidt, können Sie mich verstehen?« In Rainer stiegen Zweifel auf.

»Gurrkgh. Ga, ga«, erwiderte der Alte und fixierte einen Rollstuhl in einer Zimmerecke. »Grruuh!«

Esch war enttäuscht. Der Mann vor ihm war hochgradig senil. Trotzdem zog er das Foto aus der Tasche und hielt es ihm vor die Augen. Ein letzter Versuch. Der Patient rollte wie wild mit seinen Augäpfeln und ließ ein aufgeregtes »Aaargh« hören.

»Erkennen Sie jemanden auf dem Bild?« Rainer beugte sich über den Liegenden, um nichts zu verpassen.

»Gurrkgh.« Das war alles, was Esch hörte. Ein lang gezogenes »Gurrkgh«.

»Was machen Sie denn hier?«, ertönte eine barsche Stimme von der Tür.

Der Anwalt schreckte hoch. Eine Altenpflegerin hatte unbemerkt das Zimmer betreten. »Ich wollte zu Herrn Schmidt.«

»Herr Schmidt?«

»Ja.«

»Da sind Sie hier falsch. Das ist der erste Stock. Herr Schmidt wohnt in der 12 genau hier drüber.« Die Schwester zeigte mit dem rechten Zeigefinger an die Decke.

»Oh, Entschuldigung.« Rainer verließ erleichtert den Raum.

»Verlaufen Sie sich nicht«, spottete die junge Frau.

»Ga, ga, ga«, verabschiedete ihn der Alte.

Siegesmund Schmidt war glücklicherweise geistig noch rüstig, wenn auch etwas klapperig auf den Beinen. Er freute sich, Besuch zu bekommen, bestellte Kaffee und Tee und nötigte Rainer, Unmengen von Weih-

nachtsgebäck und Marzipanriegeln in sich hineinzu-
stopfen. Schmidt erzählte seinem Gast eine Anekdote
nach der anderen aus der Nachkriegszeit, bis es Esch
endlich gelang, den Redeschwall seines Gegenübers zu
unterbrechen.

»Erinnern Sie sich an dieses Ereignis?« Rainer reichte
Schmidt das Foto. »Das war im September 1951. Sie waren damals noch im *Zentrum* …«

»Ja, sicher. Da haben wir die Volksschule besucht.
Das war in …« Der alte Herr dachte einen Moment nach.
»Das habe ich vergessen.«

»Ich meine, kennen Sie diesen Mann hier?« Esch zeigte auf den dritten von links in der unteren Reihe.

»Sie meinen den?« Schmidt musterte das Bild angestrengt durch seine dicken Brillengläser. »Wären Sie
vielleicht so freundlich, da drüben, auf dem Schreibtisch, die Lupe?«

Rainer schaffte die Lesehilfe herbei.

»Ja, ich erinnere mich an die Situation.«

Rainers Herz machte einen Sprung.

»Wann, sagten Sie, war das?«

»September '51.«

»September '51«, wiederholte Siegesmund Schmidt
nachdenklich und nahm einen Schluck Tee. »Noch etwas Kaffee, junger Mann? Bedienen Sie sich bitte.«

Esch scharrte unruhig mit den Füßen.

»September '51, so, so.« Schmidt tippte mit dem Finger auf einen der Abgebildeten. »Das hier ist der Grosser, nicht wahr?«

»Nein«, stöhnte Rainer. »Der daneben ist Grosser.«

»Ach?«

»Erkennen Sie sonst noch jemanden?«

»Ja, sicher. Ich erinnere mich an alle. Das waren Parteifreunde von der CDU.«

»Vom *Zentrum*«, korrigierte Rainer.

»Tatsächlich? So lange ist das schon her? Rauchen Sie? Ich würde jetzt gerne eine Pfeifchen ... Liegt alles auch auf dem Schreibtisch.«

Esch besorgte die nötigen Utensilien. Schmidt stopfte in Ruhe seine Pfeife, zündete sie an und verpestete die Luft mit dem Rauch eines Tabaks, der verdächtig nach einer Mischung aus Rosen und Urinalsteinen duftete. Esch bekämpfte den Gestank mit dem aromatischen Qualm einer Filterlosen.

»Herr Schmidt, erinnern Sie sich an die Namen der Teilnehmer?« Langsam wurde Rainer ungeduldig.

»An die Namen? Nach der langen Zeit? Ach was, leider. Nur an Grosser kann ich mich gut erinnern. Wissen Sie, Grosser war, lassen Sie mich das so formulieren, ein Mistkerl. Wissen Sie eigentlich, ob der noch lebt?«

»Ist schon vor Jahren gestorben.« Rainer war entnervt.

»Auch schon tot? Ja, ja ...« Der Alte inspizierte erneut das Foto. »Aber der hier ...« Schmidt zeigte auf den Gesuchten.

»Ja?« Rainer beugte sich gespannt vor.

»Wann, sagten Sie, wurde die Aufnahme gemacht?«

»September '51.« Rainer stöhnte leise.

»War das auf der Parteikonferenz in Ahlen? Dann ist das Konrad Adenauer.«

Esch atmete pfeifend aus. Dann entschloss er sich zur Aufgabe. »Ich muss jetzt leider, Herr Schmidt. Alles Gute«, verabschiedete er sich und schloss hastig die Tür, ohne Schmidts Abschiedsgruß abzuwarten.

Auf dem Weg zur Autobahn verspürte Rainer trotz Weihnachtsplätzchen und Marzipankartoffeln Hunger. An der vierspurigen Verbindungsstraße zwischen der Autobahn nach Osnabrück und dem Autobahnkreuz Bad Oeynhausen entdeckte er kurz hinter einer Kreuzung eine unscheinbare Pommesbude. Der Anwalt strapazierte seine Bremsbeläge und hielt auf dem Seitenstreifen an. *Stahls Bratwurst* stand an dem Schuppen.

Esch erstand eine Wurst und machte es sich im Mazda gemütlich. Er leckte sich die Lippen. Eine bessere hatte er noch nie gegessen.

Rainer wollte gerade seinen Wagen wieder in Bewegung setzen, als ihm etwas einfiel. Er holte das Bild aus der Tasche und starrte einen Moment darauf. *Foto: Walter Terboven* stand unter dem Bild. Natürlich! Der Fotograf!

Esch schüttelte den Kopf. Darauf hätte er auch eher kommen können. Pressefotografen waren dafür bekannt, ihre Bilder in gut sortierten Archiven für die Nachwelt zu erhalten. Möglicherweise konnte Walter Terboven …

Rainer drehte den Zündschlüssel und machte sich auf den Rückweg nach Herne.

32

»Jetzt haben wir schon zwei Mordfälle mit vier Toten und keinen wirklich Verdächtigen. Verdammter Mist! Wie war die Resonanz auf die Presseveröffentlichung im Fall Pawlitsch?« Rüdiger Brischinsky schmiss den Aktenordner frustriert auf seinen Schreibtisch. Die Akte hatte er heute schon fünfmal durchgeblättert, so als ob er die Unterlagen nur oft genug lesen müsste, um die Mörder zu ermitteln.

»Meinst du, was Wunder dazu gesagt hat? Das dürftest du doch wohl am besten wissen.« Sein Assistent grinste breit.

Brischinsky deutete den Gesichtsausdruck des Kommissars richtig. Kriminalrat Wunder war geradezu begeistert gewesen, als er in der örtlichen Presse Zeitungsartikel lesen konnte, deren Quelle ein in seiner Dienststelle beschäftigter Hauptkommissar war. Sein Enthusiasmus hatte sich noch gesteigert, als ihm klar geworden war, dass diese Presseveröffentlichung nicht mit ihm

189

abgesprochen gewesen war. Völlig aus dem Häuschen war er jedoch geraten, als der betreffende Hauptkommissar dies nicht nur nicht leugnete, sondern auch noch als »notwendig im Sinne der Ermittlungen« bezeichnet hatte. Brischinsky taten immer noch die Ohren weh, wenn er an die dann folgende, ziemlich einseitige Aussprache dachte.

»Vergiss es. Was ist eingegangen?«

»Wenn ich die Anrufe derjenigen aussortiere, die eindeutig als Wichtigtuer oder Spinner zu identifizieren sind oder einfach nur mal wieder mit einem lebenden Menschen reden wollten, der ihnen auch noch geduldig zuhört, nichts. Oder so gut wie nichts.«

»Was heißt das?«

»Eine Frau meint, Pawlitsch gegen sechs in der Nähe des Schauspielhauses gesehen zu haben.«

»Sie meint?«

»Na ja, sie ist sich sicher. Pawlitsch habe sich im nördlichen Teil des Parks unterhalb der Tennisplätze aufgehalten. Er sei auf und ab gegangen. So, als warte er auf jemanden.«

»Und?«

»Nichts und. Sie war mit ihrem Hund Gassi. Und als der Köter sein Geschäft erledigt hatte, ist sie zurück zu ihrem Haus gegangen. Mehr hat sie nicht gesehen.«

»Scheiße.« Brischinsky steckte sich eine Zigarette ins Gesicht. »Gegen sechs, sagt die Frau. Was hat Pawlitsch dort gewollt?«

»Vielleicht hatte er wirklich eine Verabredung?«

»Mit wem?«

»Lorsow?«

»Daran habe ich auch gerade gedacht. Zeitlich würde es passen: Derwill hat Lorsow um zwei Uhr in den Puff gefahren. Seine Frau behauptet, er wäre um halb acht zu Hause gewesen. Das Festspielhaus ist knapp fünfzehn Minuten zu Fuß vom Wohnort der Lorsows entfernt. Lorsow hätte also Pawlitsch dort treffen können.«

»Hätte schon. Aber warum sollte er das tun?«

»Keine Ahnung.«

»Haben wir für unsere Spekulationen auch nur den kleinsten Anhaltspunkt?«

»Leider nein.« Der Hauptkommissar spielte nachdenklich mit seinem Glimmstängel. »Das ist eine verdammte Scheiße!« Brischinsky sprang auf. »Wir drehen uns im Kreis. Irgendetwas haben wir übersehen, da bin ich mir sicher. Aber was?« Er kratze sich am Kinn. »Hat dir Lorsow eigentlich die Liste mit den Namen der entlassenen Mitarbeiter gegeben?«

Baumann kramte in seinen Unterlagen und reichte seinem Chef ein Blatt Papier. »Sind nicht viele.«

Der Hauptkommissar überflog die sechs Namen. Er hatte das Papier schon wieder auf den Aktenstapel gelegt, als ihm etwas auffiel: »Aleksander von Rabenstein. Komische Schreibweise. Warte ... Von Rabenstein? Woher kenne ich den Namen? Ich weiß genau, dass ich diesen Namen schon gehört habe. Von Rabenstein.« Brischinsky überlegte angestrengt und verdrehte die Augen. »Ich werde alt.«

Er wechselte das Thema: »Was ist mit dem Fall Störmer? Die Genanalyse des Blutes von dem Glassplitter ...«

»Liegt vor. Wenn wir einen oder mehrere Verdächtige haben, sagen uns die Weißkittel schnell, ob einer davon in der Wohnung war.«

»Was Neues nach der Befragung der Hausbewohner?«

»Fehlanzeige.«

»Und die Putze, die ... die ...«

»Hilde Ritter. Nein, ihre Aussage stimmt. Wir haben alles überprüft.«

»Die Waffe?«

»Auch nichts.«

»Was ist mit den Angehörigen?«

»Sie haben die Wertsachen in der Wohnung inspiziert. Soweit sie es sagen können, ist nichts gestohlen worden.«

»Hm. Kommen sie als Täter in Frage?«

»Nein, absolut nicht! Zum einen waren sie nachweislich zur Tatzeit in Stuttgart auf einer Feier, zum anderen gibt es absolut kein Motiv. Keine größeren Geldbeträge zu erben, keine Immobilien, nichts. Außerdem habe ich zwar schon davon gehört, dass Kinder ihre Eltern und Eltern ihre Kinder umbringen, aber dass es Mörder gibt, die ihre Kinder *und* ihre Eltern umbringen, wäre wahrscheinlich ein Novum in der deutschen Kriminalgeschichte.«

»Hast ja Recht. Sonst was?«

»Ja. Wir haben Fingerabdrücke identifiziert, die weder von Störmers noch von der Putzfrau stammen. Unsere Datenbank meldet Fehlanzeige bei den anderen Abdrücken. Die Textilspuren stammen fast alle von Störmers. Mit einer Ausnahme. Auf einem Sessel fanden sich graue Baumwollfasern, die wir nicht zuordnen können. Die Schmutzpartikel auf dem Teppichboden finden sich zum größten Teil auch an den Schuhen der Opfer. Die, die nicht, bestehen aus einem Sand-Lehm-Gemisch.«

»Na toll. Bringt uns ja einen Riesenschritt weiter.« Hauptkommissar Rüdiger Brischinsky lief wie ein unter Hospitalismus leidender Tiger in dem Büro auf und ab und rauchte eine Zigarette nach der anderen. Plötzlich blieb er stehen. »Ich fahre zu dem Anwalt, dem Schlüter. Der muss doch mehr über die Firma *LoBauTech* wissen, als in dem Wisch hier steht.« Er wedelte mit dem Handelsregisterauszug. »Und du machst einen Termin mit den Steinkes. Vater und Sohn. Ich will die morgen hier sehen.«

»Morgen ist Samstag«, warf Baumann vorsichtig ein.

»Dann Montag«, rief Brischinsky im Hinausgehen.

Baumann atmete durch. Das Wochenende war gerettet.

Eine pflichteifrige Anwaltsgehilfin der Kanzlei *Schlüter und Partner* versuchte drei Minuten lang, Brischinsky aufzuhalten. Dann ließ der Hauptkommissar die protestierende Angestellte stehen und stürmte in das Büro des Anwalts und Notars Hans-Joachim Schlüter.

Der Mann saß an seinem Schreibtisch, über Schriftstücke gebeugt, und sah überrascht über seiner Lesebrille hoch. »Herr Hauptkommissar! Etwas überraschend Ihr Besuch.« Schlüter nahm die Brille ab und stand auf. »Bitte.« Der Notar zeigte auf eine Sitzgruppe im Bauhausstil.

Brischinsky ließ sich in einen der schwarzen Ledersessel fallen. »Herr Schlüter, Sie sind doch der Firmenanwalt von *LoBauTech*, nicht wahr?«

»Ja. Und der Anwalt der Familie Lorsow.«

»Ich habe eine Frage zum Unternehmen. In der Zeitung habe ich gelesen, dass *LoBauTech* in finanziellen Schwierigkeiten steckt. Stimmt das?«

Schlüter lehnte sich zurück. »Schwierigkeiten ist übertrieben. *LoBauTech* hat unter den Absatzverlusten im Bergbau gelitten und ist jetzt dabei, das Unternehmen neu zu positionieren, neue Absatzmärkte zu erschließen. Das geht nicht von heute auf morgen. Das erfordert Zeit und überlegtes Handeln. Das Management des Unternehmens wird die erforderlichen Schritte in Kürze einleiten, so viel kann ich Ihnen sagen.«

»Die Belegschaft scheint anderer Ansicht zu sein.«

»Ach was. Die Leute wurden durch einige Scharfmacher aufgehetzt. Aber das ist jetzt vorbei. Sogar der Betriebsrat hat mittlerweile erkannt, dass es besser ist, die Geschäftsführung in Ruhe ihre Arbeit tun zu lassen.«

»Tatsächlich?« Brischinsky erinnerte sich an den Auftritt des Betriebsratsvorsitzenden und meldete gedanklich Zweifel an.

»Ja.«

»Sagen Sie, Herr Schlüter, wem gehört eigentlich *Lo-BauTech?*«

Wenn sein Gegenüber durch die unerwartete Frage aus der Fassung geraten war, ließ er es sich nicht anmerken. »Ich wüsste beim besten Willen nicht, was Sie das angeht«, antwortete er kühl.

Brischinsky ärgerte sich. Es hätte ihm klar sein müssen, dass ein erfahrener Anwalt, der viele Stunden in Gerichtssälen verbrachte, ganz andere Schnellschüsse gewöhnt war.

»Ich habe hier einen Auszug aus dem Handelsregister. Leider fehlt darin der Hinweis auf die Eigentümer des Unternehmens.«

»Er fehlt nicht, eine Veröffentlichung der Gesellschafterliste ist im GmbH-Gesetz nicht vorgesehen«, erwiderte Schlüter eisig. »Bei einer GmbH wird das im Gesellschaftervertrag geregelt. Der liegt zwar auch beim Registergericht, kann aber nicht eingesehen werden. Es sei denn, ein Richter beschließt etwas anderes.«

»Sie kennen aber die Gesellschafter, oder?«

»Natürlich. Ich habe den Vertrag schließlich konzipiert.«

»Und Sie sind nicht bereit, mir den oder die Eigentümer zu nennen?«

»Wie käme ich dazu, Herr Brischinsky? Selbst wenn ich wollte, ich darf es nicht. Meine Schweigepflicht hindert mich daran.«

»Und Herr Lorsow?«

»Würde seinen Geschäftsführervertrag gegenüber den Gesellschaftern brechen, wenn er Ihnen diese Auskunft gäbe.«

»Also gibt es außer Lorsow noch andere Eigentümer«, folgerte Brischinsky.

»Das habe ich nicht gesagt. Herr Lorsow hat einen Vertrag mit der Gesellschaft *LoBauTech,* der unter anderem auch diese Dinge regelt.«

»Sie sind nicht sehr kooperativ, Herr Schlüter.«

»Ich darf nicht. Und im Übrigen will ich es auch nicht. Kann ich sonst noch etwas für Sie tun?«

»Nein, das war alles.« Brischinsky erhob sich.

»Sie finden den Ausgang allein?«, fragte der Rechtsanwalt nicht sehr konziliant.

»Danke, dass Sie mir Ihre Zeit geopfert haben.«

»Das habe ich gern getan, Herr Hauptkommissar.« Das unbewegliche Gesicht des Anwaltes sagte das Gegenteil.

Arschloch, dachte Brischinsky, als er die Tür hinter sich schloss.

33

»Heiner, könnte es doch einen Zusammenhang geben zwischen den Morden an Störmers und dem an Pawlitsch?« Brischinsky zog gedankenverloren an seiner Zigarette. »Ich werde dieses Gefühl einfach nicht los.«

»Kann ich mir nicht vorstellen. Außer der Tatsache, dass zwei der Opfer Knappschaftsrentner waren, sehe ich keine Parallelen.«

»Keine Parallelen? In beiden Fällen kaum verwertbare Spuren und, was noch schlimmer ist: Es gibt kein Motiv! In beiden Fällen kein Motiv! Warum legt jemand planmäßig und skrupellos drei Menschen um? Warum einen Rentner, der auf dem Heimweg ist? Es ist zum Aus-der-Haut-Fahren!« Der Hauptkommissar ließ sich auf seinen Bürostuhl fallen. »Hast du dich wirklich bei allen Verwandten und Freunden Pawlitschs erkundigt, ob sie Lorsow kennen?«

»Sofern wir sie kennen und mit Ausnahme von Paul Steinke, ja. Aber den können wir ja gleich noch befragen.«

»Und die Alibis?«

»Hieb- und stichfest.«

»Scheiße. Sonst etwas Brauchbares?«

Baumann schüttelte nur den Kopf.

Brischinsky schlug mit der Faust auf den Schreibtisch. »Verdammt noch mal. Was ist mit der Mordwaffe?«

»Auch nichts Neues.«

Brischinsky dachte nach und griff zum Telefon. »Könnte ich bitte Kriminalrat Wunder ... – Ja, ich warte ... – Brischinsky hier. Herr Wunder, ich möchte ein Foto der Tatwaffe im Fall Störmer veröffentlichen. – Ja, ich glaube schon. Könnten Sie mit der Staatsanwaltschaft wegen einer Belohnung sprechen? – Das dürfte reichen. Möglicherweise ist einer der früheren Besitzer bereit, auszusagen ... – Selbstverständlich halte ich Sie auf dem Laufenden. – Wiederhören, Herr Wunder.« Er legte auf. »Vielleicht erfahren wir so, wie die Pistole ihren Weg aus den USA über Hamburg nach Recklinghausen gefunden hat.«

»Glaube ich nicht«, meinte Baumann.

Brischinsky brauste auf. »Ich doch auch nicht. Aber hast du eine bessere Idee? Wir können doch hier nicht rumsitzen und Däumchen drehen. Scheißjob.« Er steckte sich eine neue Zigarette in den Mund. »Gibt's noch einen Kaffee?«

»Draußen am Automaten. Unsere Maschine ist immer noch im Eimer. Ich kaufe keine neue. Ich hab die letzte ...«

»Ist ja gut. Ich besorge so 'n Ding. Morgen. Oder warte, am Montag. Nee, lieber ...«

Es klopfte und Paul Steinke und sein Sohn Peter betraten das Büro der beiden Polizisten. Baumann wischte Akten und Zeitschriften von zwei altersschwachen Bürostühlen und bot den Steinkes die Sitzgelegenheiten an.

»Herr Steinke«, wandte sich der Hauptkommissar an den Älteren und kramte das Bild Friedhelm Lorsows aus den Unterlagen. »Kennen Sie Herrn Lorsow?« Er hielt Paul Steinke das Foto hin.

»Kennen ist zu viel gesagt. Ich habe Doktor Lorsow zwei- oder dreimal auf einer Jubiläumsfeier von früheren Kollegen von *LoBauTech* gesehen.«

»Jubiläumsfeier? Hat Sie Ihr Sohn eingeladen?«

»Mein Sohn? Nein, wie kommen Sie darauf?« Steinke sah den Polizisten verwundert an.

»Was haben Sie denn auf Feiern von *LoBauTech* ...?« Brischinsky schoss ein Gedanke durch den Kopf. »Sagen Sie bloß, Sie waren früher in der Firma beschäftigt?«

»Ja, natürlich. Bis vor fünf Jahren. Ich musste in den vorgezogenen Ruhestand. Ausgemustert worden, wie es so schön heißt. Wegen eines Herzinfarktes. Mit 59 in die Rente.« Die Bitterkeit in seiner Stimme war nicht zu überhören.

»Wieso kannten Sie dann Herrn Lorsow nicht persönlich?«

»Der junge Lorsow ist erst nach meinem Ausscheiden in die Firma eingetreten. Das war ...?« Der Rentner sah Hilfe suchend zu seinem Sohn hinüber.

»1996«, half Peter Steinke.

»Ja, genau. 1996. Friedhelm Lorsow hat nicht mit seinem Vater zusammengearbeitet. Die beiden hatten Meinungsverschiedenheiten, hieß es gerüchteweise im Betrieb. Ich habe nicht viel auf dieses Gerede gegeben. Sie wissen ja, wie die Leute so sind. Nach dem Tod des alten Lorsow hat erst der Prokurist, Herr Derwill, für etwa ein Jahr ... Das stimmt doch, Peter?« Der Betriebsratsvorsitzende nickte. »Also, für ein gutes Jahr die kommissarische Geschäftsführung übernommen, bis der junge Doktor ... Aber eigentlich weiß das mein Sohn alles viel besser. Ich war ja schon im Ruhestand.« Steinke spuckte das letzte Wort fast aus, als sei ihm übel.

»Sie kannten Lorsow also nur von Betriebsfesten?«, vergewisserte sich Baumann.

»Jubilarfeiern! Nicht Betriebsfeste! Wenn mich meine früheren Kollegen einluden. Auf den Betriebsfesten waren wir Ehemaligen nie. Dafür war kein Geld da. Selbst

Peter konnte da nichts machen. Wir haben unsere Gesundheit für den Laden geopfert, aber dann hieß es: Der Mohr hat seine Schuldigkeit getan, der Mohr kann gehen. Das hätte es bei dem alten Lorsow nie gegeben, das nicht. Der wusste, was er an seinen Leuten hatte. Aber als der Sohn dann aus Hamburg zurückkam, da ...«

»Hamburg?« Baumann warf Brischinsky einen raschen Blick zu.

»Ja, Hamburg«, ergänzte Peter Steinke. »Herr Doktor Lorsow war dort bis zu seinem Wechsel in einer anderen Firma tätig.«

»Aha.« Baumann machte sich Notizen. »Wissen Sie zufällig, um welches Unternehmen es sich gehandelt hat?«

»Nein. Aber es hieß, er sei Einkäufer gewesen.«

Brischinsky schaltete sich wieder ein. »Waren Ihr Freund Georg Pawlitsch und Friedhelm Lorsow miteinander bekannt?«

»Georg? Nee, nicht dass ich wüsste.«

»Aber Sie müssten doch Frau Roswitha Müller kennen, oder?«

»Ist das nicht die Chefsekretärin?«

»Das ist sie.«

»Nee, habe ich nie gesehen. Die ist auch erst nach meiner Zeit gekommen.«

Der Hauptkommissar sah Peter Steinke aufmerksam an. »Kannten Sie eigentlich Georg Pawlitsch?«

»Selbstverständlich. Wie Sie wissen, waren mein Vater und er eng befreundet. Georg war wie die anderen Freunde meines Vaters häufiger bei ihm zu Gast. Auf Geburtstagsfeiern zum Beispiel.«

»Wann haben Sie Pawlitsch zuletzt gesehen?«

»Warten Sie ... Ich glaube, das war bei uns im Garten. Anlässlich eines Grillfestes im Spätsommer. So Mitte, Ende September.«

»Danach nicht mehr?«

»Nein.«

»Herr Steinke, wo waren Sie an dem Abend, als Georg Pawlitsch ums Leben kam?«

Peter Steinke machte Anstalten aufzustehen. »Das ist doch wohl nicht Ihr Ernst?«

»Doch, ist es. Sie kennen doch den Spruch: Reine Routine. Also?«

»Das war am ...?«

»24. November. Ein Dienstag.«

Steinke holte einen Kalender aus der Tasche und blätterte darin. »Bis gegen 22 Uhr auf einer Gewerkschaftsversammlung. Im DGB-Haus in der Dorstener Straße. Es ging um die neue Tarifrunde. Ich bin Mitglied der Tarifberatungskommission. Später bin ich dann noch mit einigen Kollegen ein Bier trinken gegangen. Das können Sie nachprüfen«, setzte er mit erregter Stimme hinzu.

»Das werden wir tun. Heiner ...« Baumann machte sich eine Notiz.

»Und Sie?«

»Ich?« Der Rentner sah Brischinsky erschrocken an. »Sie glauben doch wohl nicht, dass ich Georg ...«

»Wir glauben zunächst nichts, sondern ermitteln. Beantworten Sie bitte meine Frage.«

»Zu Hause. Ich war in meiner Wohnung. Den ganzen Abend.«

»Gibt es dafür Zeugen?«

»Zeugen? Wie soll das denn jemand bezeugen können?«

»Ich frage ja nur. Und was haben Sie am Vormittag gemacht?«

Steinke dachte nach und empörte sich dann. »Das weiß ich beim besten Willen nicht mehr. Wenn Sie aber andeuten wollen, ich hätte Georg überfahren, muss ich Sie enttäuschen: Ich habe keinen Führerschein. Ich hätte mich mit einem Wagen schon nach hundert Metern um die nächste Laterne gewickelt.«

Baumann schrieb mit und Brischinsky wandte sich unvermittelt wieder dem jungen Steinke zu. »Und Sie?

Was haben Sie am Vormittag des 24. November gemacht?«

»Gearbeitet. Dafür gibt es Dutzende von Zeugen. Außerdem hat unser Zeiterfassungssystem meine Anwesenheit im Betrieb registriert.«

»Danke. Sagen Sie, kennen Sie eine Familie Störmer?«

»Nein, warum?«

»Sie?«

Der Rentner schüttelte stumm den Kopf.

»Hier, sehen Sie sich bitte diese Personen an.« Er reichte ihnen die Fotos der ermordeten Störmers. »War einer von ihnen möglicherweise in letzter Zeit bei der Firma *LoBauTech*? Oder haben Sie sie an anderer Stelle gesehen?«

Beide verneinten.

Enttäuscht schmiss der Hauptkommissar die Bilder zurück auf den Schreibtisch. »Mir ist bei unserem letzten Besuch eine gewisse ... nennen wir es Unruhe ... bei *LoBauTech* aufgefallen. Können Sie dazu etwas sagen?«

Peter Steinke rutschte unruhig auf seinem Stuhl hin und her. »Ich weiß nicht, ob ich Ihnen das verständlich machen kann ...«

»Versuchen Sie es doch einfach.«

»Die Kollegen haben Angst um ihren Arbeitsplatz. Der Absatzeinbruch wegen der Förderreduzierung in der Kohle. Wir benötigen dringend neue Aufträge.«

»Dann stimmt es also, dass *LoBauTech* in Schwierigkeiten ist?«

»Es gab einige Probleme, das stimmt.«

»Gab?«, wunderte sich Brischinsky.

»Die Geschäftsführung steht in Verhandlungen mit einem Investor ... Aber bitte verstehen Sie, mehr kann ich Ihnen nicht ... Ich weiß auch nicht ... Da müssten Sie schon Herrn Doktor Lorsow direkt ansprechen.«

»Verstehe ich vollkommen. Gut, meine Herren.« Brischinsky stand auf. »Danke für Ihr Kommen. Und, wenn Sie so freundlich wären, meinem Mitarbeiter die Namen und wenn möglich die Anschriften Ihrer Kollegen zu geben, mit denen Sie am fraglichen Abend noch ein Bier getrunken haben? Danke.«

Der Hauptkommissar verabschiedete sich von den beiden Steinkes, die Baumann auf den Flur begleitete.

Als der Kommissar nach einigen Minuten zurückkehrte, lag Brischinsky mehr, als dass er saß, auf seinem Bürostuhl, beide Beine übereinander geschlagen und war in die neueste Ausgabe von *Meine Familie und ich* vertieft.

»Was hältst du davon?«, wollte Baumann von seinem Vorgesetzten wissen.

»Ich nehme an, du meinst unser Gespräch eben und nicht diese köstlichen Wan Tan mit Sauerkraut?«, fragte Brischinsky zurück. »Unergiebig. Ich bin sicher, dass der alte Steinke wirklich kein Auto fahren kann. Prüf das. Und sein Sohn hat ein bombensicheres Alibi. Trotzdem, check das ab. Außerdem haben beide nicht das geringste Motiv. Nein, die Steinkes haben mit dem Mord an Pawlitsch nichts zu tun. Und auch nicht mit dem an den Störmers. Keine Reaktion, als ich Ihnen die Bilder gezeigt habe. Irgendwas habe ich übersehen. Aber was? Ich zermartere mir das Hirn ...« Brischinsky suchte in seiner Hemdtasche erfolglos nach seiner Zigarettenschachtel. Dann fiel ihm ein, dass er die leere Packung eben dem Papierkorb übereignet hatte. »Scheiße.«

»Was?«

»Nichts. Ich habe nur keine Zigaretten ... Natürlich, das ist es!« Brischinsky sprang auf. »Jetzt weiß ich wieder, warum mir der Name Rabenstein bekannt vorkam. Der Mann aus dem Seniorenheim, der Nachbar von Kattlowsky, hieß so. Vielleicht ist das das Missinglink zwischen Pawlitsch und Lorsow. Dem müssen wir nachgehen! Heiner, stell bitte fest, in welcher Firma Lorsow in Hamburg gearbeitet hat. Erkundige dich bei unseren Kollegen dort, ob nach deren Wissen dieser Laden irgendwelche Kontakte zum Rotlichtmilieu hat. Oder ob ihnen unser Doktor Lorsow schon mal über den Weg gelaufen ist.«

»Dass Lorsow früher in Hamburg war, ist mir eben zwar auch aufgefallen, aber etwas dürftig ist das schon. Findest du nicht?«

Brischinsky seufzte tief. »Klar. Aber ein Ertrinkender greift nach jedem Strohhalm. Hast du ein Fünfmarkstück? Oder etwas Kleingeld?«

»Warum?«

»Zigaretten!«

»Nein.«

»Du hast nicht nachgesehen«, stellte Brischinsky vorwurfsvoll fest.

»Brauche ich nicht. Wenn ich ›Zigaretten‹ höre, ist automatisch Ebbe in meiner Kasse.«

»Und so einer nennt sich Kollege«, maulte Rüdiger Brischinsky und unterbrach die Fahndung nach dem oder den Mördern, um sich stattdessen auf die Suche nach neuem Suchtgift zu begeben.

34

Glücklicherweise hatte der ehemalige Fotograf der *WAZ* seine Heimatstadt Castrop-Rauxel nach seinem Ausscheiden aus dem aktiven Berufsleben nicht verlassen. Da sich Walter Terboven mit seinen damaligen 65 Jahren noch zu jung für das Rentnerdasein gefühlt hatte, machte er bis heute noch das, was er am besten konnte: Fotos. Ereignisse von überregionaler Bedeutung, für die sich Agenturen interessierten, waren in Castrop leider eher selten, eigentlich noch nie vorgekommen. Daher fotografierte Walter Terboven nach wie vor Einweihungen öffentlicher Gebäude und Verkehrsunfälle und verkaufte das eine oder andere Bild an seinen früheren Arbeitgeber. Terboven wurde allerdings den Verdacht nicht ganz los, dass der Leiter der Lokalredaktion ihm seine

Produkte mehr aus alter Verbundenheit denn aus Überzeugung abkaufte. Vereinzelt gab auch ein Privatkunde den Auftrag, eine Familienfeier möglichst professionell abzulichten. Jedenfalls stand er aus diesen Gründen immer noch mit Namen und Berufsbezeichnung im Telefonbuch: *Walter Terboven, Fotograf.*

Es war dieser Eintrag, der es Rainer Esch ermöglichte, am Montagnachmittag direkt nach einem Gerichtstermin auf den Klingelknopf zu drücken, neben dem der Name des Fotografen stand.

Der 74-Jährige, der öffnete, trug eine verbeulte dunkelblaue Stoffhose, die mit breiten Hosenträgern daran gehindert wurde, in Richtung Kniekehlen zu rutschen. Das rot-schwarz karierte, grobe Baumwollhemd mit aufgekrempelten Ärmeln hätte gut in einen kanadischen Wald gepasst. Die Füße Terbovens steckten in Filzlatschen, die mindestens zwei Nummern zu groß waren. Dem Rentner klebte eine Zigarette im Mundwinkel, deren Qualm langsam an seinen Augen vorbeizog, was Terboven aber nicht zu stören schien.

»Sie sind also Esch«, stellte Walter Terboven nach ihrer Begrüßung fest. Dabei musterte er den Anwalt sorgfältig. »Ich bin nicht ganz schlau geworden aus dem, was Sie mir am Telefon erzählt haben. Sie haben ein altes Bild von mir gefunden und wollen jetzt, dass ich Ihnen sage, was auf dem Foto drauf ist?« Terboven sog den Rauch seiner Zigarette tief ein.

Rainer steckte sich auch eine an. »Nicht ganz. Ich habe ein Bild von Ihnen aus den 50er-Jahren.« Er reichte dem Journalisten das Foto. »Ich möchte wissen, wer die Männer darauf sind.«

»Warum?« Terboven warf einen flüchtigen Blick auf das Bild, legte es auf den Tisch und sah seinen Besucher mit gespannter Aufmerksamkeit an.

Diese Frage hatte der Anwalt erwartet. Er hoffte, dass seine Legende des eifrigen Studenten der Geschichtswissenschaft auch bei Terboven Bestand hatte.

»Geschichtsstudent, aha.« Terboven griff erneut zu dem Foto. »Lernt man da heute, dass man das, was einen   interessiert, einfach aus den Quellen herausreißen darf? Wo haben Sie den Zeitungsausschnitt her? Aus dem Archiv meines früheren Brötchengebers?«

Esch verspürte ein schlechtes Gewissen. »Nee, Stadtarchiv. Da war kein Kopierer in der Nähe«, setzte er hastig hinzu.

»Kein Grund, gesammelte Zeitungen zu zerfleddern.« Terboven schüttelte den Kopf. »Wenn Sie mir versprechen, den Ausschnitt mit Tesafilm wieder in die Zeitung einzukleben, sehe ich in meinen Unterlagen nach, ob ich die Namen für Sie finden kann.«

Rainer nickte eilig mit dem Kopf.

»Gut. Kommen Sie.« Terboven stand auf. »Wann war das genau?«

»Das Bild war in der Ausgabe vom 5. September 1951.«

Der Fotograf betrat sein Arbeitszimmer. Rainer hielt unwillkürlich den Atem an. So etwas hatte er noch nie gesehen: Raumhohe Regale bedeckten jeden freien Quadratzentimeter Wandfläche. In den Regalen standen Hunderte von Aktenordnern, jeder trug eine Monats- und Jahresangabe auf dem Rücken. Unzählige, etwa 50 Zentimeter lange Karteikästen aus Holz waren ebenfalls mit Jahreszahlen beschriftet. Auf einem großen Schreibtisch in der Mitte des Raumes stapelten sich unterschiedlich große Fotografien in Schwarzweiß und in Farbe.

»In den Ordnern lagern meine Negative, in den Karteikästen die Informationen zu meinen Bildern. Sehen Sie.« Terboven griff zu einem Kasten mit der Aufschrift 1951 und öffnete ihn. Darin fanden sich Unterteilungsreiter für jeden Monat des betreffenden Jahres und dazwischen eng beschriebene Karteikarten. »September. Und der fünfte. Hier haben wir es.« Terboven fischte eine

Karte heraus. »Jetzt vergleichen wir das Negativ mit dem Zeitungsausschnitt ... Das Bild ist zwei Tage vor der Veröffentlichung entstanden, also am 3. September.« Der Rentner ging an den Regalen entlang, bis er den richtigen Ordner gefunden hatte. Er enthielt, ebenfalls nach Datum geordnet, Blätter mit Einschüben aus Klarsichtfolie, in denen die Negativstreifen ruhten. Terboven suchte einen Moment im Ordner, nahm einen der Streifen heraus und hielt ihn gegen die Deckenbeleuchtung. »Kein Zweifel, das ist es.«

Die Negative kamen zurück an ihren Platz und der Ordner wanderte wieder ins Regal. Dann sah Walter Terboven erneut auf die Karteikarte. »Das Bild ist mit meiner alten Leica gemacht worden. Blende 8, Belichtungszeit eine 250zigstel Sekunde. 21 DIN Lichtempfindlichkeit. Das war schon eine tolle Kamera. Interessieren Sie sich für Fotografie, Herr Esch?«

Rainer interessierte sich im Moment nur für die Buchstaben auf der Karteikarte. Nur dafür. »Was steht auf der Karte?«, wollte er wissen.

»Ja, das war der Besuch des bildungspolitischen Ausschusses des *Zentrums* in der Volksschule Rauxel.«

»Können Sie mir sagen, wer die Männer auf dem Foto sind?«

»Natürlich kann ich das. Oben stehen von links Adolf Junge, Siegesmund Schmidt, Paul Kunckel, Gerhard Müller. Und unten von rechts Adolf Grosser, Heinz Schallowki, Johann Lorsow, Max ...«

Esch erstarrte. »Entschuldigen Sie«, sagte er tonlos. »Können Sie das bitte noch einmal wiederholen? Die Namen in der unteren Reihe?«

»Natürlich. Adolf Grosser, Heinz Schallowki, Johann Lorsow, Max Schulze und Heinrich Knüssel.«

Rainer steckte sich mit zitternden Fingern eine neue Reval an und zog den Rauch bis tief in die letzten Verästelungen seiner Lungenflügel. Johann Lorsow war der Dritte links unten. Der Nazimörder hieß Lorsow. Und

Georg Pawlitsch war mit einem Fahrzeug umgebracht worden, das Friedhelm Lorsow gehörte. Das konnte kein Zufall sein! »Sagen Sie, Herr Terboven, dieser Johann Lorsow, können Sie sich an den Mann erinnern?«

»Flüchtig. Der hatte eine Firma in der Innenstadt, warten Sie ... Ich glaube, ich habe da doch noch ein Foto ...« Er kramte in einem Karteikasten. »Hier.« Er zog eine Karte hervor und las die Notiz darauf. »Nein, keine Firma. Ein Geschäft. Für Lampen und so etwas. Aber nicht für Haushaltslampen, sondern mehr Industrieleuchten. Am Lambertusplatz 7. Ja, richtig. Ist mit dem Bergbau in der Nachkriegszeit groß geworden. Wenn ich mich recht erinnere, hat der später seinen Firmensitz nach Recklinghausen verlegt. Aber wann das war? Tut mir Leid, da muss ich passen.«

»Herr Terboven, Sie haben mir wirklich sehr geholfen.«

»Gern geschehen. Und, Herr Esch ...«

»Ja?«

»Vergessen Sie das Stadtarchiv nicht.«

»Ich verspreche es.«

Der alte Fotograf begleitete Rainer zur Tür.

»Herr Terboven, eine Frage habe ich noch. Hat sich in letzter Zeit noch jemand nach diesem Bild erkundigt?«

»Nein, warum?«

»Nur so eine Frage.«

Auf der Rückfahrt überlegte Rainer, wie er weiter vorgehen sollte. Er musste Nachforschungen über die Verwandtschaftsverhältnisse der Familie Lorsow anstellen. Vorher aber würde er den Zeitungsausschnitt kopieren. Und dann den Gang nach Canossa antreten. Sein Canossa hieß Stadtarchiv Castrop-Rauxel.

Rainer beschäftigte noch eine andere Frage. Wenn Georg Pawlitsch nicht über den Fotografen an den Namen Johann Lorsow herangekommen war, wie dann? Und: Hatte Pawlitsch die Identität des Nazimörders überhaupt gekannt?

Im Haus Lambertusplatz 7 befand sich in der unteren Etage die Agentur einer großen Versicherung. Rainer betrat die Büroräume und benötigte zehn Minuten, um dem Vertreter am Tresen klarzumachen, dass er keine Haftpflichtversicherung abschließen, sondern Informationen über die Vergangenheit des Gebäudes und das Geschäft Lorsows haben wollte.

Als der Versicherungsfritze registrierte, dass mit seinem Besucher kein Geschäft zu machen war, verflog seine aufgesetzte Freundlichkeit. »Sie haben Probleme! Woher soll ich das denn wissen?«

»Hätte ja sein können.«

»Hätte. Ist aber nicht. Sonst noch was?«

Rainer schüttelte den Kopf.

Ein anderer Beschäftigter der Agentur, der weiter hinten im Raum an einem Schreibtisch saß und die kurze Unterhaltung anscheinend verfolgt hatte, meldete sich zu Wort: »Unsere Gesellschaft hat das Gebäude vor etwa zwanzig Jahren erworben. Fragen Sie mich jetzt bloß nicht, von wem.« Er hob entschuldigend beide Hände. »Aber im zweiten Stock wohnt schon seit Ewigkeiten eine alte Dame, vielleicht kann die Ihnen weiterhelfen.«

Rainer bedankte sich für den Hinweis.

»Und wenn Sie doch einmal eine Versicherung benötigen, denken Sie an uns.«

»Klar.«

Friederike Klingenthal machte ein misstrauisches Gesicht, als sie nach Rainers Klingeln durch den geöffneten Türspalt lugte. »Ja, bitte?«

»Guten Tag. Ich bin Rainer Esch. Ich interessiere mich für das Geschäft, das sich nach 1945 im Erdgeschoss befand. Können Sie mir weiterhelfen?«

»Warum?«

»Warum Sie mir helfen sollen? Ich möchte …«

»Nein. Was interessiert Sie an dem Laden?«

»Eigentlich interessiert mich nicht das Geschäft, sondern sein Besitzer.«

»Dieser Lorsow?«

Rainer war verblüfft. »Sie kennen ihn?«

»Ich kannte ihn, leider. Er ist schon tot. Was haben Sie mit ihm zu schaffen?«

»Nichts. Ich möchte lediglich mehr über ihn erfahren.«

»Warum?«, fragte die alte Dame zum zweiten Mal.

»Die Geschichte ist so, ich ...«

»Erzählen Sie sie mir.«

Die Tür wurde geschlossen. Rainer hörte, wie eine Sicherungskette gelöst und ein Schlüssel gedreht wurde. Dann öffnete Friederike Klingenthal. Sie war mindestens achtzig Jahre alt und stützte sich beim Gehen auf einen Stock. »Kommen Sie.« Sie schlurfte vor dem Anwalt in ihr Wohnzimmer und zeigte auf das Sofa. »Setzen Sie sich. Und erzählen Sie.«

Rainer entschloss sich, der alten Dame ebenfalls die Legende vom Geschichtsstudenten aufzutischen. Als er geendet hatte, schnaubte Friederike Klingenthal: »Lorsow war ein Schwein!«

»Wie bitte?«, fragte Rainer überrascht.

»Er war ein Schwein«, antwortete seine Gastgeberin unbeirrt. »In diesem Haus haben schon meine Eltern gewohnt. Ich wurde hier geboren. Damals gehörte das Gebäude und das Geschäft unten im Erdgeschoss noch einer jüdischen Familie. Sie handelten mit Industrieleuchten, einer der Hauptabnehmer war die Zeche *Erin* hier in Castrop. Lorsow war erst Lehrjunge, später Verkäufer in dem Laden. Noch bevor die Nazis an die Macht kamen, trat Lorsow der SA bei, dann auch der NSDAP. Er machte schnell Karriere. Schon vor Kriegsausbruch wurde das Eigentum der jüdischen Besitzer zwangsarisiert. So genannter kommissarischer Verwalter und späterer neuer Inhaber wurde ausgerechnet der frühere Lehrjunge: Johann Lorsow. Herr Löw erzählte meinem Vater, dass er Haus und Geschäft für lediglich 5.000

Reichsmark an Lorsow verkaufen musste, zu monatlichen Raten von zweihundert Mark. Kurz danach deportierten die Nazis die Familie. Ich habe sie nie wieder gesehen. Nach dem Krieg gab es eine Untersuchung des Zwangsverkaufes, da es aber keine Erben gab, die Ansprüche stellten ... Das Verfahren wurde schon bald wieder eingestellt.«

»Hatte dieser Johann Lorsow Familie?«

»Er war verheiratet. Kurz nach der Geburt seines Sohnes haben sie das Haus verkauft und sind nach Recklinghausen gezogen. Dieser Verbrecher hat sich fremdes Eigentum angeeignet und ist damit reich geworden. Mehr weiß ich nicht und will ich auch nicht wissen.«

»Können Sie sich an den Namen des Jungen erinnern?«

»Sicher. Er hieß Friedhelm.«

Ein Gedankenfetzen schob sich in sein Bewusstsein, wurde deutlicher. Das Gespräch mit Rastevkow kam ihm in den Sinn. Und dann hatte er es, klar und ungeheuerlich: »Frau Klingenthal, wie hieß Herr Löw mit Vornamen?«

»Abraham. Abraham Löw.«

Rainer schluckte und stammelte: »Danke. Sie haben mir sehr geholfen.«

In seinem Büro durchwühlte Esch hektisch die Stapel juristischer Fachzeitschriften, die meist ungelesen seine Regale zierten. Nach längerer Suche wurde er fündig. Er las den Artikel über das alliierte Restitutionsrecht. Danach galt jeder Verkauf jüdischen Besitzes in der Nazizeit als ungesetzlicher Zwangsverkauf; es sei denn, der neue Eigentümer konnte zweifelsfrei nachweisen, dass das Objekt zu einem normalen Preis gekauft und das Geld auch in voller Höhe dem früheren jüdischen Eigentümer zugeflossen sei. Davon konnte bei Abraham Löw nun wirklich nicht die Rede sein.

Rainer vertiefte sich wieder in den Artikel: Sollten die früheren Eigentümer nicht überlebt haben oder keine Erben vorhanden sein, waren die alten Besitz- oder Erstattungsansprüche in voller Höhe auf die *Conference of Jewish Material Claims against Germany* übergegangen. In den Jahren vor der Vereinigung der beiden deutschen Staaten waren solche Verfahren in der Bundesrepublik weitgehend abgeschlossen oder eingestellt worden. Auch den westlichen Alliierten lag mehr an einem wirtschaftlich starken Deutschland als an Gerechtigkeit. Fünfundvierzig Jahre nach Kriegsende hatte sich das geopolitische Klima aber geändert. Auf dem Gebiet der früheren DDR war es zu jahrelangen juristischen Auseinandersetzungen über solche unklaren Besitzverhältnisse gekommen, die jede Investitionstätigkeit in davon betroffenen Betrieben verhinderten.

Esch zog an einer Zigarette und dachte nach: Augenscheinlich war der Verkauf des Eigentums der Familie Löw an Johann Lorsow auch nach heutigem Recht ungesetzlich. Die *Conference of Jewish Material Claims* dürfte also einen Erstattungsanspruch gegenüber den Erben Johann Lorsows haben, der sich in seiner Höhe nach dem heutigen Verkehrswert des Gebäudes und des Geschäftes richten dürfte. Das würde bedeuten ...

Rainer war wie elektrisiert: Ein cleverer Jurist würde eine direkte Beziehung zwischen dem Löw'schen Geschäft für Industrieleuchten und der Firma *LoBauTech* herstellen und eine Übereignung oder entsprechende Entschädigung fordern. Unabhängig davon, ob eine solche Konstruktion rechtlichen Bestand hätte, dürfte eine juristische Auseinandersetzung über die tatsächlichen Eigentumsverhältnisse der Firma schweren wirtschaftlichen Schaden zufügen. In den neuen Bundesländern gab es dafür zahllose Beispiele. Und wirtschaftliche Probleme schien der Laden ja nun genug zu haben, wenn die Presseveröffentlichungen stimmten.

War Georg Pawlitsch deshalb umgebracht worden? Hatte er zu tief in der braunen Vergangenheit Lorsows gegraben? Und: Gefährdeten Pawlitschs Entdeckungen die Zukunft des Unternehmens *LoBauTechs?*

35

Es gibt Tage, die aus dem Kalender gestrichen werden müssten, da an ihnen – getreu Murphys Gesetz – alles, was schief gehen kann, auch schief geht. Dienstag, der 14. Dezember war so ein Tag.

Rainer hatte sich mit Elke Schlüter, die am Herner Amtsgericht einen Termin wahrnehmen musste, in der Innenstadt verabredet, um mit ihr über Georg Pawlitsch zu sprechen und anschließend essen zu gehen. Sie trafen sich gegen vier Uhr nachmittags in einem Café in der Behrensstraße. Da der Laden Elke nicht gefiel, wechselten sie die Lokalität und suchten sich einen Platz im Weinbistro *Julius.* Sie waren die einzigen Gäste und entschieden sich für den Tisch direkt neben der Theke. Ein schlanker junger Kellner mit viel Gel im blonden Haar fragte nach ihren Wünschen. Rainer orderte zwei San Pellegrino und zwei trockene offene Pfälzer Riesling, was bei dem Kellner eine hektische Betriebsamkeit hervorrief. Minuten später tauchte er wieder auf und bat sie, doch einen Blick in die Getränkekarte zu werfen, was Rainer mit großem Interesse auch tat. Eschs Lieblingstropfen gab es nur in Flaschen. Der Anwalt glaubte zwar eine ganze Pulle problemlos verzehren zu können, verzichtete aber nach kurzer Rücksprache mit Elke nicht zuletzt wegen der Kosten darauf. Sie wollten ja nur ein Glas trinken.

Der Kellner vergrub sich erneut hinter den Tresen und förderte wenig später eine 0,375-Liter-Flasche zu Tage, die er Rainer stolz präsentierte.

Esch warf einen flüchtigen Blick auf das Etikett. *Mosel-Saar-Ruwer* las er und: *Riesling*. Er nickte. Kurz darauf stand die Miniflasche im Kühler auf ihrem Tisch. Den Probierschluck schenkte sich der Kellner und goss die Gläser voll.

»Puh, was ist denn das? Ich hatte doch einen trockenen Wein bestellt.«

Auch Elke verzog das Gesicht, nachdem sie den Rebensaft gekostet hatte. »Er hat ihn dir aber gezeigt.«

»Ja ... schon. Ich habe bloß nicht richtig hingesehen, sondern unterstellt, dass wir auch einen trockenen ... Na gut, ich halte die Klappe.«

»Also, was wolltest du von mir in Sachen Pawlitsch? Du weißt, ich darf dir keine Informationen geben, die wir von unserem Mandanten ...«

»Schon gut. Du sollst keinen Parteiverrat begehen. Ich möchte nur deine Meinung hören.«

»Worüber?«

»Ich glaube, dass Lorsow etwas mit dem Mord an Pawlitsch zu tun hat.«

»Du spinnst.«

»Nein, hör mir doch bitte erst zu. Ich weiß aus den Ermittlungsakten der Polizei, dass Pawlitsch mit Lorsows Mercedes angefahren wurde.«

»Na und? Lorsow ist der Wagen gestohlen worden. Er hat die Sache der Polizei gemeldet und das war es.«

»Warte. Pawlitsch war Hobbyhistoriker. Er wollte gemeinsam mit Freunden die Geschichte der Schachtanlage *Erin* in Castrop aus der Sicht der Bergleute dokumentieren. Geschichte von unten.«

»Ich verstehe nicht ...«

»Bei seinen Recherchen ist er auf einen Mann namens Pjotr Rastevkow gestoßen. Der war früher als Zwangsarbeiter auf dem Pütt tätig und ist aus verschiedenen Gründen nach dem Krieg in Deutschland geblieben. In den letzten Kriegstagen, kurz vor der Befreiung durch die Alliierten, hat Rastevkow gesehen, wie ein Nazi während eines Bombenangriffs zwei Zwangsarbeiter und einen deutschen Bergmann erschossen hat.«

»Warum hat der das getan?«

»Die Zwangsarbeiter wollten in einen Bunker flüchten, der Nazi war dagegen, ein Bergmann, Jupp war sein Name, hat sich eingemischt, tja ...«

»Was hat das mit Lorsow zu tun? Er ist etwas über fünfzig. Der war damals noch gar nicht auf der Welt.«

»Stimmt. Der Mörder war sein Vater.«

»Sein Vater?« Elkes Unterkiefer klappte vor Verblüffung nach unten. »Woher weißt du das?«

»Rastevkow hat den Täter einige Jahre nach dem Krieg auf einem Zeitungsfoto wieder erkannt. Das hat er mir selbst erzählt. Der Mann, ein mittlerweile honoriger Bürger, Geschäftsmann und Mitglied der Zentrumspartei, später der CDU, war im Kreis seiner damaligen Parteifreunde abgebildet. Rastevkow hat mir das Bild beschrieben. Ich habe recherchiert und den Namen herausbekommen. Während meiner Nachforschungen habe ich erfahren, dass auch Pawlitsch nach diesem Bild gesucht hat und schließlich Lorsows Vater identifiziert haben muss.«

»Und das glaubst du?«

»Der Mann auf dem Bild ist ohne Zweifel Johann Lorsow.«

»Kann ja sein. Aber was heißt das? Gibt es irgendwelche Hinweise in alten Akten, die die Geschichte von Rastevkow bestätigen?«

»Es war ein Bombenangriff! Außerdem: Wer hat denn in dieser Zeit noch Akten geführt?«

»Dann hast du also nur die Aussage dieses Rastevkows?«

»Ja.«

»Und wo steckt der Mann?«

»Keine Ahnung.«

»Was heißt keine Ahnung? Hast du seine Anschrift nicht?«

»Nein.«

»Telefonnummer?«

»Auch nicht.«

»Wie bist du auf den angeblichen Zeugen gestoßen?«

»Er hat mich angerufen und sich mit mir am Schloss Strünkede verabredet.« Rainer erzählte ihr die Geschichte.

Elke schüttelte den Kopf. »Der Kerl ist ein Psychopath. Warum, frage ich dich, ist dieser geheimnisvolle Rastevkow nicht zur Polizei gegangen?«

»Er hat befürchtet, dass ihm keiner glaubt.«

»Mit gutem Grund. Dass ein Bergmannsrentner, der auf der Suche nach Sensationen ist, auf einen solchen Quatsch reinfällt, kann ich mir ja noch so eben vorstellen. Aber ein halbwegs intelligenter Rechtsanwalt ...?«

»Vielen Dank fürs Kompliment.«

»Keine Ursache. Und du glaubst wirklich ...« Sie lachte. »Rainer, entschuldige. Aber unterstellen wir einen Moment, dieser ominöse Rastevkow sagt die Wahrheit. Was hat der junge Lorsow damit zu tun?«

»Warte. Da ist noch etwas. Einer der Ermordeten war ein jüdischer Kaufmann aus Castrop, Abraham Löw. Der alte Lorsow hat dessen Haus und Firma übernommen. Zwangsarisiert. Du weißt, was das heißt?«

Elke nickte. »War der Besitzübergang wirklich ungesetzlich?«

»Ich glaube schon.«

»Du glaubst?«

»Selbstverständlich fehlen noch hieb- und stichfeste Beweise. Aber drohende Rückerstattungsforderungen könnten *LoBauTech* erheblich schaden. Wäre das kein Motiv? Es sind schon Menschen für nichtigere Gründe ermordet worden. Ich kann natürlich nur vermuten. Vielleicht möchte Lorsow auch den guten Namen seiner Familie schützen? Verhindern, dass das Andenken an seinen Vater beschädigt wird? Schließlich war der ja später ein hohes Tier im Kreistag.«

»Oder du hast eine wild blühende Fantasie. Meinst du wirklich, dafür würde Lorsow einen Mord begehen? Und dann noch mit seinem eigenen Auto? Nee, Rainer. Das überzeugt mich nicht. Übrigens, wenn du dir so sicher bist, warum bist du dann nicht schon längst zur Polizei gegangen?«

Esch schwieg.

»Dachte ich mir. Du traust dem Braten selbst nicht so ganz.«

»Deshalb wollte ich ja auch mit dir reden. Kannst du dir einen Grund vorstellen, warum Lorsow ...?«

»Bist du verrückt?« Elke wurde ärgerlich. »Erwartest du tatsächlich von mir, dass ich mit dir darüber spekuliere, ob unserer Mandant ein Mörder ist? Du kannst nicht ganz richtig im Kopf sein!«

»Würdest du mit deinem Vater ...?«

»Rainer, jetzt reicht es!« Elke war wirklich wütend. »Du glaubst doch nicht im Ernst, dass ich mit meinem Dad über deine Hirngespinste spreche. Ich bewege mich schon jetzt auf ziemlich dünnem Eis. Schließlich bist du Nebenkläger im Fall Pawlitsch. Und Lorsow ist unser Mandant. Schon seit Jahrzehnten. Mein Vater und Lorsows Vater kannten sich. Du musst verrückt sein!« Sie stand abrupt auf. »Ich muss jetzt gehen. Wenn du wieder auf dem Boden der Tatsachen angekommen bist, kannst du mich anrufen.« Sie zeigte auf den Wein. »Du erledigst das bitte, ja?«

Die Anwältin rauschte davon.

Rainer trank traurig sein Glas aus und goss sich den Rest des Zuckerwassers ein. Dabei fiel sein Blick auf das Etikett. *Riesling*, las er erneut. Und: *Auslese.* »Auch das noch«, stöhnte er.

Er rief nach dem Kellner, um zu zahlen. Der Blonde präsentierte die Rechnung und der Anwalt gab ihm im Tausch einen Fünfziger. Auslese! Er konnte sich irgendwohin beißen.

Der Mann mit dem Gelhaar blieb regungslos neben dem Tisch stehen. Rainer sah erst erstaunt auf den Kellner, der keine Anstalten machte, das Wechselgeld herauszugeben, dann auf die Rechnung. Ihm schwante Böses. Esch atmete hörbar ein. Dann ließ er die Luft mit einem leisen Pfiff wieder aus seinen Lungen. 72 Mark kosteten der Wein und das Mineralwasser. 72 Mark!

»Da haben Sie aber den teuersten Wein rangeschleppt, den Sie haben«, empörte sich Rainer und suchte nach den fehlenden Scheinen.

»Das war keine Absicht«, entschuldigte sich der Kellner.

Angesichts des vorher gezeigten Weinverstandes des Mannes glaubte Rainer ihm das aufs Wort. Er erwog einen Moment, sich einen Disput mit der Geschäftsführung des Lokals zu liefern, ließ es aber dann doch. Allerdings schwor er sich, nie wieder einen Fuß in dieses Bistro zu setzen. Und das Etikett jeder Flasche Wein, die er zu verzehren gedachte und bezahlen musste, vorher einer gründlichen Prüfung zu unterwerfen.

Rainer war bedient. Ein Vermögen für einen Wein und Krach mit Elke! Wirklich ein toller Tag! Vielleicht konnte ein Besuch im *Neokyma* diesen Dienstag ja noch retten.

Vier Stunden später war Rainer so abgefüllt, dass er unmöglich noch hätte fahren können. Er ließ sich ein Taxi kommen und fiel auf den Vordersitz. »Castroper Straße, ich sage Ihnen dann schon Bescheid.«

Esch schloss die Augen, wurde aber bereits nach wenigen Minuten aus allen Träumen gerissen. Der Taxifahrer bretterte so schnell um die Kurve, dass Rainer erst nach links, dann nach rechts gegen die Beifahrertür geschleudert wurde.

»Heh, geht's nicht etwas langsamer?«

»Ich fahre hier«, maulte der Kutscher zurück.

Rainer warf erst jetzt einen Blick auf den Fahrer.

»Und ich zahle. Bitte etwas langsamer.«

Das Taxi beschleunigte. 130 zeigte die Nadel. Und das in der Stadt! Esch hatte es früher als Taxifahrer mit den Geschwindigkeitsbegrenzungen und generell mit der Straßenverkehrsordnung auch nie so genau genommen, aber das war eindeutig zu viel.

»Langsamer, Mensch. Wollen Sie uns umbringen?«

»Seien Sie ruhig, Sie sind ja betrunken.«

Rainer reichte es! Was meinte der Kerl eigentlich, warum er in dieser Karre saß?

»Fahren Sie rechts ran. Ich steige aus.«

Das Taxi hielt mit quietschenden Reifen.

Esch war schon halb draußen, als der Fahrer sagte: »Jetzt machen Sie keinen Quatsch. Kommen Sie, steigen Sie wieder ein.«

Nur wenig besänftigt kam Rainer der Bitte nach. Und wurde unmittelbar darauf wieder in seinen Sitz gedrückt, als der Fahrer sich bemühte, Michael Schumacher beim Start auf dem Hockenheimring nachzueifern.

»Langsam, Mensch, langsam. Sie fahren ja wie ein Henker.«

»Wie ein Henker? Haben Sie Henker gesagt?«, blaffte der Fahrer und gab weiter Gas. »Sind Sie ausländerfeindlich? Natürlich, Sie sind ausländerfeindlich.« Der Kutscher blickte bei Tempo 140 empört zu seinem Fahrgast nach hinten und gestikulierte mit seiner Rechten. »Was meinen Sie, was ich hier in Deutschland mache? Ich zahle meine Steuern und dafür muss ich mich beleidigen lassen …«

»Die Ampel gerade war rot! Außerdem – halten Sie bitte das Lenkrad mit beiden Händen fest!«

»Was geht Sie das an, schließlich fahre ich!«

»Wenn man das fahren nennen kann. Auf jeden Fall nicht mehr mit mir. Halten Sie an.« Der Wagen stoppte erneut.

Esch war stinksauer. Auf sich, auf *Julius*, auf Elke, auf den Taxifahrer, der ihn der Ausländerfeindlichkeit beschuldigte. Vor allem auf den Taxifahrer!

Rainer beschloss, ein Exempel zu statuieren. Das war er sich und allen Taxifahrern schuldig, denen nicht nur der Kunde König, sondern denen auch die StVO ein so hohes Gut war, dass sie ...

»Schicken Sie mir eine Rechnung. Ich zahle nicht. Ich werde mich bei Ihrem Arbeitgeber beschweren.« Er kramte den Personalausweis hervor. »Hier.«

Das Prozedere hatte er nicht vergessen. Rainer hielt seine Brieftasche noch in der Hand, als ihm der Kerl wütend einen Beleg reichte.

»Unterschreiben«, blaffte der Fahrer.

Rainer unterschrieb nicht nur, sondern schilderte dem Arbeitgeber des Taxifahrers kurz schriftlich den Sachverhalt, um so seinem Unmut ein Ventil ... »Äh, hätten Sie noch ein zweites Blatt? Das hier reicht nicht!«

»Mir reicht's jetzt. Ich hab doch schließlich nicht stundenlang Zeit. Geben Sie her.« Der Fahrer riss dem Anwalt Rechnung und Brieftasche aus den Fingern. »Die können Sie sich morgen bei uns im Büro abholen. Und jetzt raus.«

Esch glaubte, sich verhört zu haben. »Ich bleibe hier sitzen, bis ich mein Eigentum wiederhabe. Entweder Sie geben mir meine Sachen zurück oder Sie holen die Bullen. Sie können mich aber auch gleich zur Wache fahren.« Trotzig lehnte sich Rainer zurück.«

Der Mann gab Gas und verständigte über Funk seine Zentrale. Rainer sah sich schon von Dutzenden anderen Fahrern umringt, die ihrem Kollegen zu Hilfe eilen wollten. Glücklicherweise war der Kutscher wohl der Auffassung, dass Rainer keine körperliche Gefahr darstellte.

Zwanzig Minuten später waren sie auf der Polizeiwache am Rathaus. Kurz darauf hatte Rainer sein Eigentum wieder, bezahlte zähneknirschend 19,20 DM und das Taxi brauste davon.

Der Dienst habende Beamte hatte nicht die geringsten Anstalten gemacht, den Diebstahl zu ahnden. Und das, obwohl es sich dabei immerhin um ein Offizialdelikt handelte. Als Rainer heftig protestierte, schob ihn der Polizist sanft, aber bestimmt zum Ausgang. »Gehen Sie schlafen, das ist besser für Sie.«

Mit einem metallischen Geräusch fiel hinter Esch die Tür ins Schloss und er stand im Schneeregen, sein Portemonaie in der Hand. Rainer musste die Situation hinnehmen. Dann eben ein anderes Taxi. Er zählte sein Geld. 80 Pfennig. 80 Pfennig?

Sein Plastikgeld lag auf dem Tisch in seiner Wohnung. Rainer schluckte. Der Abend schien doch teurer gewesen zu sein, als er gedacht hatte. Esch machte ein paar Schritte, mühsam das Gleichgewicht haltend. Den Fußmarsch in sein Büro oder zu Cengiz konnte er in seinem Zustand nicht mehr bewältigen. Also würde Rainer die Nacht in seinem Wagen verbringen müssen. Er verfluchte sich und seine cholerischen Ausbrüche und machte sich auf den Weg zu seinem Auto.

36

Rainer Esch wachte mit dem taub-pelzigen Geschmack auf, den er nur zu gut kannte. Er sortierte seine schmerzenden Knochen und verbrachte einige Minuten damit, den gestrigen Abend und die Nacht zu rekonstruieren: Gegen vier war er in seinem Wagen hoch geschreckt. Er wusste nicht, ob ihn der stechende Schmerz in seinem rechten Knie oder die beißende Kälte geweckt hatte. Fakt war nur, dass er in dem Mazda nicht länger bleiben konnte: Entweder würde er erfrieren oder zumindest einen Teil seiner Extremitäten am nächsten Morgen zur Amputation freigeben müssen. Also hatte er sich zur nächsten Bushaltestelle geschleppt, den ersten 311er des Morgens genommen und war ohne Fahrschein bis zur Barrestraße gefahren. Von da waren es nur noch einige Meter zu seinem Büro. Nun lag er hier vollständig bekleidet auf der halb aufgeblasenen Luftmatratze, hatte hämmernde Kopfschmerzen und versuchte, sein vor ihm liegendes Leben wieder in den Griff zu bekommen.

Dazu war es zunächst erforderlich aufzustehen. Vorsichtig richtete er sich auf. Sofort tanzten kleine Sterne vor seinen Augen und ihm wurde schlecht. Ermattet ließ er sich auf die Matratze zurückfallen. Vielleicht sollte er sein Leben erst später wieder angehen.

Das Telefon klingelte schmerzhaft. Esch sah auf die Uhr. Kurz nach neun. Viel zu früh.

Der unbekannte Anrufer schien das anders zu sehen. Stöhnend drückte sich Rainer nach oben und schlich zum Gerät.

»Ja?«, flüsterte er völlig erschöpft in die Muschel. Dann folgte der obligatorische Hustenanfall eines starken Rauchers filterloser Zigaretten.

»Sind Sie krank?«, fragte Paul Steinke mitleidig.

»Das kann man so nennen, ja«, klagte Rainer.

»Herr Esch, stellen Sie sich vor, mein Sohn und ich wurden von der Kriminalpolizei verhört.«

Das wollte sich Rainer in diesem Moment nun genau nicht vorstellen.

»Die Polizisten haben nach unseren Alibis gefragt. Sie verdächtigen uns, mit Georgs Tod zu tun zu haben. Können Sie uns helfen?«

Rainer presste »Wer hat Sie verhört?« heraus.

»Ein Hauptkommissar Brischinsky und sein Assistent.«

Brischinsky! Das hatte der Anwalt befürchtet. »Da kann ich leider nichts machen.«

»Herr Esch, ich habe eben mit Hans und den anderen telefoniert. Wir wollen uns im Gemeindehaus treffen und alles besprechen. Wir würden uns freuen, wenn Sie auch kommen würden.«

Obwohl sich jede Faser von Rainers Körpers nach einem richtigen Bett sehnte, antwortete er: »Wann?«

»In einer Stunde.«

»Gut. Ich bin da.«

Als Rainer aufgelegt hatte, schlurfte er in das Hinterzimmer, das ihm als Küche diente, und versuchte, sich einer Morgentoilette zu unterziehen. Der schale Geschmack in seinem Mund wich erst nach einer Tasse Kaffee und einer Reval. Da Rainer keine Zahnbürste in seiner Praxis aufbewahrte, machte er sich über die Frische seines Atems nicht die geringsten Illusionen. Er warf einen überflüssigen Blick in seinen Terminkalender, plünderte seine Portokasse um gigantische zwölf Mark fünfzig und machte sich auf den Fußweg zum Gemeindehaus in der Teutoburgia-Siedlung.

Paul Steinke und die anderen erwarteten Esch schon in ihrem Kellerraum.

»Sie sehen aber heute Morgen nicht besonders aus«, begrüßte ihn Siegfried Kattlowsky. »Sind Sie krank?«

Schon der Zweite, der dumme Fragen stellte. »Nee, verkatert«, antwortete Rainer.

»Dat kommt vor«, verkündete Hans Rundolli und ließ den Anwalt unverzüglich an seinen Lebenserfahrungen in Sachen Katerbekämpfung teilhaben. Auch die anderen mischten sich ein. Ihre Tipps reichten von: »Weitersaufen« bis zu: »Kalte Dusche, Rollmops und ein Bier. Aber nur eins!« Rainer wurde übel.

Dann berichtete Paul Steinke von seinem Besuch bei der Kripo, der Befragung über die Familie Lorsow und schloss: »Ich hab kein Alibi, Herr Esch. Was mache ich nun?«

»Zunächst einmal machen Sie sich keine Sorgen. Die Polizei musste Ihnen diese Fragen stellen, das ist Routine.«

»Das hat der Kommissar auch gesagt«, warf Steinke kleinlaut ein. Er schien nicht besonders beruhigt.

Theo Brähmig versuchte mit seiner Zigarre, einen Schwelbrand zu imitieren. Esch hielt mit einer Reval dagegen. »Habe ich Sie eben richtig verstanden? Sie kannten den alten Lorsow?«

»Natürlich. Er war doch jahrelang mein Chef.«

»Haben Sie mit Georg Pawlitsch über Lorsow gesprochen?«, fragte der Anwalt.

»Mit Georg?« Steinke dachte nach. »Ja, das stimmt. Er hat mir die Fotokopie eines alten Bildes gezeigt, auf das er bei seinen Recherchen über die Püttgeschichte gestoßen ist. Da war der Lorsow drauf.«

»War das dieses Bild?« Esch zeigte Steinke seine eigene Kopie.

»Ja, genau. Aber wie kommen Sie ...?«

»Das spielt im Moment keine Rolle.« Er zeigte auf den dritten Mann links in der unteren Reihe. »Und das ist Lorsow?«

»Ja, genau.«

»Hat Pawlitsch Ihnen erzählt, wie er an das Bild gekommen ist?«

»Er hat eine Kopie im Stadtarchiv gemacht. Und mich gefragt, weil ich früher in der CDU war. Georg wusste das.«

»Wat warst du? Inne CDU? Bei den Schwatten?« Hans Rundolli war entrüstet. »Abba dat is ja kein Wunder. Warst ja nich auf'm Pütt.« Er schüttelte verständnislos den Kopf.

»Hans, das war eine Jugendsünde.«

»Dat sachste getz.«

Esch verfluchte seine Geheimniskrämerei. Die Fahrt in die Kurstadt, die Besuche bei den senilen Kommunalpolitikern und Walter Terboven hätte er sich schenken können. »Herr Steinke, wissen Sie, warum Ihren Freund dieses Foto so interessiert hat?«

»Keine Ahnung.«

Esch sah in die Runde. »Hat Georg Pawlitsch mit einem von Ihnen über dieses Bild gesprochen?«

Die Freunde verneinten.

Rainer beschloss, den Rentnern alles, was er bisher recherchiert hatte, zu erzählen. Als er geendet hatte, herrschte einige Minuten Schweigen.

Dann fragte Steinke: »Dann ist also mein früherer Chef ...?«

»Mit großer Wahrscheinlichkeit der Mörder von Jupp, dem Vorarbeiter, Abraham Löw und dem anderen Zwangsarbeiter, ja. Deshalb war Pawlitsch auch bei mir in der Praxis. Er plante anscheinend eine Veröffentlichung.«

Steinke sagte nichts mehr.

»Und Georg wurde mit dem Wagen des jungen Lorsow überfahren?« Theodor Brähmig paffte bedächtig seine Zigarre.

Der Anwalt nickte.

»Dat issen Dingen«, bemerkte Hans Rundolli.

»Unglaublich«, sekundierte Siegfried Kattlowsky.

»Ich kann mir das einfach nicht vorstellen.« Paul Steinke blieb skeptisch. »Der alte Lorsow war immer anständig zu seinen Leuten, immer. Und dass der ...? Nein, das kann ich nicht glauben! Das hat Ihnen dieser ... dieser Russe erzählt?«

»Ja.«

»Vielleicht hatte der Russe mit Lorsow noch eine Rechnung offen?« Steinke blickte seine Freunde herausfordernd an. »Kann doch sein, oder?« Sein Einwand wirkte nicht sehr überzeugend.

»Und er hat Ihnen seinen jetzigen Namen nicht genannt?« Kattlowsky sah zu Rainer.

»Nein. Er hat sich mir als Pjotr Rastevkow vorgestellt.«

»Hat jemand von euch diesen Namen schon einmal gehört?« Als er keine Antwort erhielt, fuhr Kattlowsky fort: »Wie ist denn Georg Ihrer Meinung nach auf diesen Rastevkow gestoßen?«

»Über ehemalige Kollegen von *Erin*. So hat er mir das jedenfalls erzählt.«

»Dat könnte stimmen. Der Georg hat fast alle Interviews mit unsere Kumpels gemacht.« Hans Rundolli sah sich um. »Stimmt doch!«

»Schon. Aber ein Beweis ist das nicht.« Siegfried Kattlowsky wandte sich wieder an Rainer. »Sie haben also nur die Aussage dieses geheimnisvollen Rastevkows und der Mieterin. Also, darauf würde ich keine Mordanklage bauen.«

Rainer erinnerte dieses Gespräch fatal an seine gestrige Unterhaltung mit Elke.

»Abba möglich wär dat schon«, maulte Rundolli. Esch warf ihm einen dankbaren Blick zu.

»Ich an Ihrer Stelle würde zur Polizei gehen.« Brähmig verzierte die schon stickige Luft mit dicken Ringen aus Zigarrenrauch. »Die werden diesen Rastevkow schon finden.«

»Und sich lächerlich machen? Na, ich weiß nicht. Ich würde das lassen.«

»Da würd ich an deiner Stelle abba anders drüber denken, Paul. Schließlich stehst du unter Mordverdacht.« Rundolli gab nicht so schnell auf.

»Mordverdacht?«, brauste Steinke auf. »Red nicht so einen Scheiß.«

»Wer red hier Scheiß?« Auch Hans Rundolli hob seine Stimme.

»Jetzt macht mal halblang.« Kattlowsky beschwichtigte die Streithähne. »Herr Esch wird schon wissen, was er zu tun hat. Er ist der Anwalt. Ich möchte euch nur bitten,   Paula nichts von unserem Gespräch zu erzählen. Sie hat schon genug mitgemacht, da müssen wir nicht auch noch einen draufsetzen. Ich schlage vor, das hier bleibt unter uns, bis unser junger Anwalt entschieden hat. Einverstanden?«

Die Rentner murmelten Zustimmung.

Und Rainer hatte eine wichtige Entscheidung getroffen.

37

»*LoBauTech,* Geschäftsführung, Büro Herr Doktor Lorsow, Müller. Guten Tag.«

Roswitha Müllers Tonfall lag zwischen unverbindlicher Freundlichkeit und unterschwelliger Arroganz.

»Rechtsanwalt Esch. Ich möchte Herrn Doktor Lorsow sprechen.« Wenn Friedhelm Lorsow etwas mit dem Tod von Georg Pawlitsch zu tun hatte, war dieser Anruf nicht ungefährlich. Darüber war sich Rainer vollständig im Klaren. Wenn ...

»In welcher Angelegenheit bitte?« Die Chefsekretärin ließ keinen Zweifel daran, wer darüber zu entscheiden hatte, ob jemand zu dem Geschäftsführer durchgestellt wurde.

»Das möchte ich persönlich mit Herrn Lorsow besprechen.« Rainer gab noch nicht klein bei.

»Ich glaube nicht, dass Herr Doktor Lorsow Zeit für Sie hat.« Die Art, wie Roswitha Müller den akademischen Grad ihres Chefs betonte, verdeutlichte Rainer, dass ein Mensch ohne Promotion für manche Mitbürger ein Versehen der Evolution war.

Er seufzte. »Es geht um das Fahrzeug, das ihm gestohlen wurde.«

»Und was ist damit, bitte?« Die Chefsekretärin beherrschte ihren Job. Jetzt war es Zeit, stärkere Geschütze aufzufahren.

»Ich vertrete das Unfallopfer. Wir beabsichtigen, Schadenersatz und Schmerzensgeld gegenüber dem Fahrzeugbesitzer zivilrechtlich geltend zu machen. Aber wenn Herr Doktor Lorsow kein Interesse an einer gütlichen Einigung hat ... Ich kann mir allerdings vorstellen, dass ein solches Vorgehen dem Leumund Ihres Vorgesetzten in der Öffentlichkeit abträglich wäre.«

Für einen Moment war Funkstille. Dann antwortete die Sekretärin: »Einen Moment bitte, ich stelle durch.«

Es knackte in der Leitung und der Anwalt konnte sich an den Klängen von Smetanas Moldau erfreuen. Dann knackte es erneut.

»Lorsow.«

»Rechtsanwalt Esch. Guten Tag.«

»Was kann ich für Sie tun, Herr Esch?«

»Herr Doktor Lorsow, Ihnen wurde am 24. November ein Fahrzeug gestohlen. Wenig später wurde mit diesem Wagen mein Mandant, Georg Pawlitsch, überfahren. Er verstarb noch am Unfallort. Lassen wir einmal dahingestellt, ob an den direkten Unfallfolgen oder daran, dass jemand etwas nachgeholfen hat. Ich ...«

»Was wollen Sie damit andeuten?«, brauste der Firmenchef auf.

»Ich habe nichts andeuten wollen, Herr Doktor Lorsow. Gar nichts. Das ist auch nicht meine Aufgabe. Dafür ist die Kriminalpolizei zuständig. Aber ...«

»Wie kommen Sie überhaupt auf mich? Woher wissen Sie ...«

»Ich habe die polizeilichen Ermittlungsakten eingesehen.«

»Die Ermittlungsakten? Aber das ist doch ... Wieso die Ermittlungsakten?« Lorsow japste empört.

»Die Familie Pawlitsch tritt als Nebenkläger auf. Und ich vertrete die Interessen der Familie. Damit habe ich das Recht auf Einsicht in die Akten.«

»Hm. Also gut, machen Sie es kurz. Was wollen Sie? Meine Sekretärin sprach von Schadenersatz?«

»Und Schmerzensgeld, ja.«

»Warum sollte ich zahlen?«

»Liegt Ihnen an einer langwierigen juristischen Auseinandersetzung? Möglicherweise haben Sie ja fahrlässig gehandelt?«

»Mein Wagen wurde gestohlen! Wollen Sie mir das vorwerfen?«

»Ich weiß. Mit einem Nachschlüssel. Woher hatte der Täter den?«

Lorsow schwieg einen kurzen Moment. »An was hatten Sie gedacht? Ich zahle natürlich nur ohne Anerkennung irgendeiner Rechtspflicht«, schob er schnell nach.

»Das dachte ich mir. Sie sind also an einer außergerichtlichen Klärung interessiert?«

»Natürlich. Also, wie viel?«

Jetzt galt es. »Ich dachte an 100.000 Mark.«

Für einen Augenblick erwartete Rainer, dass sein Gesprächspartner auflegen würde.

Dann keuchte Lorsow: »Sie sind verrückt! Warum, in Gottes Namen, sollte ich so viel zahlen?«

»Ich nahm an, das wüssten Sie.«

»Durch mein Fahrzeug ist ein Mensch ums Leben gekommen, das stimmt. Aber damit habe ich doch nichts zu tun. 100.000 Mark! Sie sind vollständig übergeschnappt!«

»Warum streben Sie dann überhaupt eine gütliche Einigung an? Sie könnten doch in aller Ruhe das Ergebnis der polizeilichen Ermittlungen abwarten.«

»Das könnte ich tun. Aber Sie gießen dann, wie Sie meiner Sekretärin gegenüber schon angedeutet haben, öffentlich Schmutzkübel über mich aus, oder etwa nicht? Ich biete Ihnen, sagen wir ...« Lorsow zögerte. »5.000 Mark. Dafür verpflichten sich Ihre Mandanten vertraglich, auf jede weitere Forderung zu verzichten. Alle, auch zukünftige Ansprüche sind damit abgegolten. Und es wird strengstes Stillschweigen vereinbart. Ich wiederhole außerdem: ohne Anerkennung irgendeiner Rechtspflicht. Die Details klären Sie bitte mit meinem Anwalt. Sind Sie einverstanden?«

»Nein.«

Lorsow wurde wütend. »5.000. Das ist mein letztes Wort. Ich warne Sie, Herr Esch. Überspannen Sie den Bogen nicht.«

»Keine Angst.« Hoffte Rainer jedenfalls.» Wissen Sie, was ich mich die ganze Zeit frage?«

»Nein, woher?«

»Ich sage es Ihnen. Warum sind Sie bereit, 5.000 zu zahlen, wenn Ihnen doch nur Ihr Fahrzeug gestohlen wurde?«

Lorsow schwieg erneut einige Sekunden. Dann antwortete er: »Herr Esch, mir tut die Familie Leid. Es wurde ein Mann ermordet, der ...«

»Dann geben Sie also zu, dass es Mord war?«

»Werden Sie nicht unverschämt. Die Polizei hat mir gesagt, dass es sich vermutlich um Mord handelt. Also, was ist? Nehmen Sie mein Angebot an?«

»Nein.«

»Nein? Und warum nicht?«

»Es geht mir nicht um Geld. Jedenfalls nicht in erster Linie.«

»Worum dann, verdammt?«

»Ich möchte wissen, warum Pawlitsch sterben musste. Und zwar von Ihnen.«

»Von mir? Sind Sie völlig durchgedreht? Woher soll ich denn ...«

»Ich weiß zwar nicht, ob Sie die Drecksarbeit allein ausgeführt oder jemanden für den Mord bezahlt haben, Sie stecken aber bis zu den Ohren in dieser Sache.«

Lorsow antwortete kalt: »Ich weiß nicht, ob Ihre Mandanten durch Sie richtig vertreten sind. Ich betrachte unser Gespräch als beendet.«

»Soll ich Ihnen den Grund nennen, warum Sie Pawlitsch umgebracht haben?«, fragte Esch rasch.

Sein Gesprächspartner antwortete: »Sie sind wirklich nicht ganz richtig im Kopf!«, legte aber nicht auf.

»Ihr Vater hat in den letzten Monaten des Krieges auf *Erin* drei Menschen ermordet. Und Pawlitsch ist dahinter gekommen. Deshalb musste er sterben.«

Lorsow sagte nichts. Der Anwalt hörte sekundenlang nur seinen Atem.

»Woher ...« Lorsow hielt inne. Dann fragte er schneidend: »Woher wollen Sie das wissen? Das ist doch völliger Unsinn.«

»Von einem ehemaligen Zwangsarbeiter. Der hat im Frühjahr '45 die Tat beobachtet. Und nicht nur mir, sondern auch Pawlitsch davon erzählt. Einer der Toten hieß Abraham Löw. Den hat Ihr Vater einige Jahre vorher um seinen Besitz betrogen.«

»Lüge! Das ist eine infame Lüge.«

»Ach ja? Ich denke, die Polizei dürfte diese Lüge sehr interessieren. Sie wird sicher Mittel und Wege finden, das Schicksal der drei Toten von damals aufzuklären. Und genau das, Herr Doktor Lorsow, wollten Sie verhindern.«

»Dummes Zeug. Aber wir sollten das nicht weiter am Telefon, sondern unter vier Augen besprechen.«

»Einverstanden. Aber machen Sie sich keine Illusionen. Ich habe mich abgesichert. Sollte auch mir ein Unfall passieren ...«

»Reden Sie keinen Quatsch. Wäre Ihnen Freitag recht?«

»Klar. Aber den Ort bestimme ich. Sie hören von mir.«

»Wo immer Sie wollen.« Grußlos unterbrach Lorsow ihr Gespräch.

Völlig nass geschwitzt legte Rainer Esch sein Handy auf den Schreibtisch. Sein Herz raste und schlug ihm bis zum Hals. Er zündete sich eine Zigarette an, sog den Rauch tief ein und dachte nach. Irgendwie wurde er das dumme Gefühl nicht los, dass er gerade einen Fehler begangen hatte. Einen großen Fehler. Er schnappte sich wieder sein Telefon.

»Cengiz«, sagte er schwer atmend, als sich sein Freund meldete. »Ich brauche deine Hilfe.«

38

Friedhelm Lorsow stand mit weichen Knien auf und bediente sich am Barfach. Nach dem zweiten Rémy Martin hatte das Zittern seiner Hände etwas nachgelassen und er konnte wieder einen halbwegs klaren Gedanken fassen. Er drückte die Taste seiner Gegensprechanlage. »Frau Müller, bitten Sie doch Herrn Derwill in mein Büro.«

»Sofort.«

Lorsow ging erneut zur Schrankwand und goss sich einen weiteren Cognac ein. Dann wartete er ungeduldig auf das Erscheinen seines Prokuristen.

Als Derwill das Büro betreten hatte, deutete Lorsow stumm auf einen der schwarzen Besuchersessel vor seinem Schreibtisch. Derwill setzte sich und sah seinen Vorgesetzten gespannt hat.

Der Geschäftsführer nahm einen tiefen Schluck und fragte: »Auch einen?«

Derwill schüttelte den Kopf. Lorsow versetzte den Inhalt des Schwenkers ins Rotieren und sah gedankenverloren zu, wie der Cognac an der Glaswand hochschwappte und beim Herunterlaufen feine Schlieren zurückließ. »Herr Derwill, wir haben ein Problem.«

Der Prokurist machte ein verblüfftes Gesicht. »Was für ein Problem?«

»Ein Anwalt. Esch ist sein Name.«

»Aus Recklinghausen?«

Lorsow sah durch sein Gegenüber hindurch.

»Wie?« Er schreckte hoch. »Entschuldigung, Herr Derwill. Was sagten Sie …?«

»Kommt der Anwalt aus Recklinghausen?«

»Das weiß ich nicht. Ich habe ihn nicht danach gefragt. Aber Sie haben natürlich Recht. Wir sollten das feststellen.«

Der Firmenchef drückte erneut auf die Gegensprechanlage. »Frau Müller, bitte stellen Sie fest, ob in Recklinghausen oder den umliegenden Städten ein Anwalt namens Esch tätig ist.«

»Und welches Problem haben wir mit diesem Anwalt?«

»Er droht, mich in der Öffentlichkeit mit dem Mord an diesem Pawlitsch in Verbindung zu bringen.«

»Pawlitsch?«

»Sie wissen schon, der mit meinem Mercedes überfahren wurde. Er fordert Schadenersatz und Schmerzensgeld für die Hinterbliebenen.«

»Aha.« Derwill schwieg.

»Außerdem hat er eine Bemerkung über meinen Vater gemacht.«

»Über Ihren Vater?«

»Ja. Ich bin nicht so recht schlau geworden aus dem, was er gesagt hat. Wenn ich ihn richtig verstanden habe, behauptet er, dass mein Vater während des Krieges drei Menschen umgebracht hat.«

»Na und? Bedauerlicherweise kommt so etwas in Kriegen vor.«

»Nein, nein. Das hat er nicht gemeint. Er hat unterstellt, mein Vater hätte die drei Menschen ermordet.«

»Ich kannte Ihren Vater jahrzehntelang. Das ist Unsinn! Was wollen Sie unternehmen? Ihn verklagen?«

»Ich weiß nicht. Irgendwie schien er mir sehr überzeugt von dem, was er sagte. Er behauptet außerdem, einer der Toten, ein gewisser Löw, sei von meinem Vater betrogen worden. Abraham Löw. Sicher ein Jude. Hatte mein Vater etwas mit diesem Löw zu tun? Sie waren seine rechte Hand. Wissen Sie etwas?«

Es klopfte. Roswitha Müller betrat das Büro. »Die Anschrift des Anwalts, Herr Doktor Lorsow.«

»Geben Sie her.«

Die Chefsekretärin reichte ihm einen Zettel und verschwand.

»Rainer Esch«, las Lorsow laut vor. »Er hat eine Praxis in Herne. Kam nicht der Pawlitsch auch aus Herne?«

Derwill nickte. »Ich glaube.«

Lorsow kippte den Rest Cognac hinunter. »Also?«

»Abraham Löw war der frühere Besitzer des Geschäftes in Castrop. Ihr Vater hat das Haus und den Laden von ihm erworben. Ich weiß nur, dass Löw auswandern musste. So hat das Ihr Vater dargestellt.«

»Er hat den Laden von einem Juden gekauft? Wann war das?«

»1938, glaube ich.«

»Haben wir die Kaufverträge noch?«

»Leider nein.«

»O Gott. Wenn Esch Recht hat ... Stellen Sie sich die Reaktionen der Öffentlichkeit vor. Ich muss mich mit dem Mann einigen und zahlen.« Die Resignation in Lorsows Stimme war unüberhörbar.

»Nicht unbedingt.«

»Was sonst?«

»Zeit gewinnen. Verhandeln. Bis die Bank den Kredit bewilligt hat. Dann können Sie immer noch zahlen, oder ...«

»Was oder?«

»Die Sache der Polizei übergeben, natürlich.«

»Das wäre eine Möglichkeit.« Lorsow wiegte nachdenklich mit dem Kopf. »So könnte es gehen.«

»Herr Lorsow, darf ich Ihnen noch einen Rat geben?«

»Raus damit. Deshalb sind Sie hier.«

»Sie sollten sich auf die Gespräche mit der Bank und *Global Industries* konzentrieren. Lassen Sie Schlüter die Verhandlungen mit diesem Esch für Sie führen. Er unterliegt der Schweigepflicht. Außerdem ist er doch ein Freund der Familie, wenn ich das richtig sehe.«

»Sie haben Recht.« Lorsow griff zum Telefonhörer. »Frau Müller, verbinden Sie mich bitte mit Rechtsanwalt Schlüter. Aber bitte sofort. Es ist dringend.« Er wandte sich wieder an seinen Prokuristen und stand auf. »Was würde ich ohne Sie nur machen, Herr Derwill? Danke für Ihren Rat.«

»Das ist doch selbstverständlich, Herr Lorsow.« Der Prokurist erhob sich ebenfalls. »Halten Sie mich auf dem Laufenden?«

»Natürlich.« Lorsow klopfte seinem um einiges älteren Mitarbeiter jovial auf die Schulter. Das Telefon meldete sich. Lorsow hob ab. »Ja?«

Der Prokurist drehte sich Richtung Tür und machte sich daran, den Raum zu verlassen.

»Hans-Joachim? – Ich muss dich dringend sprechen. – Nein, sofort. Und persönlich. – Es ist wichtig, natürlich. – Ja, danke. Bis gleich. Ich komme sofort zu dir.« Er legte auf.

Eine halbe Stunde später saß Friedhelm Lorsow seinem Anwalt gegenüber und erzählte ihm von dem Anruf Eschs.

»Mit dem hatte ich noch nie zu tun.« Schlüter reichte seinem Mandanten die Notiz Roswitha Müllers zurück. »Du bist dir also sicher, nicht zur Polizei gehen zu wollen?«

»Ja.«

»Hm. Ich muss das akzeptieren. Trotzdem rate ich dir ...«

»Vergiss es.«

»In Ordnung.« Schlüter machte eine lange Pause. »Ich glaube, ich brauche jetzt einen Schnaps. Du auch?« Schlüter ging zu einem Servierwagen, auf dem eine ansehnliche Anzahl Flaschen stand, und goss sich einen Calvados ein.

»Nein, ich habe genug. Sonst bin ich nicht nur die Firma, sondern auch den Führerschein los.« Lorsow lachte bitter.

Als er sich wieder gesetzt hatte, fragte der Notar zögernd: »Friedhelm, was weißt du darüber, wie dein Vater den Krieg überstanden hat?«

»Warum fragst du?«, wollte Lorsow verwundert wissen.

»Was weißt du?«, insistierte Schlüter erneut.

»Nicht viel. Mein Verhältnis zu meinem Vater war nicht das beste. Nach meinem Studium habe ich bis zu seinem Tod kaum mit ihm gesprochen. Aber wem sage ich das!«

»Und deine Mutter? Hat sie dir etwas erzählt?«

»Wenig. Nur, dass mein Vater Glück hatte und nicht nach Russland an die Front musste, sondern irgendwo im Stab eingesetzt war. Aber warum ...?«

»Das ist leider nur die halbe Wahrheit. Dein Vater war Mitglied der NSDAP und anderer Nazi-Organisationen. Er ist schon in den frühen Dreißigern in die Partei eingetreten. Den Laden in Castrop, den er nach dem Krieg zu *LoBauTech* ausgebaut hat, bekam er erst 1938. Dein Vater war vorher Verkäufer in diesem Geschäft. Es gehörte ursprünglich einer Familie Löw.«

»Du willst damit sagen ...?« Lorsow wurde bleich.

Schlüter nickte. »Wie er genau an den Laden gekommen ist, weiß ich nicht.« Er trank seinen Calvados aus, ging hinter seinen Schreibtisch und klappte ein abstraktes Ölgemälde zur Seite. Dahinter wurde ein Wandtresor sichtbar, den Schlüter öffnete. Er nahm einen braunen Umschlag heraus, verschloss den Safe wieder und schwenkte das an Scharnieren befestigte Kunstwerk zurück an seinen angestammten Platz. Dann reichte er Friedhelm Lorsow den Umschlag. »Hier. Der ist für dich. Dein Vater hat mir diesen Brief kurz vor seinem Tod gegeben und es mir überlassen, wann ich ihn dir aushändige. Ich glaube, jetzt ist der richtige Zeitpunkt dafür.«

Lorsow erkannte die schwungvolle, etwas altertümliche Handschrift seines Vaters auf dem an ihn adressierten Umschlag. Er zerriss das Siegel und öffnete das Kuvert. Es enthielt zwei handgeschriebene Blätter.

Friedhelm Lorsow begann zu lesen. Nach einigen Minuten zeigte er auf das halb volle Calvadosglas vor Schlüter und signalisierte so, dass er jetzt auch einen Hochprozentigen vertragen konnte. Schlüter goss ein und reichte ihm das Glas. Der Firmenboss kippte den Schnaps in einem Zug hinunter und vertiefte sich wieder in das Schreiben seines Vaters. Sein Mund war vor Erstaunen leicht geöffnet. Hastig flogen seine Augen über den Text. Als er alles gelesen hatte, war er weiß wie eine Kalkwand. Sein rechtes Augenlid veranstaltete eine wahre Blinzelorgie.

Lorsow verstaute den Brief langsam im Umschlag. »Du wusstest davon?«

Schlüter nickte.

»Seit wann?«

»Spielt das eine Rolle?«

»Nein. Gibst du mir noch einen?« Lorsow hielt Schlüter sein Glas hin. »Dann hat dieser Esch ja Recht.«

Schlüter goss nach. »Es sieht so aus.«

»Jetzt ist alles vorbei. Wenn herauskommt, dass mein Vater sich das Geschäft in Castrop quasi illegal angeeignet hat, bekomme ich keinen Kredit. Dann kann ich das neue Antriebskonzept abschreiben. Bis die Angelegenheit juristisch geklärt ist, bin ich pleite. Das war's.« Lorsow stand unmittelbar vor einem Zusammenbruch. »Es sei denn ...«

»Was?«

»Du begleichst endlich deine Verbindlichkeiten gegenüber der Firma.«

Schlüter schien verwundert. »Das ist gegen unsere Abmachungen.«

»Ich weiß. Aber wenn ich den neuen Antrieb nicht finanzieren kann, geht die Firma den Bach runter.«

»Blödsinn. Du darfst nur nicht die Nerven verlieren.«

»Und was soll ich deiner Meinung nach machen?«

»Was Derwill vorgeschlagen hat: auf Zeit spielen. Denk an deine Existenz. Denk an die Firma. Es geht um viel Geld. Du kannst jetzt nicht einfach alles hinschmeißen.« Er beugte sich zu seinem Mandanten. »Wann, glaubst du, bewilligt die Bank deinen Kredit?«

»In zwei, drei Wochen.«

»Gut. Pass auf, wir machen das so. Wenn der Esch anruft, um mit dir Ort und Zeit eures Gespräches zu besprechen, soll ihn Frau Müller mit Derwill verbinden, weil du plötzlich krank geworden bist. Derwill soll Esch vertrösten. Ich kläre das mit ihm. Einige Tage später setze ich mich mit diesem Esch in Verbindung und verhandle in deinem Auftrag, so wie du es mit ihm schon besprochen hast. Wenn der Kredit zu deiner Verfügung steht, kannst du immer noch zahlen.«

»Was mache ich, wenn Esch es sich anders überlegt und die Öffentlichkeit informiert?«

»Dann hast du ein Problem. Aber lass uns erst mal abwarten. So, und jetzt lasse ich dich nach Hause bringen. In dem Zustand setzt du dich nicht mehr hinter ein Steuer.«

Schlüter schob Lorsow sanft zur Tür und wechselte einige Sätze mit seiner Sekretärin. Zum Abschluss schlug er Lorsow aufmunternd auf die Schulter. »Kopf hoch. Wird schon werden.«

Nachdem Lorsow die Kanzlei verlassen hatte, bat Schlüter um eine Telefonverbindung mit dem Prokuristen der Firma *LoBauTech.* Dann goss er sich noch einen Calvados ein.

»Seit wann hast du vor mir Geheimnisse? Ich musste warten, bis du dein Telefonat beendet hast.«

Hans-Joachim Schlüter sah über seine Lesebrille, die er gewöhnlich auf der Nasenspitze zu tragen pflegte, auf Elke, die gerade in das Büro gekommen war.

»Was gibt es, Kleines?«

Elke Schlüter hasste diese Anrede. »Bitte nenne mich nicht so. Ich bin neunundzwanzig, wie du weißt.«

Ihr Vater schmunzelte. »Also, was ist?«

»Ich muss mit dir reden.«

»Das tun wir doch bereits, oder?«

Manchmal ging ihr seine väterliche Überheblichkeit auf den Geist. Einen Moment erwog sie, auf dem Absatz kehrtzumachen, ließ es dann aber doch. Zwei Tage hatte sie sich den Kopf darüber zerbrochen, ob an Rainers Vermutungen vielleicht etwas dran war. Dann hatte sie sich entschieden, mit ihrem Vater zu sprechen.

»Sicher. Aber ich bin nicht hier, um Smalltalk zu be-treiben.«

»Nein?« Seine Überraschung war gespielt.

»Ich möchte mit dir über Doktor Lorsow reden.«

Ihr Vater nahm die Brille ab, lehnte sich in seinem Schreibtischstuhl zurück: »Setz dich. Möchtest du einen Kaffee?«

Sie schüttelte wortlos den Kopf.

»Worum geht es?« Er blickte sie aufmerksam an, se-zierte sie geradezu mit seinen dunklen Augen. Sie kann-te diesen Blick und fühlte sich automatisch unbehag-lich. Wenn sie als Kind etwas angestellt oder zu einer Notlüge Zuflucht genommen hatte, hatte ihr Vater sie schweigend mit diesem Blick gemustert. Fast immer hatte sie dann ihr kindliches Vergehen gestanden. Und jetzt sah er sie wieder so an.

»Bist du wirklich davon überzeugt, dass Lorsow nichts mit dem Mord an diesem Pawlitsch zu tun hat?«

Schlüter richtete sich auf. »Wenn ich es nicht wäre, würde ich unverzüglich mein Mandat niederlegen, das weißt du.«

Ihr Selbstbewusstsein schmolz dahin. Doch sie wollte sich beweisen, dass sie gegenüber ihrem Vater bestehen konnte.

»Natürlich. Das war auch nicht ernst gemeint. Ich wollte damit nur andeuten, dass es möglicherweise – ich sage ganz bewusst: möglicherweise – für Lorsow Gründe geben könnte, Pawlitsch zum Schweigen gebracht zu haben.«

Ihr Vater war verärgert. »Bist du dir darüber im Kla-ren, was du da andeutest? Wie kommst du nur zu so einer Vermutung?«

»Ein befreundeter Jurist hat mich informiert.«

»Worüber? Und hat dieser Jurist auch einen Namen?« Ihr Vater war gespannte Aufmerksamkeit.

»Ein Anwalt aus Herne, Rainer Esch.«

Sie hatte für einen Moment den Eindruck, ihr Vater wollte etwas sagen. Da er aber schwieg, setzte sie fort: »Er vertritt die Familie Pawlitsch als Nebenkläger.«

»Ach so.«

»Rainer ...«

Ihr Vater zog die rechte Augenbraue hoch.

»Ich meine, Herr Esch glaubt zu wissen, dass der Vater von Doktor Lorsow in den letzten Kriegswochen drei Menschen ermordet hat. Pawlitsch habe dies von einem Zeugen erfahren, einem ehemaligen Zwangsarbeiter. Der wiederum hat auch Anwalt Esch informiert.«

Schlüter spielte mit seiner Lesebrille und sah seine Tochter prüfend an. »Dein Anwalt hat vermutlich Recht!«

»Was?«

»Es stimmt. Johann Lorsow hatte Dreck am Stecken.«

»Das müssen wir doch der Polizei ...«

»Langsam.« Schlüter legte die Brille auf die Schreibtischplatte. »Johann Lorsow hat wahrscheinlich drei Menschen umgebracht, nicht sein Sohn. Der alte Lorsow ist tot. Aus und vorbei.«

»Und Pawlitsch?«

»Ist mit Lorsows gestohlenem Wagen überfahren worden. Daraus kannst du doch keinen Zusammenhang mit einer Tat konstruieren, die über fünfzig Jahre zurückliegt. Vielleicht ist es kein Zufall, dass diese alte Geschichte gerade jetzt wieder ausgegraben wird.«

»Wie meinst du das?«

»*LoBauTech* braucht, um neue Märkte zu erschließen, dringend Kapital.« Schlüter stützte sein Kinn auf seine rechte Hand und sah seine Tochter an. »Jemand will Lorsow oder *LoBauTech* schaden. Dieser Jemand konstruiert einen Zusammenhang zwischen den toten Zwangsarbeitern und Pawlitsch. Dann legt er diesen Köder aus. Ein junger, engagierter Anwalt schnappt zu und zappelt, ohne es zu wissen, am Haken einer geschickt geplanten Verleumdung. Eigentlich ist es noch nicht einmal eine Verleumdung, sondern es wird lediglich der Eindruck erweckt, Lorsow könnte etwas mit dem Tod des Rentners zu tun haben. Schließlich gibt der Anwalt der Polizei einen Hinweis, etwas sickert an die Presse durch, die schreibende Zunft setzt die Luftpumpe an, veröffentlicht die Story, mit der gebotenen Vorsicht und rechtlich unangreifbar, versteht sich, und der Inhaber von *LoBauTech* sieht sich öffentlichen Mordvorwürfen ausgesetzt. Das Patent des neuen Antriebskonzeptes wurde von Lorsow entwickelt, die Realisierung steht und fällt mit seiner Person. Ich kann mir nicht vorstellen, dass eine Bank Kredite bewilligt, wenn auch nur die entfernte Möglichkeit besteht, dass der Kreditnehmer wegen Mordes angeklagt wird. Die Bank wird mit ihrer Kreditzusage warten, bis alle Vorwürfe aus der Welt sind. Leider hat *LoBauTech* nicht so viel Zeit. Die Konkurrenz der Firma arbeitet an ähnlichen Konzepten. Auf diesem Markt gilt: Wer als Zweiter liefert, liefert als Letzter. Selbst wenn sich Monate später Lorsows Unschuld herausstellen würde: Keinem der Akteure kann ein Vorwurf gemacht werden. Esch hat lediglich sein Wissen der Polizei mitgeteilt, die Beamten sind dieser neuen Spur pflichtgemäß nachgegangen und die Presse ist ihrer Sorgfaltspflicht ebenfalls nachgekommen und hat über die Ermittlungen der Polizei berichtet. Alles ganz legal und mit ehrenhaften Motiven. Das wäre aber für *LoBauTech* zu spät.«

»Aber der Mord an Pawlitsch?« Elke Schlüters Stimme zitterte leicht.

»Bis gestern hattest du nicht den geringsten Zweifel daran, dass Lorsow mit dem tragischen Tod dieses Mannes nichts zu tun hat. Möglicherweise hat der Dieb des Wagens aus Angst vor Entdeckung den Rentner nach dem Unfall ermordet. Vielleicht war es aber auch kein Mord, sondern Unfall mit Fahrerflucht. Es wäre nicht das erste Mal, dass sich ein Gerichtsmediziner irrt. Oder der Denunziant hat Pawlitsch selbst umgebracht. Das wäre sogar noch perfider: zu versuchen, Lorsow durch die Verwendung des Wagens in Tatverdacht zu bringen, und weil das allein nicht reichte, ein handfestes Mordmotiv durch einen Dritten nachzuschieben.«

Elke war verunsichert. Die Argumentation ihres Vaters war sachlich und überzeugend. »Ich glaube, du hast Recht. Aber Rainer ...«

»... könnte von interessierter Seite dazu benutzt werden, Lorsow einen Mord in die Schuhe zu schieben. Und noch etwas: Friedhelm Lorsow ist unser Mandant. Wir haben in erster Linie seine Interessen zu schützen.«

»Das weiß ich auch!«

»Dann halte dich bitte daran.«

Für Hans-Joachim Schlüter war damit die Unterredung mit seiner Tochter beendet. Er vertiefte sich wieder in seine Akten.

39

Am frühen Abend standen Rainer Esch und Elke Schlüter vor der Haustür von Cengiz Kaya.

»Hi, Alter«, begrüßte Rainer Cengiz, als dieser öffnete. »Das ist Elke.« Er trat einen Schritt zur Seite.

»Guten Abend«, begrüßte der Türke die Anwältin.

Elke Schlüter steckte noch in ihrem mausgrauen Bürokostüm, da sie nach Rainers überfallartiger Einladung keine Zeit gefunden hatte, sich umzuziehen. Ihr Outfit stand in einem auffälligen Kontrast zu den Klamotten der beiden Freunde.

»Schön, dich ... äh ... Sie kennen zu lernen.« Cengiz hielt ihr seine Rechte hin.

»Abend. Lassen wir es beim Du, ja?«

»Gerne. Kommt rein.«

Sie betraten Cengiz' Wohnung. Rainer hörte leise klassische Musik, die ihm bekannt vorkam.

»Setzt euch. Was wollt ihr trinken? Wein, Bier, Wasser?«

»Wein«, sagten Elke und Rainer wie aus einem Mund. Elke stellte richtig: »Wasser für Rainer. Er fährt. Für mich bitte einen Wein.«

Esch öffnete den Mund, um zu protestieren, hielt dann aber doch die Klappe.

Cengiz griente boshaft. »Rot oder weiß?«

»Rot.«

Ihr Gastgeber schob ab, so dass Elke Zeit hatte, sich im Wohnzimmer umzusehen. Eine türkische Wohnung hatte sie sich anders vorgestellt. Sie wusste zwar nicht genau wie, aber doch irgendwie anders. Cengiz' Bude hätte auch von Rainer bewohnt werden können, wenn sie davon absah, dass bei Rainer im Normalfall das nackte Chaos herrschte. Cengiz hingegen schien zwar auch kein Vertreter jener Spezies Mensch zu sein, deren Glück vom zentimetergenauen Standort der Porzellanfigur von Oma auf dem Fernsehtisch abhing, augenscheinlich war er aber ordentlicher als Rainer und die meisten anderen Männer, die Elke kannte.

Cengiz stellte Gläser auf den Tisch und goss ein. »Ich hoffe, Chianti geht in Ordnung? Er kommt aus Greve in Chianti, einer der Classico-Gemeinden. Ein 96er.«

Elke nickte zustimmend.

»Und ich?« Rainer hob mit gespielter Empörung die Flasche Mineralwasser und las das Etikett. »Abgefüllt in Niederselters, Taunus. Stehen sogar die Untersuchungsergebnisse von *Fresenius* drauf. Na toll. Eine echte Bereicherung der abendländischen Kultur. Womit wir beim Thema wären: Was gibt's zu essen?«

Elke Schlüter zuckte etwas zusammen. Aber Cengiz schien die unverblümte Direktheit Rainers nicht zu stören. »Wart's ab. Eine neue Kreation von mir. Ich habe das Essen ›Türkische Fuge‹ genannt.«

»Was hab ich mir denn unter einer Fuge vorzustellen?«, fragte Rainer und nippte angewidert am Mineralwasser. Dann wandte er sich entschlossen an seine

Freundin. »Elke, ich zahle das Taxi. Cengiz, hast du einen Riesling?«

»Dachte ich mir.« Cengiz ging in die Küche und kam mit einer bereits geöffneten Flasche zurück. »Das hätte mich auch gewundert, wenn du bei Wasser geblieben wärst. Noch erstaunter wäre ich allerdings gewesen, wenn du mehr als rudimentäre Kenntnisse der klassischen Musik aufweisen könntest. Also, hör zu, du Ignorant: Eine Fuge ist eine nach besonders strengen Regeln komponierte Musikform, bei der das gleiche Thema von jeder Stimme nacheinander ausgeführt wird. Besonders die Fugen von Bach sind sehr bekannt. Kapiert?«

Rainer deutete zum CD-Player. »Ungefähr. Ist das Bach?«

Elke schaltete sich ein. »Nein, Beethoven. Die neunte Symphonie. Hast du eigentlich außer den Stones in deinem Leben schon je andere Musik gehört?«

Rainer sah Elke todernst an. »Ja. Einmal. In meiner Kindheit. Ein Wiegenlied, interpretiert von meiner Mutter. Hat mir aber nicht besonders zugesagt. Da bin ich dann bei Mick Jagger geblieben.«

»Spinner.«

»Da hat sie Recht«, bekräftigte Cengiz. Er stand auf, ging zur Stereoanlage und ließ den Player zwei Stücke vorspringen. »Möglicherweise kennst du ja das hier besser.«

»Vierter Satz?«, fragte Elke.

»Ja.«

Rainer blickte verwundert von Elke zu Cengiz. Er hatte nicht die geringste Ahnung, wovon die beiden sprachen.

»Geht gleich los.« Cengiz drückte erneut eine Taste. Dann donnerte aus den Lautsprechern: »*Freude schöner Götterfunken, Tochter aus Elysium, wir betreten Feuertrunken, Himmlische dein Heiligtum! Deine Zauber binden wieder, was die Mode streng geteilt. Alle Menschen werden Brüder, wo dein sanfter Flügel weilt ...*«

Sie hörten einige Minuten zu.

Schließlich meinte Rainer: »Kenn ich. Kenn ich. Und das ist von Beethoven?«

»Die Musik. Der Text ist von Schiller«, antwortete Cengiz. Er stand wieder auf und drehte die Musik leiser. »Beethoven hat diese Symphonie in D-Moll 1817 begonnen, hat aber schon einige Jahre früher an eine Vertonung der *Ode an die Freude* gedacht. Bei der Uraufführung 1824 in Wien war er schon vollständig taub. Er konnte noch nicht einmal mehr den Beifall des Publikums hören. Stellt euch das vor, der hat in seinen letzten Lebensjahren nur aus dem Gedächtnis komponiert, ohne auch nur einen Ton zu hören. Fast die ganze Neunte ist so entstanden. Könnte das Keith Richards auch?«, warf er Rainer hin.

»Was weiß ich«, knurrte der und nahm demonstrativ gelangweilt einen großen Schluck Riesling. »Außerdem hört der auf einem Ohr auch schlecht. Stand wohl bei den Gigs zu nahe an den Boxen.«

»Woher weißt du so viel über Beethoven?«, erkundigte sich Elke.

»Das ist so: eine Eltern sind früh gestorben, ich bin ...«

»Das tut mir Leid.« Elke blickte Cengiz mitleidig an.

Dieser Blick missfiel Rainer. Plötzlich hatte er eine Art Déjà-vu-Erlebnis: Seine frühere Freundin Stefanie und Cengiz am Tag der Beerdigung von Stefanies Bruder. Der Anfang vom Ende seiner damaligen Beziehung. So weit würde er es dieses Mal nicht kommen lassen. »Kann ich mal das Mineralwasser ...?«

Cengiz und Elke registrierten erstaunt, dass Rainer nicht zum Riesling griff, sondern sich sein Glas mit Wasser füllte. »Was guckt ihr denn so? Wer viel säuft, verpasst das Wesentliche, oder?«

»Um auf deine Frage zurückzukommen. Ich bin bei meinem Großvater in Duisburg aufgewachsen. Der gehörte zur ersten Generation der Arbeitsimmigranten. Er kam schon Anfang der 60er-Jahre nach Deutschland.

Meine Eltern folgten ihm etwas später. Kurz nach meiner Geburt starben sie bei einem Unfall. Wir hatten einen Nachbarn, auch einen Bergmann wie mein Opa, der jedes klassische Konzert besuchte, das in Duisburg gegeben wurde. Von ihm habe ich einiges gelernt.«

»Ach so.«

»Genau«, schaltete sich Rainer in das Gespräch ein. »Jetzt haben wir genug von dem Lebenslauf eines vom Schicksal gezeichneten Deutschen anatolischer Abstammung mit ausgezeichneten Kenntnissen der klassischen Musik gehört, um uns wieder den ernsten Fragen des Daseins zuzuwenden: Wann gibt es was auf die Gabel?«

»Rainer, du bist unmöglich«, schalt ihn Elke.

»Nee, lass mal.« Cengiz stand auf. »Er hat ja Recht. Ich muss ohnehin nach dem Essen sehen.«

Zehn Minuten später saßen sie in der Küche und genossen die ›Türkische Fuge‹, die sich als Auflauf entpuppte. Cengiz erklärte, dass das Gericht ideal zum Resteverwerten sei: »Zwiebeln, Speck und Fleisch oder auch Wurstreste und Knoblauch nach Belieben in Olivenöl anbraten, mit etwas Fleischbrühe aufgießen und einige klein geschnittene Tomaten dazugeben. Wenn diese verkocht sind, mit Crème fraîche binden. Dann nach Geschmack mit Kräutern würzen. Juvezi, die türkischen Nudeln, kochen und unter das Fleisch mischen. In eine Kasserolle füllen und mit reichlich geraspeltem Käse bedecken. Im Ofen so lange überbacken, bis sich eine knusprige Käseschicht gebildet hat. Fertig. Und dann dazu Gurkensalat. Oder irgendeinen anderen grünen Salat.«

Rainer füllte sich gerade den Teller zum dritten Mal, als Cengiz unvermittelt sagte: »Ich werde demnächst auf dem Pütt aufhören.«

Sein Freund verschluckte sich fast. »Warum das denn?«

»*Eiserner Kanzler* wird dichtgemacht, das Unternehmen muss nach dem Kohlekompromiss Tausende Arbeitsplätze abbauen und ständig Kohlen schicken ... Ich kann mir noch was anderes für mein weiteres Leben vorstellen.«

»Kann ich verstehen. Was willst du denn machen?«, erkundigte sich Rainer kauend.

»Eine Weiterqualifizierung als Computerfachmann. Wenn ich die Ausbildung abgeschlossen haben, mache ich einen Laden auf. Hard- und Softwareverkauf, Wartung, Reparatur und so.«

»Computer?«

»Das sind die kleinen, grauen Kisten, die zum Beispiel hier und da in Büros rumstehen.«

Esch reagierte nicht auf die Anspielung. »Zahlt das Arbeitsamt die Umschulung?«

»Nein, das Unternehmen. Erst die Qualifizierung, später bekomme ich eine Übergangshilfe, die mir den Start in die Selbstständigkeit erleichtern soll.«

»Wie lange dauert denn diese Qualifizierung?«, wollte Elke wissen.

»Etwa ein Jahr.«

»Und der Bergbau zahlt dir so viel Knete, dass du 'ne Firma gründen kannst?« Rainer war skeptisch.

»Eine Starthilfe. Für die ersten Monate.«

»Nobel.« Damit war für Rainer das Thema erledigt. Erfolgloser Selbstständiger war er schließlich auch. Zu seinen Maximen gehörte die Überzeugung, dass jeder Mensch seine eigenen Fehler machen musste. Ein Computerladen! Die jeweiligen Besitzer solcher Geschäfte gaben sich in der Recklinghäuser Innenstadt die Klinke in die Hand. Aber wenn Cengiz meinte ...

Beim türkischen Mocca und der Verdauungszigarette folgte schließlich Rainers großer Auftritt. »Ich habe gestern mit Lorsow gesprochen.«

»Was hast du?« Elke sah ihn entgeistert an. »Warum hast du mir nichts davon erzählt?«

»Das tue ich doch gerade.«

Die Anwältin schüttelte verständnislos den Kopf.

»Das war wie auf einem Basar. Ich habe als Nebenklägervertreter 100.000 Mark Schmerzensgeld gefordert und Lorsow hat 5.000 angeboten. Ich habe natürlich abgelehnt.«

»Lorsow hat dir 5.000 Mark angeboten?« Elke Schlüter war völlig überrascht. »Wofür?«

»Das habe ich ihn später auch gefragt. Ihm täten die Hinterbliebenen Leid. Außerdem könne er sich keinen Skandal leisten.«

»Stimmt«, bemerkte seine Freundin leise.

»Als ich Lorsow sagte, dass Pawlitsch Beweise dafür gehabt habe, dass sein Vater ein Nazimörder sei, ist Lorsow umgefallen und war gesprächsbereit. Ich habe mich mit ihm für morgen verabredet. Nur den Ort und die genaue Uhrzeit musste ich ihm noch mitteilen.«

»Musste? Du hast also …«

»Heute noch mal mit ihm, also seinem Büro, gesprochen, ja. Und mich für vier Uhr nachmittags verabredet.«

Elke war fassungslos. »Warum weiß ich nichts davon?«

»Woher soll ich das wissen? Möglicherweise erzählt der saubere Herr Lorsow seinen Anwälten nicht alles?«

»Scheiße.«

»Und was willst du mit diesem Gespräch erreichen?« Cengiz, der bis jetzt nur aufmerksam zugehört hatte, hatte die Frage gestellt.

»Was wohl?«

»Denkst du an eine Art Geständnis?«

»Sehr scharfsinnig. Genau das.«

Elke schnappte nach Luft. »Rainer, du bist vollständig bekloppt.«

Das entsprach aufs Wort auch Cengiz' tiefster Überzeugung. »Warum sollte Lorsow irgendetwas gestehen? Und dann auch noch dir?«

»Ich hatte ihn doch schon am Telefon fast so weit. Er glaubt, es gehe mir um die Knete. Schweigegeld sozusagen. Wenn ich ihm persönlich gegenüberstehe, wird er sich sicher verplappern. Und dann habe ich ihn.«

»Blödsinn.« Elke Schlüter goss ihr Glas voll. »Selbst wenn deine Vermutung richtig ist, du hast doch keinen Beweis. Auch nicht, wenn Lorsow, was ich im Übrigen bezweifele, dir gegenüber tatsächlich eine Bemerkung machen würde, die ihn belasten könnte. Wer würde dir glauben? Die Polizei?«

»Sie werden es wohl müssen. Ich habe mir ein elektronisches Aufnahmegerät besorgt. Sehr leistungsstark und sehr klein. Dazu das passende Mikro für die Jackentasche. Ich schneide unser Gespräch mit.«

»Kojak lässt grüßen.« Cengiz schüttelte den Kopf. »Unterstellen wir, dass du Recht hast. Dann solltest du zur Polizei gehen.«

»Ohne Beweise? Elke hat selbst gesagt ...«

»Sollen die doch Lorsow in die Mangel nehmen.«

Elke Schlüter platzte los: »Rainer, das ist zu gefährlich.« Sie sah ihn flehend an.

»Wieso gefährlich? Eben hast du gesagt, du glaubst nicht daran, dass Lorsow etwas mit der Sache zu tun hat. Warum soll es dann gefährlich sein, mit ihm zu reden?«

»Schon. Aber ...«

»Was aber? Bist du dir doch nicht mehr so sicher?«

Sie schwieg.

»Elke, ich bitte dich nur darum, nicht mit deinem Vater oder Lorsow über meinen Plan zu sprechen. Geht das in Ordnung?«

Sie nickte.

»Gut.« Rainer steckte sich eine weitere Zigarette an. »Cengiz, wie gesagt, ich brauche deine Hilfe.«

Sein Freund hob abwehrend beide Hände. »Das habe ich befürchtet.« Dann trank er sein Glas mit einem Zug aus. »Und wenn ich es nie wieder tue. Was soll ich machen?«

40

Am Freitagnachmittag kurz vor vier Uhr saß Cengiz Kaya in seinem schon recht betagten Golf GTI auf dem Parkplatz des *Globus* an der Roonstraße in Herne und beobachtete Rainer, der sich im Schneeregen an der Hähnchenbude herumdrückte. Der Parkplatz war gut gefüllt.

Esch schlug den Kragen seiner Lederjacke höher und steckte sich die nächste Reval an. Dabei rutschte ihm der *Spiegel* unter der linken Achselhöhle weg und landete klatschend in einer Pfütze. Rainer bückte sich, schüttelte leise vor sich hin fluchend die Schnee- und Wasserreste von der Zeitschrift und bugsierte das triefende Erkennungssymbol wieder unter seinen Arm. Fragend schaute er zu Cengiz hinüber, der mit dem rechten Zeigefinger demonstrativ auf seine Armbanduhr deutete und die Schultern ratlos nach oben zog; eine Geste, die von Rainer vorsichtig erwidert wurde.

Er gab Cengiz zu verstehen, dass er noch nicht aufzugeben gedachte, und stiefelte vor dem Eingang auf und ab, bemüht, den Kunden und ihren Einkaufswagen nicht im Weg zu stehen.

Cengiz sah zum wiederholten Mal auf seine Armbanduhr. Rainer hatte sich mit Lorsow um 16 Uhr verabredet. Jetzt war es schon eine Viertelstunde später. Die Verabredung drohte zu platzen; was Cengiz nicht im Geringsten bedauerte.

Der Wind drehte sich und trieb neben Schneeflocken auch den Duft frisch gebratenen Geflügels zu seinem Wagen. Der Türke wollte gerade aus seinem Fahrzeug steigen, um seinen Freund zu einem halben gegrillten Hähnchen einzuladen, als ihm eine Gestalt in einem grünen Armeeparka mit Kapuze auffiel. Der Mann – zumindest meinte Cengiz, dass es sich um einen Mann handelte – blieb ebenfalls neben dem Eingang stehen und machte sich umständlich an den Einkaufswagen zu schaffen, wobei er sich immer wieder suchend umdrehte. Cengiz gelang es nicht, einen Blick auf das Gesicht zu werfen, das von der Kapuze, den Regenschirmen anderer Kunden und dem Schneeregen verdeckt wurde. Nach ein oder zwei Minuten hatte die Gestalt im Parka es fertig gebracht, einen Wagen aus seiner Verkettung zu lösen, und schob mit dem Teil auf den Eingang des Marktes zu, erreichte Rainer und ging an ihm vorbei, ohne etwas zu sagen. Wütend schlug Cengiz mit der flachen Hand auf das Lenkrad seines Golfs: Fehlanzeige.

Rainer, der von diesem Intermezzo nichts mitbekommen hatte, sah sichtlich mitgenommen aus. Schneeregen und Temperaturen nur knapp über dem Gefrierpunkt machten das Warten nicht zu einem Vergnügen.

Cengiz schaltete die Zündung seines Wagens ein, um das Autoradio zu beleben. Die Musik quälte sich verzerrt aus den Boxen. Er drückte die Suchen-Taste, um den Kanal nachzujustieren. Als er wieder Richtung Eingang sah, stutzte er. Die Gestalt im Parka hatte den Supermarkt mit noch immer leerem Einkaufswagen verlassen. Achtlos ließ der Mann den Korb in die Reihe der abgestellten Wagen knallen und näherte sich mit zwei, drei Schritten Rainer, der mit dem Rücken zu ihm vor der Tür stand. Cengiz beobachtete, wie sich der Mann nah an Esch herandrängte und einige Worte mit ihm wechselte. Rainer schüttelte zunächst heftig mit dem Kopf, spazierte dann aber langsam in Richtung Bahnhofstraße. Sein Begleiter folgte ihm mit nur wenigen Zentimetern Abstand.

Cengiz schluckte. Das war so nicht geplant gewesen. Rainer wollte Lorsow vor dem *Globus* treffen, mit dem Chef von *LoBauTech* reden und ihm ein Geständnis entlocken, nicht aber mit ihm in der beginnenden Dämmerung verschwinden. Cengiz war nur als Beobachter anwesend, als Rückversicherung für Unvorhergesehenes. Und genau das war jetzt eingetreten.

»Was mache ich denn jetzt, verdammte Scheiße, was mache ich nur?« Cengiz sah den beiden nach, bis sie fast aus seinem Blickfeld verschwunden waren. Dann startete er sein Auto und fuhr beinahe zwei junge Mädchen über den Haufen, die ihm einen Schwall Schimpfwörter hinterherschickten – auf Türkisch. Er bog mit dem GTI nach rechts in die erste Straße und bemerkte gerade noch rechtzeitig, dass Rainer und der Mann in einen dunkelblauen Audi stiegen. Cengiz bremste und wartete. Unmittelbar darauf beleuchteten die Scheinwerfer des Audi die vor ihm in der Reihe stehenden Fahrzeuge und der Wagen fuhr zügig aus der Parklücke in Richtung Bahnhofstraße, mit Rainer auf dem Beifahrersitz. Cengiz folgte dem Fahrzeug. Der Audi bog auf die Bismarckstraße ein, erreichte nach wenigen Metern die Auffahrt zum Emscherschnellweg Richtung Duisburg und fuhr am Herner Kreuz nach Recklinghausen auf die A 43. Als sie die Abfahrt Hochlarmark passierten und der Audi weiter Richtung Norden fuhr, war sich Cengiz sicher, dass es mal wieder eine falsche Entscheidung gewesen war, Rainer zu unterstützen. Er griff zu seinem auf dem Beifahrersitz liegenden Handy und drückte die Notruftaste.

»Verbinden Sie mich bitte mit Hauptkommissar Brischinsky«, forderte er, als sich die Zentrale der Polizei in Recklinghausen meldete.

»Das hier ist der Notruf und nicht die Telefonvermittlung«, knurrte der Beamte am anderen Ende der Verbindung.

»Ich weiß. Es handelt sich auch um einen Notfall. Bitte. Es ist wirklich sehr dringend.«

Der Türke konnte die Antwort des Polizisten nicht verstehen, aber er hörte ein Knacken in der Leitung.

Dann meldete sich der Hauptkommissar: »Brischinsky. Mit wem spreche ich?«

»Cengiz Kaya.« Es sprudelte nur so aus ihm heraus: »Herr Kommissar, Rainer ist da in eine Sache reingerutscht und jetzt ... Er ist in einem Auto, und das war so nicht vereinbart ... Ich mache mir Sorgen, vielleicht bringt ihn Lorsow ja auch ... Was soll ich machen?«

»Jetzt mal langsam, Herr Kaya. Meinen Sie Rainer Esch, den Anwalt?«

»Ja, natürlich.«

»Und haben Sie eben Lorsow gesagt? Doktor Friedhelm Lorsow?«

»Wenn der 'ne Firma in Hochlarmark hat, ja.«

»Dann jetzt bitte ganz langsam und schön hintereinander. Bitte, einen Moment noch.«

Brischinsky gab dem ihm gegenübersitzenden Baumann ein Zeichen. Der kapierte sofort und schaltete das Tonbandgerät auf Aufnahme. Brischinsky nickte und drückte auf die Lautsprecher-Taste der Telefonanlage. »So, legen Sie los.«

Die beiden Polizisten beugten sich gespannt vor, als Cengiz begann: »Rainer vertritt die Angehörigen eines Georg Pawlitsch und er hat herausgefunden, dass Pawlitsch etwas erfahren hat, was dieser nicht wissen sollte. Rainer vermutet, dass Pawlitsch deswegen ermordet wurde. Er ist mit einem Aufnahmegerät in der Tasche unterwegs, um den Mörder zu überführen. Allerdings war nicht geplant, dass er mit dem Kerl im Auto wegfährt ... Warten Sie, ich muss schalten.«

Cengiz nahm das Handy vom Ohr und schaltete einen Gang herunter. Der Audi vor ihm überholte einen LKW und Cengiz hatte im einsetzenden Feierabendverkehr Mühe, dem anderen Wagen zu folgen. »So, da bin ich wieder. Und jetzt bin ich auf der Autobahn in Richtung Recklinghausen unterwegs und verfolge diesen Lorsow. Was soll ich machen?«

Brischinsky ignorierte die Frage. »Was hat Pawlitsch herausgefunden?«, fragte er.

»Dass Lorsows Vater im Krieg auf *Erin* drei Menschen ermordet hat.«

Der Hauptkommissar nestelte an seiner Zigarettenschachtel und steckte sich einen Glimmstängel in den Mund, ohne ihn anzuzünden. »Woher weiß Ihr Freund das?«

»Ein Augenzeuge der Morde, ein ehemaliger Zwangsarbeiter, der in Deutschland geblieben ist, hat das Pawlitsch und später auch Rainer erzählt.«

»Wissen Sie, wie der Zeuge heißt?« Baumann zückte seinen Kugelschreiber.

»Ja. Pjotr Rastevkow.«

Für einen Moment war nur der heftige Atem der beiden Polizisten und das leise Summen des Aufnahmegerätes zu hören. Dann schlug Brischinsky heftig auf die Schreibtischplatte. Das war das Missinglink, das ihnen fehlte. Heiser sagte der Hauptkommissar: »Wo sind Sie jetzt genau?«

»Wir sind gerade am Autobahnkreuz Recklinghausen vorbeigefahren.«

»Können Sie das Kennzeichen des Wagens erkennen, den Sie verfolgen?«

»Klar, ein dunkler Audi A4, RE-RR 53.«

»Bleiben Sie am Telefon.« Er hielt die Hand vor den Hörer. »Heiner, Halterfeststellung.«

Baumann hatte schon zum Telefon gegriffen.

»Hören Sie, Herr Kaya. Geben Sie mir Ihre Rufnummer, wir rufen Sie sofort zurück.« Brischinsky notierte Cengiz' Nummer und unterbrach die Verbindung.

»Das ist ein Ding. Was ist mit der Halterfeststellung?«

»Kommt. Einen Moment.« Baumann schrieb mit. »Ja, danke.« Er legte auf. »Der Wagen gehört nicht Lorsow, sondern – halt dich fest – Derwill.«

Brischinsky stöhnte und schnappte sich erneut das Telefon und wählte hastig die Nummer *LoBauTechs*. Ungeduldig trommelte er mit den Fingern seiner Rechten auf den Schreibtisch und schob die Filterzigarette mit der Zunge von einem Mundwinkel zum anderen.

»Ja, Brischinsky. Ich möchte Herrn Derwill sprechen. – Ist nicht im Haus? Wissen Sie, wo er sich aufhält?« Grußlos legte er auf. »Heiner, du stattest Lorsow einen Besuch ab. Damit er bleibt, wo er ist.«

Baumann nickte.

Der Hauptkommissar sprang auf. »Ich versuche Kaya zu erreichen.«

»Allein?«

»Ich habe keine Zeit, um auf einen Begleiter zu warten. Zwei Streifenwagen sollen mir folgen. Veranlasse das.«

41

»Wo stecken Sie, Herr Kaya?« Brischinsky raste mit seinem Dienstfahrzeug auf der A 43 Richtung Münster, eskortiert von zwei Streifenwagen, die blaue Blitze in die Dunkelheit schleuderten.

Es rauschte in dem mobilen Telefon. Die Verbindung war schlecht.

»Kurz vor Haltern. Er hat den Blinker gesetzt, es sieht so aus, als ob ...«

Ihr Gespräch brach zusammen.

»Scheißfunklöcher, Scheißhandys«, schimpfte Brischinsky, der nur etwas von »Blinker« verstanden hatte. Hektisch drückte er die Wahlwiederholungstaste und atmete erleichtert auf, als sich der Türke wieder meldete.

»... fährt zurück auf die ...« Rauschen. »Vielleicht will der mich abschü...« Wieder Rauschen. Endlich blieb die Verbindung stabil.

»Ich habe Sie nicht verstanden, Herr Kaya. Was sagten Sie eben?«

»Lorsow fährt zurück nach Recklinghausen. An der Ausfahrt Haltern hat er es sich anders überlegt.«

»Derwill, nicht Lorsow!«

Rauschen.

»Was?«

Starkes Rauschen.

»Derwill«, brüllte der Hauptkommissar. »Derwill.«

»... nicht mehr verstehen«, lautete die Antwort.

»Mist, verdammter.« Brischinsky verständigte sich über Funk mit den anderen Wagen, scherte aus der Kolonne der Fahrzeuge aus und setzte sich an die Spitze, um mit quietschenden Reifen bei Marl-Sinsen die A 43 zu verlassen. Er bretterte über die Autobahnbrücke und zog sofort wieder scharf nach rechts, um ebenfalls die Richtung nach Recklinghausen einzuschlagen.

Die Polizeifahrzeuge befanden sich noch auf der Einfädelspur, als der blaue Audi Derwills mit hohem Tempo an ihnen vorbeiraste. Mit einigem Abstand folgte Kayas Golf GTI.

Brischinsky drückte sein Gaspedal fast durch das Bodenblech. Der Passat machte einen Satz nach vorne. »Herr Kaya, fahren Sie auf die rechte Spur. Wir erledigen das jetzt.«

»In Ordnung.« Der Golf wurde langsamer.

In Sekundenschnelle hatte der Polizeikonvoi aufgeschlossen und machte sich an die Verfolgung des Audi, der sein Tempo erhöhte. Der Abstand zu den Verfolgern nahm von Sekunde zu Sekunde zu. Die Tachonadel des Passat stand bei 190 und bewegte sich keinen Millimeter weiter, so sehr der Beamte auch auf das Gaspedal drückte. Brischinsky schimpfte wie ein Rohrspatz auf den Polizeipräsidenten, den Innenminister und Volkswagen, die alle gemeinsam zuließen, dass Polizeibeamte mit untermotorisierten Fahrzeugen auf Verbrecherjagd gehen mussten.

Der Hauptkommissar wollte zum Funkgerät greifen, um weitere Einsatzwagen anzufordern, da passierte etwas, das ihn seine Absicht vergessen ließ:

Plötzlich brach der Audi nach rechts aus, wurde für einen Moment vom Fahrer abgefangen und schleuderte dann nach links. Reifenqualm stieg auf. Für den Bruchteil einer Sekunde raste der Wagen in die falsche Richtung, dann drehte er sich mehrmals um die eigene Achse. Die Räder der linken Wagenseite hoben ab und der Audi kippte um. Als der vordere Kotflügel den Asphalt touchierte, stieben Funken auf. Eine regelrechte Lichtkaskade folgte, als das Seitenblech des Autos mit unvermindert hoher Geschwindigkeit über den Straßenbelag rutschte. Ein schrilles Kreischen drang in Brischinskys Ohren.

Der Hauptkommissar trat mit aller Kraft das Bremspedal. Hilflos musste er mit ansehen, wie das Fahrzeug vor ihm sich mehrmals überschlug und über die Bahn rollte. Dabei verlor der Audi diverse Einzelteile, die sich klappernd hinter dem verunglückten Fahrzeug verteilten.

Trotz seines Bremsmanövers konnte der Hauptkommissar nicht verhindern, dass sein Wagen in Teile dieser Schrottsammlung prallte. Er verspürte einen harten Schlag und der Passat näherte sich bedrohlich der Leitplanke. Mit Gewalt hielt Brischinsky das Polizeifahrzeug in der Spur und kam endlich, nur wenige Meter hinter dem qualmenden Audi, zum Stehen.

Brischinsky sprang aus seinem Auto und rannte zu dem Unfallwagen. Der Blechklumpen hatte nur noch eine entfernte Ähnlichkeit mit einem PKW. Das Dach und die Seiten waren eingedrückt, die Motorhaube weggeflogen. Anscheinend war aber der Motorblock nicht aus seiner Verankerung gerissen und deshalb auch nicht in den Fahrgastraum eingedrungen, jedenfalls schien der noch halbwegs intakt zu sein. Brischinsky nahm einen Benzingeruch wahr.

»Feuerlöscher!«, brüllte er den ihm zu Hilfe eilenden Kollegen zu. Überflüssigerweise fügte er an: »Notarzt alarmieren. Unfallstelle sichern.«

Brischinsky warf durch die zerborstenen Fensterscheiben einen Blick ins Wageninnere. Zwischen zwei erschlafften Airbags, aus ihrer Verankerung geworfenen Sitzen und einem Chaos aus Scherben, verbogenen Scheibenwischern, Blut und Autokarten lagen in grotesker Verrenkung zwei leblose Körper. Brischinsky konnte Rainer Esch und Heinz Derwill identifizieren. Der Hauptkommissar riss erfolglos an den Wagentüren. Sie waren verklemmt. Auch durch die eingedrückten Fensteröffnungen kam er nicht an die Unfallopfer heran.

»Schweres Gerät. Wir brauchen die Feuerwehr und schweres Gerät. Sonst kommen wir da nie dran. Haltet die Feuerlöscher bereit. Nicht, dass die Karre abbrennt.«

Der Uniformierte, der zu dem Hauptkommissar getreten war, nickte. »Und halten Sie den jungen Mann da vorne zurück.« Brischinsky zeigte auf Cengiz, der inzwischen ebenfalls die Unfallstelle erreicht hatte und nun auf den Audi zustürmte. Sein Lauf endete abrupt in den Armen des Polizisten.

»Lassen Sie mich«, schrie Cengiz mit sich überschlagender Stimme und ruderte dabei heftig mit den Armen. »Was ist mit Rainer? Ich will zu Rainer!«

»Beruhigen Sie sich, Herr Kaya.« Der Hauptkommissar fasste den erregten Türken an der Schulter und redete auf ihn ein. »Die Rettungsdienste sind alarmiert. Sie müssen jeden Moment hier sein. Wir können jetzt nicht mehr tun, als die Unfallstelle abzusichern, um Schlimmeres zu verhüten. Ich schlage vor, wir gehen zu dem Polizeiwagen da hinten und Sie schildern mir in allen Einzelheiten das, was Sie wissen. Einverstanden?«

Cengiz nickte. Brischinsky legte seinen Arm um die Schulter des Türken. »Na, dann kommen Sie.«

Die folgenden Minuten, bis die Unfallopfer aus dem Autowrack geborgen und abtransportiert waren, schienen stillzustehen. Endlich trat Brischinsky an den Arzt des zweiten, nun nicht mehr benötigten Rettungswagens heran.

»Der Jüngere von beiden hat überlebt?« Er bot dem Arzt eine Zigarette an, die dieser dankend annahm. Brischinsky gab ihm Feuer.

»Bis jetzt. Wir vermuten schwere innere Verletzungen. Möglicherweise hat auch seine Wirbelsäule was abbekommen.«

»Und der andere?«

»Der Fahrer? Tot. Der Mann ist aber nicht an den Unfallfolgen gestorben. Es sieht so aus, als ob er sich erschossen hat. Den halben Hinterkopf weggepustet. Die Waffe lag im Wagen. Haben Ihre Kollegen.«

Dem Hauptkommissar klappte der Unterkiefer herunter. Für einen Moment war er sprachlos. »Erschossen? Der Fahrer hat sich erschossen?« Brischinsky kratzte sich hinterm Ohr. Eigenartig. Aber so erklärte sich das plötzliche Ausbrechen des Audi.

Brischinsky rief zu einem der Beamten, der in der Nähe seines Streifenwagens stand, hinüber: »Die Waffe. Was für ein Modell?«

»Eine alte Walther«, gab der Beamte Auskunft und näherte sich dem Kommissar. »Wir haben noch etwas gefunden.«

Der Polizist reichte Brischinsky eine Plastiktüte, als er ihn erreicht hatte. »Ein Tonbandgerät. Ziemlich blutig.«

»Sie sollten sich Handschuhe anziehen, bevor Sie es abhören. Aidserreger überleben zwar außerhalb des menschlichen Körpers nicht sehr lange, aber Hepatitis ist auch nicht ohne«, bemerkte der Notarzt.

»Danke für den Hinweis. Ich werde ihn beherzigen.« Mit spitzen Fingern griff Brischinsky zur Tüte.

»Das Band lief noch, als wir es dem jüngeren Opfer aus der Tasche gezogen haben«, erklärte der uniformierte Beamte. »Scheint unbeschädigt zu sein.«

»Elektronik ist augenscheinlich widerstandsfähiger als wir Menschen«, ulkte der Mediziner. Dann trat er die Kippe aus, deutete einen Abschiedsgruß an und verschwand im Rettungswagen.

Brischinsky setzte sich über Funk mit dem Präsidium in Verbindung und bat darum, in der Gerichtsmedizin die Blutgruppe des Toten zu erfragen. Dann warf er einen letzten Blick auf die Aufräumarbeiten. In etwa einer Stunde würde die Autobahn wieder passierbar sein und der Stauhinweis auf WDR 2 etwas kürzer ausfallen.

42

Zurück im Präsidium sah sich der Hauptkommissar gezwungen, selbst die frisch erworbene Kaffeemaschine zu bedienen. Mit einem großen Pott Kaffee und einer neuen Schachtel Zigaretten bewaffnet, machte er sich daran, das Tonband abzuhören. Eingedenk der Warnungen des Notarztes zog er sich Kunststoffhandschuhe über. Dann zog er das blutverschmierte Gerät aus dem Plastikbeutel und legte es auf eine Lage Papierhandtücher vor sich. Bei dem Teil handelte es sich um eines jener hypermodernen Produkte menschlichen Erfindergeistes, deren Funktionsweise ohne ein mindestens zehnsemestriges Studium der Elektrotechnik nur unzureichend zu durchschauen war.

Brischinsky benötigte knappe zehn Minuten, bis er das Bedienungsinstrument gefunden hatte, von dem er annahm, dass es den Bandrücklauf auslöste. Vorsichtig drückte er auf die Taste und hoffte inständigst, dass er damit nicht die Aufnahme löschte. Als das Band tatsächlich zurücklief, atmete Brischinsky erleichtert aus. Er wartete, bis das Band vollständig zurückgespult war, drückte mit gestiegenem Selbstbewusstsein die Wiedergabetaste und wartete. Zunächst hörte er das Schlagen von Fahrzeugtüren, Motorenlärm und ein Klappern, das er auf Grund von Cengiz Kayas Bericht als das Geräusch identifizierte, das Einkaufswagen auf unebenem Asphalt verursachen.

Plötzlich sagte jemand, den Brischinsky nach kurzem Nachdenken als Derwill erkannte: »Herr Esch, wenn ich mich nicht irre?«

»Ja«, antwortete der Anwalt.

»Kommen Sie mit.«

»Ich denke nicht daran. Sie sind nicht Lorsow. Der hat eine andere Stimme.«

»Das ist richtig. Trotzdem werden Sie mich begleiten. Wenn Sie einen Blick auf meine Manteltasche werfen, können Sie einen sehr überzeugenden Grund sehen.« Brischinsky stellte sich Eschs Erschrecken vor, als dieser die Waffe bemerkte.

»Los jetzt, da hinüber. Und versuchen Sie nichts, was Sie später bereuen könnten. Ich bleibe hinter Ihnen.«

Für etwa drei Minuten waren wieder nur an- und abfahrende Fahrzeuge zu hören. Dann sagte Derwill: »Hier ist mein Wagen. Steigen Sie ein.« Eine Tür wurde geöffnet und fiel ins Schloss. Die Parkplatzgeräusche waren nur noch gedämpft. Dann wurden die Geräusche wieder lauter und eine weitere Autotür fiel hörbar ins Schloss.

»Was wollen Sie von mir?«, fragte Esch.

Derwill lachte rau. »Mit Ihnen sprechen. Das hatten Sie doch vor, oder?«

»Ich wollte mit Lorsow reden, nicht mit Ihnen.«

»Der kann nicht. Wir fahren jetzt ein wenig spazieren. Und vergessen Sie nicht: Das Ding hier ist geladen.«

Der Motor des Wagens wurde gestartet und für einige Zeit war nur sein Brummen wahrzunehmen. Dann wollte Esch wissen: »Wohin fahren wir?«

»Ich sagte doch: spazieren.«

»Wer sind Sie?«

»Ein Vertrauter Lorsows, ein enger Vertrauter, um genau zu sein.« Wieder das belegte Lachen. »Ich kenne die Familie schon seit langem. Ich habe schon unter seinem Vater gearbeitet.«

»Der Nazibonze, der zum Mörder wurde?«

»Halten Sie den Mund! Was wissen Sie denn schon darüber?!« Derwill schien erregt. Er atmete schwer.

»Ich habe mit Rastevkow gesprochen. Musste Pawlitsch deshalb sterben?«

»Rastevkow, ja ... Dieser Pawlitsch. Erpressen wollte er uns, einfach erpressen. Er wusste von den Schwierigkeiten, in denen sich die Firma befand. Dieser Idiot hat bei unserer Verabredung gedacht, ich sei Lorsow. Wie Sie auch. Doch unser sauberer Chef war im Puff, bei seinen Gespielinnen. Ich musste Pawlitsch nur nachfahren und warten, bis er ... Wie oft habe ich Lorsow gepredigt, dass ein harter Schnitt überfällig ist, lange überfällig. Dann tauchte dieser Pawlitsch auf. Aber dieser, dieser dumme Junge, wusste ja alles besser.«

Brischinsky staunte. Derwill verachtete Lorsow. Sein Tonfall verriet es. »Nicht er, ich hätte Geschäftsführer werden sollen. So war es vereinbart. Aber der alte Lorsow starb zu plötzlich. Und dann kommt dieser grüne Bengel und übernimmt die Firma. Und da ...«

»Und da was?«

»Das geht Sie nichts an.«

Einen Moment war nur der Motor des Audi zu hören. Er heulte auf. Brischinsky schloss daraus, dass der Wagen stark beschleunigte.

»Warum rasen Sie so?« Esch klang beunruhigt.

»Halten Sie den Mund.«

Dann hörte Brischinsky Derwill schnauben: »Erpressen wollte uns dieser Mistkerl. Er hätte meine Firma ruiniert. Das musste ich doch ...«

»Ihre Firma?«, unterbrach ihn Esch. »Ich denke, die gehört Lorsow?«

Derwill kicherte hysterisch. »Gehört Lorsow, gehört Lorsow. Wenn ich das schon höre. Mir gehört die Firma, mir! Verstehen Sie? Der alte Lorsow hat sie mir anvertraut, nur mir. Nicht seinem missratenen Sohn. Mir!« Das letzte Wort schrie er. »Und dann kommen so genannte Nachlassverwalter und nehmen mir meine Firma weg. Der junge Lorsow hat doch keine Ahnung ... Wenn ich ihm nicht immer wieder geholfen hätte, dann wären wir schon längst pleite ... Lediglich einen Anteil von zehn Prozent hat mir Johann Lorsow übereignet. Zehn Prozent! Pah! Und diese Niete hat die Mehrheit. Dabei war ich es doch, der die Firma wieder hochgebracht hat. Nur ich.« Die Bitterkeit und Enttäuschung in Derwills Stimme spürte Brischinsky sogar jetzt noch. »Und dann kommt da dieser miese kleine Erpresser und droht mit Veröffentlichung seiner Entdeckungen, wie er es nannte. Zu dem Zeitpunkt, als wir endlich wieder auf dem richtigen Weg waren. Das Patent, das neue Antriebskonzept, das hätte viel Geld gebracht. Und dann kommt dieser Pawlitsch. Keine Bank hätte mehr finanziert, nicht eine. Das wäre der Ruin gewesen, da musste ich doch ... Der Mistkerl wollte kein Geld, nein. Er wollte eine Entschuldigung. Eine öffentliche Entschuldigung. Und Entschädigungszahlungen für die Angehörigen. Sonst würde er alles der Presse übergeben. Hah! Veröffentlichung! Was haben wir damit zu tun, hä?« Derwill hörte sich nicht so an, als erwarte er eine Antwort.

Nach einer Pause fragte Esch: »Haben Sie sein Notizbuch?«

Derwill grummelte etwas Unverständliches. Plötzlich quietschten Bremsen.

»Warum fahren Sie ab?«, fragte Rainer nervös.

»Das fragen Sie?« Derwill klang gehetzt. »Der Golf hinter uns, er verfolgt uns schon seit Herne. Haben Sie etwa die Polizei ...?«

»Nein, aber ...« Der Motor des Audi heulte auf.

Dann kreischte Derwill hysterisch: »Warum verfolgt uns dann dieser Wagen immer noch? Können Sie mir das erklären? Ich werde Sie ...«

»Nehmen Sie die Pistole weg und halten Sie das Lenkrad fest«, bettelte der Anwalt.

»Das müssen Sie schon mir überlassen.« Die Stimme des Prokuristen überschlug sich.

Die Aufregung übertrug sich auf den Hauptkommissar. Er war sich sicher, dass Derwill kurz vor dem Zusammenbruch stand.

Ein dumpfes, schnelles Pochen war zu hören, das Brischinsky zunächst nicht einordnen konnte. Dann wurde ihm klar, was das Pochen verursachte. Eschs Herz! Er hörte das übermäßig laute Schlagen des Herzens. Der Anwalt hatte Todesangst.

Plötzlich brüllte Derwill: »Da! Polizei! Ich wusste es ...« Das Motorengeräusch schien die Lautsprechermembranen zerfetzen zu wollen.

»Bremsen Sie, bitte bremsen Sie. Ich werde der Polizei nichts sagen, das verspreche ich. Bitte nehmen Sie die Pistole ... Neiiiin!«

Brischinsky war aufgesprungen und verfolgte, hastig an seiner Zigarette ziehend, den letzten Akt des Dramas. Das Tonband lief mit leisem Surren weiter. Auf dem Band waren heftiges Stöhnen und Flüche, Kampfgeräusche zu hören. Polizeisirenen jaulten im Hintergrund. Metall und Reifen ächzten.

»Sie Schwein ...« Das war Esch.

Plötzlich knallte es. Für einen Moment war es gespenstisch still.

»Scheiße ...!«, rief Esch.

Und dann waren genau die Geräusche zu hören, die Brischinsky vor einer guten Stunde schon einmal wahrgenommen hatte. Diesmal allerdings lauter.

43

Nachdenklich setzte sich der Hauptkommissar wieder und spulte das Band zurück. Es sah so aus, als ob Derwill Pawlitsch auf dem Gewissen hatte. Der Prokurist hatte den Mord in dem Gespräch mit Esch zwar nicht ausdrücklich gestanden, einige seiner Bemerkungen legten jedoch den Schluss nahe, dass er der Täter war. Den Mord an den Störmers jedoch erwähnte Derwill nicht.

Brischinsky steckte sich eine Zigarette an und spielte die Aufnahme erneut ab, übersprang nun alle Passagen, auf denen kein Wortwechsel zu hören war.

»Haben Sie sein Notizbuch?«

Brischinsky fragte sich, was für ein Notizbuch Esch meinte. Könnte es sein, dass Pawlitsch ...?

Das Schrillen des Telefons riss ihn aus seinen Überlegungen. Es war das Krankenhaus. Derwill hatte die Blutgruppe B positiv. Der Hauptkommissar bedankte sich. Er griff zu dem Ordner mit den Ergebnissen der Spurensicherung. Die Blutreste an dem Glassplitter waren Blutgruppe A, nicht B positiv. Sie stammten also nicht von Derwill. Das hieß natürlich nicht, dass Derwill als Täter nicht in Frage kam, sondern nur, dass er mit dem Glassplitter nicht in Kontakt getreten war. Dann müsste allerdings zur Tatzeit noch eine zweite Person ... Lorsow? Als Inhaber der Firma dürfte er ein starkes Interesse daran haben, sein Unternehmen aus jeder öffentlichen Diskussion herauszuhalten. Aber warum hatte dann Derwill Lorsows Alibi demontiert?

Brischinsky griff zum Hörer und erkundigte sich bei seinen Kollegen, ob in dem verunglückten Audi, bei Derwill oder Esch ein Notizbuch gefunden worden war. Der Beamte am anderen Ende der Leitung meldete Fehlanzeige. »Stellt die Karre auf den Kopf. Und wenn ihr was findet, gebt mir sofort Nachricht.«

Der Hauptkommissar legte auf, ließ die Aufnahme wieder zurücklaufen und hörte sie sich ein drittes Mal an.

»Zehn Prozent«, schimpfte Derwill. »Und diese Niete hat die Mehrheit.«

Natürlich! Das war eindeutig. Der Prokurist hasste Lorsow. Derwill hatte versucht, den Verdacht auf Lorsow zu lenken.

Das Faxgerät gab mit einem kurzen Klingeln zu verstehen, dass es eine Nachricht empfangen hatte. Doch das interessierte Brischinsky im Moment nicht.

Er griff zum Telefon und sagte, als Baumann sich meldete: »Heiner, frag Lorsow nach seiner Blutgruppe. – Tu es einfach.« Er wartete einen Moment, bis er die Stimme seines Assistenten wieder hörte. »A negativ? Scheiße!« Brischinsky überlegte. Dann sagte er: »Ich bin gleich bei dir.«

Er trank den letzten Schluck des nur noch lauwarmen Kaffees und griff sich beim Herausgehen das eingegangene Fax. Es war von Europol und an seinen Assistenten adressiert. Überraschenderweise hatte die US-Army auf ihre Anfrage geantwortet.

Danach war die Waffe, mit der die Störmers erschossen worden waren, vor etwa zwei Jahren von einem John Dunway, Sergeant auf einem Stützpunkt der US-Marines im mittleren Westen der USA, als gestohlen gemeldet worden. Dunway wurde später unehrenhaft aus dem Marinecorps entlassen. Der Grund dafür stand nicht in dem Bericht. Zehn Monate später tauchte derselbe Dunway wieder auf: vor einer Strafkammer des Landgerichtes Hamburg. Dort hatte er gemeinsam mit einer Kiezgröße namens Hubert Jansen auf der Anklagebank gesessen und war wegen Totschlags verurteilt worden. Er saß seine Strafe zurzeit immer noch in Fuhlsbüttel ab. Jansen dagegen war mangels Beweisen freigesprochen worden. Brischinsky faltete das Schreiben zusammen und verstaute es in seiner Jackentasche. Dann verließ er das Büro.

Heiner Baumann diskutierte mit Dr. Friedhelm Lorsow über den Unterhaltungswert von Kriminalromanen, als Rüdiger Brischinsky ihr tiefsinniges Gespräch störte. Nach einer knappen Begrüßung bat der Hauptkommissar seinen Assistenten vor die Tür und informierte ihn über die Ereignisse der letzten Stunden. Dann nestelte er das Fax aus seiner Tasche und gab es Baumann.

Als sie Lorsows Büro wieder betreten hatten, sagte Brischinsky unvermittelt zu dem Firmenchef: »Herr Lorsow, warum haben Sie uns belogen?«

»Wieso?«, stammelte der. »Ich verstehe nicht?«

»Sie kannten Pawlitsch, nicht wahr?«

»Nein, wie kommen Sie denn ...«

»Herr Lorsow«, Brischinsky war die Ruhe selbst, »der Anwalt, Rainer Esch, hat mit Ihnen über Pawlitsch gesprochen. Warum sollten Sie sich mit ihm verabreden, wenn Sie nicht genau wussten, um was es geht?«

»Nein, glauben Sie mir. Ich kannte Pawlitsch nicht. Ich habe nie mit ihm gesprochen. Erst als mich dieser Esch anrief und mir drohte, mich mit dem Mord an Pawlitsch in Verbindung zu bringen, da ...«

»Haben Sie sich mit ihm verabredet. Und dann Derwill geschickt, oder?«

Lorsow standen große Schweißperlen auf der Stirn. »Nein, das heißt: Ja, ich habe mich mit Esch verabredet, dann haben mir aber Derwill und Schlüter geraten, nicht hinzufahren. Derwill sollte den Termin eigentlich absagen. Das wollte Schlüter ... Aber warum ...?«

»Was haben Sie am Abend des 7. Dezember gemacht?«

»Einen Moment.« Lorsow ging zu seinem Schreibtisch und blätterte in einem Terminkalender. »Meine Frau und ich waren im Theater. King Lear. Mit einem befreundeten Ehepaar. Das können Sie nachprüfen. Wieso?«

Baumann stellte erstaunt fest, dass sich kein Muskel in Lorsows Gesicht regte.

»Da musste eine Familie Störmer sterben. Wir werden Ihr Alibi prüfen.«

»Selbstverständlich. Ich schreibe Ihnen die Adresse auf.« Lorsow notierte die Anschrift und gab den Zettel dem Beamten.

Brischinsky schossen Dutzende von Gedanken durch den Kopf. Einer setzte sich fest. »Schlüter wusste ebenfalls über alles Bescheid?«

»Sicher.« Lorsow wischte sich die Stirn trocken. »Er ist doch mein Anwalt. Natürlich habe ich mit ihm gesprochen. Er hat mir einen Brief meines Vaters gezeigt ...«

»Was stand in dem Brief?«

Lorsow schluckte. »Er war die Bestätigung, dass mein Vater ein Mörder war.«

»Ich habe Sie nicht verstanden. Könnten Sie das bitte wiederholen? Und etwas lauter sprechen?«

Lorsow fiel es sichtlich schwer, dem Wunsch des Hauptkommissars zu folgen. Dann presste er »Mein Vater hat die Morde gestanden« durch die Lippen. »Im Frühjahr '45 war mein Vater auf Erin tätig und da ...«

Brischinsky winkte ab. »Die Einzelheiten spielen im Moment keine Rolle. Kommen wir auf Ihre Verabredung mit Esch zurück. Derwill und Schlüter waren also eingeweiht?«

»Ja.«

»Und Derwill sollte den Termin absagen? Warum?«

»Schlüter meinte, es sei besser, Zeit zu gewinnen. Esch hinzuhalten.«

»Zeit zu gewinnen? Wofür?«

»Bis die Kreditverträge meiner Bank unterschrieben sind. Wir waren der Ansicht, dass jede negative Meldung über LoBauTech oder meinen Vater den erfolgreichen Abschluss unserer Geschäfte torpedieren könnte.«

»Aha. Sagen Sie, Herr Lorsow, hatte Derwill eigentlich Zugang zu Ihrem Büro?«

»Selbstverständlich.«

»Dann hätte er auch den Schlüssel für Ihren Wagen entwenden können?«

Lorsow bestätigte schweigend.

Brischinsky dachte einen Moment nach. Dann fragte er: »Herr Lorsow, Herr Derwill besaß einen zehnprozentigen Anteil an der Firma und Sie haben die Mehrheit. Wie viel genau? Neunzig Prozent?«

»Nein, nicht so viel. Sechzig. Ich halte sechzig Prozent.«

»Und wem gehören die restlichen dreißig?«

»Meinem Anwalt, Herrn Schlüter. Warum?«

Brischinsky gab keine Antwort. »Ich möchte das Büro Ihres Prokuristen durchsuchen. Hätten Sie etwas dagegen?«

»Benötigen Sie dafür nicht einen Durchsuchungsbefehl?«, antwortete Lorsow, setzte aber nach einem Blick Brischinskys sofort hinzu: »Natürlich. Bitte kommen Sie.«

Auf dem Weg zu dem Büro raunte der Hauptkommissar seinem Assistenten zu: »Wir suchen das Notizbuch Pawlitschs!«

Baumann fragte nach: »Was?«

»Ein Notizbuch.«

»Was für ein Notizbuch?«

»Vergiss es. Los, komm!«

Sie hatten Derwills Büro erreicht. Lorsow öffnete und ließ die Beamten eintreten, die routiniert mit der Durchsuchung begannen.

»Kann ich gehen?«, erkundigte sich der LoBauTech-Chef.

»Nein«, ordnete Brischinsky an. »Setzten Sie sich und warten Sie.«

Lorsow gehorchte.

Nach einer Stunde hatten die Beamten ihre Durchsuchung beendet. Erfolglos.

»Sie halten sich bitte zu unserer Verfügung«, befahl der Hauptkommissar dem eingeschüchterten Firmenboss und verließ, gefolgt von Baumann, das Zimmer.

Brischinsky griff nach einer HB, schob sie sich zwischen die Lippen und zerkaute in Gedanken versunken den Filter.

»Wir sehen uns im Präsidium«, sagte er zu Baumann, nahm die Kippe aus dem Mund, stierte einen Moment erstaunt auf die unbrauchbare Zigarette und ließ sie dann zu Boden fallen.

44

»Die Spurensicherer haben angerufen. Derwill hat sich zweifelsfrei selbst um die Ecke gebracht. Selbstmord bei fast 200 Sachen. Und hier ist das Ergebnis der Abfrage beim BKA.« Baumann hielt den Computerausdruck hoch, als Brischinsky, zwei Schachteln Pizza in der einen Hand balancierend, mit der anderen die Bürotür schloss.

»Vier Jahreszeiten war aus. Ich hab dir Salami mitgebracht.«

»Ich mag keine Salami«, maulte sein Assistent.

»Dann schmeiß sie weg und fahr selbst noch mal«, erwiderte der Hauptkommissar lakonisch und ließ einen Pizzakarton auf Baumanns Schreibtisch rutschen. »Guten Appetit. Was steht da drin?« Er zeigte auf den Ausdruck, nahm Platz, klappte die Verpackung auseinander, zauberte eine nicht mehr ganz saubere Gabel und ein Messer aus seiner Schublade und begann zu essen.

»Jansen«, berichtete Baumann. »Er konnte sich nach seinem Freispruch nicht sehr lange seiner Freiheit erfreuen. Sechs Monate nach seiner Entlassung musste er sich erneut vor Gericht verantworten. Wieder wegen Totschlags, wieder eine tätliche Auseinandersetzung um die besten Plätze auf dem Straßenstrich. Diesmal aber vor dem Landgericht Bochum. Das Verfahren endete mit einer Freiheitsstrafe von achtzehn Monaten.«

»Und was ist mit der Waffe?«

»Wurde bei der Schießerei in St. Pauli, wegen der Dunway verurteilt wurde, benutzt. Die Hamburger haben die Pistole aber nicht gefunden. Weder bei Dunway noch bei Jansen. Es gab Indizien, dass Jansen die Waffe beiseite geschafft hat, aber keine Beweise.«

»Wie kommt die Heckler & Koch von Hamburg nach Recklinghausen?«, sinnierte Brischinsky und schob sich ein großes Stück Pizza in den Mund. »Über Jansen vermutlich«, gab er sich selbst die Antwort.

»Der aber noch ein knappes Jahr absitzen muss«, ergänzte Baumann. »Wenn ihn nicht sein Anwalt wegen guter Führung vorher ...«

Für einen Moment waren in Brischinskys offenem Mund halb zermahlene Pizzareste zu erkennen. In seinem Gehirn machte es ›klick‹. Dann schluckte der Hauptkommissar. »Baumann, du bist ein Genie!«

Er griff zum Telefon. Sein Mitarbeiter sah ihn verständnislos an.

»Manni, ich grüße dich. – Danke, gut. Ich habe ... – Ja, machen wir. Bestimmt. – Kannst du mir einen großen Gefallen tun? – Würde ich dich sonst anrufen? – Vor etwa einem halben Jahr gab es bei euch in Bochum ein Verfahren wegen Totschlags. Angeklagt war ein gewisser Hubert Jansen. Streitigkeiten zwischen Zuhältern. Kannst du mir sagen, wer Jansen damals vertreten hat? – Klar, ich warte.«

Brischinsky hielt die Sprechmuschel zu und erklärte: »Manni Porsch. Immer noch Staatsanwalt in Bochum. Und immer im Dienst. Wird trotzdem bei jeder Beförderung übergangen. Manni kann einfach seinen Mund nicht ... Ja? – Sag das noch einmal! – Danke. Du hast mir wirklich sehr geholfen.«

Baumann sah seinen Chef gespannt an. »Na?«

»Der Wahlverteidiger Hubert Jansens hieß Hans-Joachim Schlüter.« Er machte eine Pause, so als ob er das eben Gehörte erst selbst verarbeiten müsste. »Es wird Zeit, dass wir uns etwas intensiver mit Notar Schlüter unterhalten. Sofort.«

»Was ist mit meiner Pizza?«

»Ich denke, du magst keine Salami. Komm!«

Brischinskys Dienst- und zwei Streifenwagen hielten mit quietschenden Reifen vor der Villa am Königswall. Der Hauptkommissar und sein Assistent stürmten die Treppe des Gebäudes hoch.

Rechtsanwalt und Notar Hans-Joachim Schlüter saß hinter seinem Schreibtisch, als die Beamten das Büro betraten.

»Guten Tag, meine Herren. Herr Doktor Lorsow hat mich bereits von Ihrem Besuch bei ihm unterrichtet. Ich nehme an«, begrüßte er die Beamten, »dass Sie sich in der Kürze der Zeit noch keinen Durchsuchungsbefehl besorgen konnten?«

»Das ist auch nicht unbedingt erforderlich«, konterte Brischinsky. »Außerdem wird das Schriftstück in Kürze hier sein.«

»Machen Sie sich keine Mühe. Ich denke, ich weiß, was Sie suchen.« Schlüter erhob sich langsam aus seinem Sessel und klappte das Ölgemälde an der Wand hinter ihm zur Seite. Der Wandtresor kam zum Vorschein. Der Anwalt stellte mit den Zahnrädern eine Kombination ein, drehte einen Griff nach links und die Tresortür schwenkte auf.

Schlüter lächelte ironisch. »Ich bin Anwalt. Ich weiß, wann ein Prozess verloren ist.« Er griff in das Innere des Tresors und hielt Brischinsky ein in braunes Leder gebundenes Notizbuch hin. »Ich nehme an, Sie sind hieran interessiert? Pawlitsch hat in diesem Buch die Ergebnisse seiner Recherchen festgehalten.« Schlüter schlug mit den Notizen mehrfach leicht auf seinen Handrücken. »So holt einen die Vergangenheit immer wieder ein. Man kann ihr nicht entfliehen.« Der Notar ließ sich matt in seinen Sessel fallen.

Der Hauptkommissar nahm Schlüter das Notizbuch aus der Hand und warf einen Blick hinein. Nach einigen Minuten fragte er: »Wer ist Abraham Löw?«

»Einer der toten Zwangsarbeiter. Der alte Lorsow wollte sich ein Problem vom Hals schaffen und hat uns fünf Jahrzehnte später eines geschaffen. Entschädigung nach einem halben Jahrhundert!«

Brischinsky blätterte weiter in dem Buch. »Daher haben Sie also die Adresse der Störmers.« Er fixierte Schlüter scharf. »Sie haben mit Derwill über den Mord an Pawlitsch gesprochen, nicht wahr? Sie haben den ganzen Plan ausgeheckt.«

Schlüter antwortete nicht.

»Und Lorsows Wagen? Ihr Geschäftspartner war Ihnen im Weg, nicht wahr?«

Wieder keine Reaktion.

»Derwill hat die Störmers nicht ermordet. Er hat deren Wohnung nie betreten, nicht wahr? Herr Schlüter, die Genanalyse dürfte beweisen …«

Erst jetzt bewegte sich der Notar. Er winkte ab. »Unnötig. Ich sagte ja bereits, dass ich weiß, wann ein Spiel verloren ist. Die Glasfigur, nicht?«

Brischinsky nickte.

»Ja, eine kleine Katze. Sie war wirklich hübsch. Schade, dass sie mir aus der Hand gefallen ist.«

»Warum die Störmers? Warum alle drei?«

Schlüter seufzte und zeigte auf das Buch. »Lesen Sie's. Wenn Störmer doch noch geredet hätte ... LoBauTech wäre am Ende gewesen. Keine Kredite, keine Beteiligung. Es ging um Millionen, Herr Hauptkommissar, um Millionen. Und ich brauchte das Geld, ich brauchte es dringend.«

»Du und deine verdammte Spielsucht.«

Die Beamten fuhren herum. Elke Schlüter hatte unbemerkt das Büro betreten.

»Musstest du deshalb ...« Sie presste eine Hand vor den Mund, ohne aber ihre Augen von ihrem Vater abzuwenden.

»Aber warum die Frau und der Enkel?«, fragte Brischinsky.

»Ich musste sichergehen.« Schlüter stand auf und zuckte mit den Achseln. »Können wir dann ...?«

»Warum haben Sie selbst die Dreckarbeit gemacht? Warum nicht auch Derwill?«

Schlüter lachte bitter. »Der Mann hat keine Nerven. Nach der Sache mit dem Rentner ... Als der die Waffe nur gesehen hat ... Selbst nach drei Cognac hat der noch so gezittert ... Das musste ich selber machen, leider.«

Baumann gab den uniformierten Beamten ein Zeichen. Sie legten dem Anwalt Handschellen an und führten ihn ab. Als sie an Elke Schlüter vorbeigingen, machte der Verhaftete einen Schritt auf seine Tochter zu. Elke sah ihn entsetzt an und wich zurück. Sie war weiß wie eine Wand. Tränen flossen über ihr Gesicht. Sie sagte kein Wort. Einen kurzen Moment standen sich die beiden gegenüber. Dann nickte Schlüter verstehend mit dem Kopf und ließ sich aus dem Büro bringen.

Brischinsky steckte sich eine Zigarette an und meinte kopfschüttelnd zu Baumann: »Am Ende ist es doch immer wieder dieselbe banale Scheiße ... Manchmal kann ich gar nicht so viel fressen, wie ich kotzen möchte.« Er wandte sich zum Gehen.

271

»Bitte«, sagte Elke Schlüter tonlos, »erzählen Sie mir alles.«

Brischinsky blieb stehen, musterte sie mitleidig und erwiderte ruhig: »Aber sicher.«

Stunden später traf Elke Schlüter im Wartezimmer der Intensivstation im Knappschaftskrankenhaus auf Cengiz Kaya.

»Wie geht es Rainer?«, fragte sie mit tränenerstickter Stimme.

Cengiz zuckte mit den Achseln. »Keine Ahnung. Vor einer Stunde war ein Arzt hier und hat gesagt, dass Rainer noch operiert würde. Ich soll warten.«

»Hoffentlich kommt er ... Oh, Gott! Erst das mit meinem Vater und jetzt ...« Sie schlug die Hände vor ihr Gesicht und wurde von einem Weinkrampf geschüttelt.

Cengiz versuchte, sie zu trösten, aber sie wehrte ihn ab. Dann sprudelte es aus Elke heraus. Sie berichtete schluchzend von Lorsow, Derwill und ihrem Vater und deren gemeinsamer Firma LoBauTech, die ins Strudeln geraten war. Die Anwältin erzählte von Pawlitsch und Rastevkow, den Morden und der Schuld ihres Vaters.

Cengiz hörte still zu. Als sie geendete hatte, nahm er sie vorsichtig in den Arm. Diesmal ließ sie es zu.

Nach einer ihnen unendlich lange vorkommenden Zeitspanne betrat ein Arzt das Wartezimmer. Er trug noch die grüne OP-Kleidung.

»Sind Sie die Angehörigen?«

»Nein«, antwortete Elke. »Aber ...«

»Ja«, sagte Cengiz.

»Was denn nun?«, wollte der Doc wissen.

»Rainer hat keine Angehörigen. Wir sind seine besten Freunde«, erklärte Cengiz.

»Tut mir Leid. Dann darf ich Ihnen keine Auskünfte geben.« Der Arzt wollte sich abwenden.

»Warten Sie, bitte.« Elke fasste den Grünkittel am Arm. »Ich bin seine Verlobte. Wir wollen heiraten.«

Der Arzt zögerte. »Na gut. Ihr, äh, Verlobter ist schwer verletzt. Aber er hat die Operation gut überstanden und es geht ihm den Umständen entsprechend gut. Wir haben ihn in ein künstliches Koma versetzt. Er hat ...«

»Wird er überleben?« Cengiz war an Elkes Seite getreten.

Der Arzt sah erst Elke, dann Cengiz an. »Natürlich können noch Komplikationen eintreten, aber ... Ja, ich glaube, er wird es schaffen.«